故事会

2013·55

合订本

STORIES

上海故事会文化传媒有限公司 出品

图书在版编目（CIP）数据

2013《故事会》合订本.55/《故事会》编辑部编.
上海：上海锦绣文章出版社，2013.3
ISBN 978-7-5452-0909-9

Ⅰ.①2… Ⅱ.①故… Ⅲ.①故事-作品集-中国-当代 Ⅳ.①I247.8

中国版本图书馆CIP数据核字（2013）第031317号

责任编辑：顾　诗
封面设计：王怡斐
责任督印：张　凯

2013故事会合订本55
《故事会》编辑部　编
上海锦绣文章出版社·上海故事会文化传媒有限公司出版
地址：上海绍兴路74号
电子信箱：gushihui@263.net
网址：www.slcm.com
中国图书进出口上海公司发行
地址：上海市广中路88号
电话：36357888
ISBN 978-7-5452-0909-9/I·409

526 2013 SEMIMONTHLY 上半月刊 1月

STORIES

欢迎登录本刊主办的“故事中国网”（www.storychina.cn）

笑话14则 ……………………… 汪　杰等 4
我的故事
再来一个 ……………………… 於全军 8
微博故事 ……………………… 16
新传说
看不见的母爱 ……………………… 焦松林 12
有缘拆不散 ……………………… 冷　空 17
送礼 ……………………… 大刀红 22
危险关系 ……………………… 芦宏伟 25
找工商贩牛 ……………………… 宫新宇 30
民间故事金库
江湖半炷香 ……………………… 王乃飞 34
外国文学故事鉴赏
妻子的反抗 ……………………… 40
阿P系列幽默故事
阿P卖酒 ……………………… 郭振宇 44
经典传递 ……………………… 48
传闻逸事
鹤舞东宫 ……………………… 佘远香 52
海外故事
“珍贵”的苍蝇 ……………………… 彭晓华 56
情感故事
兄弟情敌 ……………………… 彭晓风 60
法律知识故事
存折陷阱 ……………………… 宗　辉 64
中篇故事
家有巧媳妇 ……………………… 陈　墨 66
3分钟典藏故事 ……………………… 81
青春励志故事
大美莲山 ……………………… 尘世伊语 83
幽默世界
刷卡要努力 ……………………… 马　光 86
儿子要坐车 ……………………… 张东兴 87
做好事 ……………………… 韩洪波 88
救命的传家宝 ……………………… 于　强 89
本刊信息传真
……………………… 39

故事会
—STORIES—
2013年1月
上半月刊·红版

社　长、主　编：何承伟
副社长：夏一鸣
常务副主编（兼绿版负责人）：吴　伦
副主编（兼红版负责人）：姚自豪
本期责任编辑：吕　佳
电子邮箱：lujia411@yahoo.com.cn
红版发稿编辑：
姚自豪 石莎莎 丁娴瑶 李　丹
美术编辑：王怡斐
电脑制作：郭瑾玮
本社办公室电话：021-64375030
上半月刊编辑部电话：021-64332325
下半月刊编辑部电话：021-64336469
（上海市绍兴路74号 邮编：200020）
主管、主办：上海文艺出版（集团）有限公司
出版单位：《故事会》编辑部
发行范围：公开

出版、发行总监：张　凯
电话：021-64313938
广告业务：上海故事会文化传媒有限公司
广告总监：张　淮
广告业务：021-34010383
广告投诉：021-64333738
广告经营许可证
沪工商广字310032008016号
发行：中国图书进出口上海公司

·笑话·

你算什么货

春节假期，一个男生坐火车回老家。车上人挤人，几乎无落脚之处。

无奈之下，男生将行李架上的东西挪了挪，坐在了架子上面。不一会儿，一个乘务员过来巡视，看见坐在行李架上的男生，冲他大吼：“下来，下来，那上边是装货的，你算什么货？”

男生一听就火了，冲乘务员大声道：“连硬座票都买不到，老子是窝囊货！”

乘务员无语。

（汪　杰）

（本栏插图：包丰一）

断了念想

妻子问丈夫：“有个以前追求过我的男生来咱这儿出差，想找我吃饭，你介意不？”丈夫想了想问：“他什么时候追的你？”妻子说：“大二。”丈夫又问：“那会儿你体重多少斤？”妻子说：“95 斤左右。”

丈夫上下打量了一番妻子的身材，说：“那你快去吧，也好让人家断了念想，以后好好过日子。”

（婉　晴）

态度好点

有个女孩，和男友一起散步时喜欢用手搂着他的腰，顺便扯着他的衣服。有一天散步时，男友忽然说：“别扯我的衣服好不好？”

女孩不悦，说：“你态度好点，和我说话就不能加个‘宝贝’？”

男友想了想，说：“你别扯我的宝贝衣服好不好？”

（李　默）

贪吃鬼

有个人生性贪吃。一天朋友请他吃饭，席间，服务生端上来一盘炒菜，摆盘十分精美，盘子四周放着几朵胡萝卜雕成的小花。这人将菜吃完后打起了萝卜花的主意，夹起一朵就放进嘴里。服务生急忙过来阻止。

这人一见，立刻嚼也不嚼就吞了下去，还责问道："难道这花还要回收不成？"

服务生淡定地说："先生，这花您可以吃，只是上面用来塑形的订书钉您得还给我们。"

（陈　磊）

寻找许仙

白娘子从雷峰塔脱困后，经观音菩萨指点，再次下凡。临行前白娘子问："菩萨，几百年过去了，我怎么才能找到恩人？"菩萨道："只需记住他憨厚、热心、善良、姓许，就可以了。"

数天后，白娘子终于发现了一位男士，憨厚、热心、善良，符合菩萨说的所有条件，就上前问道："相公是否姓许？"

那人点点头，白娘子激动地问："相公可是许仙？"

那人回答："你认错人了，俺是许三多。"

（万青青）

到底是谁

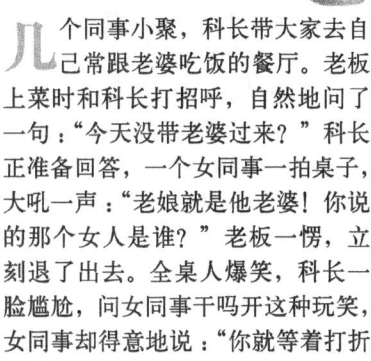

几个同事小聚，科长带大家去自己常跟老婆吃饭的餐厅。老板上菜时和科长打招呼，自然地问了一句："今天没带老婆过来？"科长正准备回答，一个女同事一拍桌子，大吼一声："老娘就是他老婆！你说的那个女人是谁？"老板一愣，立刻退了出去。全桌人爆笑，科长一脸尴尬，问女同事干吗开这种玩笑，女同事却得意地说："你就等着打折吧。"

吃完饭，科长去结账，老板果然抱歉地说："兄弟，真不知道之前你带的是情人，回去跟嫂子解释一下，就说我认错人了。这顿饭算我的，实在对不住啊！"

（于林娜）

录取原因

有个长相平平的女孩通过考试加入了一个特工组织。

考官一脸严肃地告诉她：“做特工的人，必须相貌平凡，让人见过几次都记不住长什么样子。在这次考试中你的成绩排名第二，是唯一合格的人。”

女孩强忍住被侮辱的辛酸，问考官，成绩第一的人为什么没有被录取。

考官叹了一口气，回答说：“因为面试后，所有人都忘记他长什么样子了”

（汪　杰）

比窝囊

老王打牌输了十块钱，被媳妇儿当众数落了一顿。朋友看老王挺可怜，就安慰他说：“你这还算好的，上星期我在菜场里远远看见一个男人被他老婆大骂，那才叫丢脸！”

老王听完眼泪就下来了：“那也是我！”

（王　素）

配套网名

两个高中生早恋，感情甚好，QQ网名都能看出是一对，女生网名叫“伤心小蚂蚁”，男生叫“伤心大蚂蚁”。可是好景不长，班主任发现了他俩的恋情，担心影响学习，立刻棒打鸳鸯，两人被迫分手。

几天后，男生偶尔上网，发现班主任的QQ网名也换了，他叫“快乐食蚁兽”。

（清　雅）

有多丑

公交车上坐着一对情侣，男的不好看。女生对男友说：“今天我看见小妹的男友了，丑死了！”

男友自嘲地问：“比我还丑吗？”车上的乘客都以为女生会安慰男友，说句“你不丑”之类的话，不料女生想了想说：“跟你不是一个丑法。”

（何贝尔）

鉴　宝

一个小伙子大老远地来到鉴宝节目现场，拿出瓷器，几个专家认真辨认，告诉小伙子是宋瓷。小伙子的高兴劲儿可想而知，急忙掏出手机说要给爷爷打电话。摄像师见状，赶紧悄悄跟过去抓拍。

只听小伙子高兴地说：“爷爷，专家说了，你烧的瓷器是宋朝的！”

（右　依）

以防万一

有个女秘书特别爱美，经常因为专注于化妆忘记很多事情。这天，老板交给女秘书一些文件，语重心长地说：“这些文件很重要，你最好将它们和化妆品放在一起。”

女秘书不解，老板说：“把文件和你的化妆品放一起，免得需要时找不到。”

（极品咖啡）

奇特思路

小学老师批改语文考卷，有一道试题，要求把“小鸟在树上叫”这句话改成拟人句。大多数同学都改成了“小鸟在树上唱歌”。

老师批着批着卷子，突然笑了。原来有个学生是这样改的——小鸟在树上叫：“我是人啊，我是人啊！”

（吴　本）

寝室夜话

夜里，男生们在寝室里聊起了鬼故事，有人说自己遇到过鬼打墙，有人说去世的亲人给自己托过梦。这时，一个男生说了句话，吸引了所有人，他说：“其实，我们学校也有鬼　　”

众人惊问怎么回事，那男生神秘地说道：“而且很多，常常出现在自习教室、图书馆　　”

一人不以为然道：“自习教室我天天去，怎么没见到呢？”

那男生道：“鬼当然是看不见的。比如，我们每次去自习教室找座位，有些同学总会指着身旁的空位说：‘这儿有人。’”

（韩洪波）

·我的故事·

再来一个

□ 於全军

我一直觉得自己生不逢时——大专毕业那年，正赶上不包分配，找了几份工作，不是收入太低就是不合适。后来有一家公交公司招聘开长途大客车的司机，工资很高，我以前刚好考过大客车的驾驶证，就去碰运气。可是运气这东西好像和我有仇，那天我载着两个考官，在公交公司的院子里试车。在车上时，两个考官都很满意，可不知为什么，下车五分钟后，年岁大些的考官老曾改变了主意，他告诉我不合格。

我有点不服气，就问："为啥不合格？"老曾深深地看了我一眼，说："说你不合格，当然有道理，你自己想想吧。"

我想了半天，还是没想明白，该不会是这个老曾看我不顺眼吧？得，不合格就不合格吧，我找我的三叔去。三叔在离公交站不远的街边摆了个水果摊，据说很赚钱。他见我灰心丧气的样子，就说："跟我来卖一阵水果吧，我正好忙不开。"

就这样，我这个大专生成了水果小贩。卖的主要是苹果，秤是那种二十斤的弹簧盘秤，如今都禁止了，那时候还没人管。这天开张前，三叔拿出两个一模一样的秤给我看，说一个是准的，用来应付检查，平时就放在后面的箱子里。另一个秤里面的弹簧作了假，能把八两称成一斤，放外面用来卖苹果。

我终于知道三叔赚钱的秘密了，还真是无商不奸。我内心挺抵触这

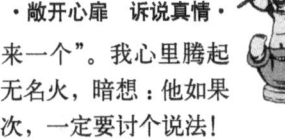

种做法，就趁三叔不注意，来了个调换，把八两秤放进后面的箱子里，把准秤放在外面。三叔也没发觉。

换完秤，我和三叔轮流招呼客人。卖了一会儿苹果，一个老者走过来，说要买三斤苹果。我一看认识，就是公交公司那个考官老曾。

三叔正接待别的顾客，我想起老曾让我考核不合格的事，还真想用八两秤缺他几两苹果，可看老人满头白发，就没忍心，还是用准秤称了苹果给他。但没想到，五分钟后老曾又来了，指着我摊子上的苹果，说："小伙子，再来一个。"

这是怎么回事？我正纳闷，三叔走过来，挑出个大苹果放进老曾袋子里，老曾这才走了。三叔告诉我，人家这是发现缺斤短两，找上门来了。像这种情况，千万不能吵，给他一个完事。但是，我明明用准秤给老曾称的啊，哪有缺斤短两？我又想起考司机的事，本来考得挺顺利，就是这个老曾变了主意。现在又找上门要苹果，难道他对我有啥看法，在故意刁难我？

第二天，老曾又来买苹果，情景简直就是第一天的复制。买完三斤苹果，走了不到五分钟，他又找来说："再来一个。"三叔和昨天一样，又给了他一个。

俗话说事不过三，可是到了第三天，老曾仍然来买苹果，仍然"再来一个"。我心里腾起一股无名火，暗想：他如果第四次，一定要讨个说法！

但是直到第四天下午，老曾也没来，天色却越来越黑，乌云都垂到楼顶上了。这是暴雨的前兆啊，我的苹果都是露天摆放，一旦泡了雨水，会很快腐烂。更要命的是，三叔去郊区进货了，一时半会儿赶不回来。

正着急呢，一辆大客车突然停在我面前，老曾一步跳下车，一边搬我的苹果箱，一边朝我喊："这雨小不了，你赶快上我的车，把苹果送回去。"我听了，忙死命地把苹果装上车。刚刚装完，车外就起风了，雨点夹在风里，"噼噼啪啪"打在车窗上。

大客车上，只有司机和老曾两个人。老曾告诉我，他是这条长途路线的司机组长，今天是替生病的售票员顶班，从我的苹果摊路过，看到摊子很可能收不及，才停车的。说完这话，他问我哪里下车，说公司有规定，市里上车也要买票。我告诉了他地址，老曾说七箱苹果算七个人，连我八张票，一张一块五，一共十二块钱。我掏出钱给了他。

走了一半的路程，我从车窗看见三叔开着三轮车冒雨赶回来了。我连忙让司机停了车，和三叔一起把苹果装到三轮车上。遮了塑料布，三轮车就开动了，我在后面跑着跟上。就在这时，我突然听见后面哗哗的雨声中，有个声音在喊："等等，卖苹果的小伙子！"

我回头一看，只见老曾浑身湿透地跑了过来，他塞给我四块钱，说："你提前下了车，一张票该收一块钱，现在退你四块。记住喽，别人的便宜占不得。"说罢就返回雨幕里。

第二天我才知道，这场大雨是五十年难遇的暴雨，如果不是老曾，别说这些苹果，连我个人的安全都不好说。积水散去后，我和三叔摆出苹果摊，当我要把原先用的准秤摆出来时，三叔却制止了我。他对我说："你一定以为自己一直用的是准秤吧？其实你当初换秤的时候，

我早就看见了，又悄悄给换了回去。所以，你卖给老曾的苹果是真的缺斤短两。他三次来要苹果，我才给他补了三次。这场大雨把我浇醒了，老曾诚心帮了我，我也决不再做亏心的事。"

怪不得老曾屡次三番来要苹果，原来真是缺了人家的斤两啊！我暗想，等老曾再来买苹果，一定要给他足斤足量，还要郑重道谢。但是很奇怪，老曾始终没有再来。

一星期后，公交公司的另一个考官找到我，通知我上岗开大客车。我喜出望外，问考官怎么又选上我了。他告诉我一个"内幕"：那天考试时，一开始他们对我的技术很满意，但是下车时，我随手把大客车上的白手套揣兜里了，那可是别人的。老曾就说，这人有点爱贪小，不适合开长途。因为以前有些开长途的司机，在路上偷大客车的汽油卖，防不胜防。司机出车在外，一车乘客的安危都托付在他手里，所以招聘时一定要严格考核道德素质。老曾是长途司机组的组长，领导就听从了他的意见。

听到这里，我不好意思地摸了摸头："我揣手套只是个习惯动作，当年学车时在驾校落下的毛病。等到了公交公司大门口，我想起了这件事，就把手套留门卫室了。"

考官一听也笑了："老曾路过

门卫室的时候，门卫就说了这件事。他发现错怪了你，就想找你挽回这个错误。可是公司弄丢了你的联系方式，老曾就说，他上街慢慢找吧。直到昨天，他打电话给我，说找到你了，要我向公司领导说，重新录用你。”

原来是这样，不过我又有点奇怪，为什么直到昨天才说找到我？考官说：“你还是问老曾吧，他住院了，听说是淋了雨。”我一下子想起老曾那天在雨里追我的情景，连忙说：“我这就去看他。”

想着老曾爱吃苹果，我就拎了三斤直奔医院。医院里，老曾精神还不错，见我来了，一个劲地招呼我坐。我就问他，为什么每天买我的苹果，然后回来再要一个？

老曾笑笑，说：“我找到你的时候，你已经卖上了苹果，还少给了我六两。我一拎就知道少了，但觉得可能又和手套一样，是个误会，就找你再要一个，为的是你道个歉，或是说声弄错了，但你没有。可我还是不想放弃你，于是我每天路过你摊子，都买一回苹果。现在我住院了，又托我老伴去你摊子上买了两回苹果，结果都足斤足两，说明你终于转变了。”

我对老曾说：“其实，这事也不能全怪我，跟我三叔有关　　”我讲完三叔换秤的把戏，老曾哈哈大笑：“原来还是个误会，这样更好。其实我就是想让接班的年轻人洁身自好，防微杜渐，不要开了做坏事的头。”

我一时不知说什么好，就拿出苹果放在床头。老曾的老伴笑了，说：“苹果啊，我家老曾根本不爱吃，以前买你的十五斤苹果，还在家里堆着呢。”

这话说得我感动万分，可以说，这十五斤苹果改变了我的一生。

延伸阅读

您想阅读这位作者的其他精选作品和创作感言吗？请扫描右边的二维码。更多精彩，立刻体验。

·新传说·

当危险降临时，是妈妈那无处不在、润物无声的爱救了她……

看不见的母爱

□焦松林

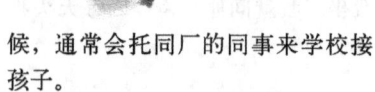

张珊珊是个懂事的小女孩，可不幸的是，她生下来就是个盲人，爸爸因为这一点，和妈妈张灵离了婚。从此，妈妈就把张珊珊当成宝贝一样，寸步不离地带在身边。妈妈在纺织厂工作，张珊珊小的时候，妈妈就骑车把她带到厂里，找个地方让她呆着。张珊珊上学后，妈妈每天都准时将她送到盲人学校。

这天，盲校放学了，孩子们一个个被家长领走。最后，院子里只剩下四年级的张珊珊和她的老师。

老师刚从师范学校毕业不久，这会儿她看着初冬阴蒙蒙的天色，有些焦急地问：“张珊珊，你妈妈今天上夜班吗？”老师对张珊珊的家庭信息挺了解，知道张灵上夜班的时候，通常会托同厂的同事来学校接孩子。

张珊珊答道：“不，老师，我妈妈今天是白班，她下午五点下班。”

五点？老师看了一眼腕上的手表，现在已经五点十分了，自己下班后还有事呢。不过张灵接送孩子都是骑电动车，估计也快到了。于是，老师陪张珊珊继续等着。

五点半了，张灵还没有来。老师正想掏出手机给她打电话，一辆电动车驶了过来，停在学校门前。一个穿羽绒服的中年妇女下了车，走到铁门边，朝里面瞄了两眼，大声说道：“珊珊，你妈妈让我接你来了。”

张珊珊愣了愣，这时老师开口问道："你是哪位？"

那个妇女答道："哦，我是张珊珊妈妈纺织厂里的同事。今天她那一班临时加班，她怕孩子着急，让我替她来接一下孩子。我叫白玉。"

以前常接孩子的那几个同事老师都认识，这个妇女她却没有见过，但见妇女答得流利，情况也都能对上，老师消除了仅有的一丝疑虑，说："那好，张珊珊，你就跟这位阿姨走吧。"

老师牵着张珊珊走出门卫室，将她交到白玉手中，正要转身往学校里走，张珊珊叫了一声："老师，能给我妈妈打个电话吗？"

老师下意识地停下了脚步，这时白玉笑了，说："这孩子，倒挺有心思的。我告诉你吧，要不是你妈妈今天忘了带手机，联系不上常接你的那个阿姨，就不会让我来接你了。"说着，白玉将张珊珊抱上了电动车的后座。

老师见张珊珊没再提什么要求，就走进了学校。

张珊珊坐上了电动车后，用手摸了摸车子，有些惊讶地问道："白玉阿姨，这车不是我妈妈的？"

白玉"嗯"了一声，说："是呀，我来接你，当然骑我自己的车啦。"说话间，白玉也跨上了电动车，拧动车把手，车快速地开动起来。

张珊珊沉默了一会儿，又问道："白阿姨，我们这是去哪里呀？"

白玉答道："去纺织厂，你妈妈还没有下班呢。"

张珊珊想了想，问："阿姨，我今天有点感冒，我妈妈告诉你了吗？"她一边问话，一边用心地听着，耳边不时传来汽车在闹市区鸣笛的声音。

白玉似乎有些不耐烦，说："哦，这个呀，你妈说了。"纺织厂在城南，

可她现在骑车的方向却是往城东而去。当然，这一点张珊珊是不知道的。这个可怜的孩子，她可是一点儿也看不见呢。

张珊珊孩子气十足地问道：“除了感冒的事，我妈妈没告诉你别的什么吗？”

“没有。别说了，等见到你妈妈，你再慢慢问也不迟。”白玉收起了脸上的笑容，开始呵斥张珊珊了。

张珊珊像是被吓着了，不再问什么了。过了一会儿，她轻轻地将背后的书包斜拉到一侧，小手慢慢地摸索着，伸进了书包，拿出一沓便利贴纸，又拿出了一支铅笔。这时，

她听不到汽车鸣笛的声音了。张珊珊知道，驮着自己的这辆电动车已经快要出城了。

话分两头，此时盲校那边，老师正要锁门回家，办公室里走进一个女人，正是张珊珊的妈妈张灵。她说自己是来接女儿的，老师大吃一惊，连忙问道：“你不是让你们厂的白玉来接孩子了吗？”

张灵一听这话，顿时慌了：“没有啊，我们厂里没人叫白玉，我也没让任何人来接孩子啊！”

原来今天厂里临时加班，张灵以为很快就能结束，谁知足足延长了一个多小时。一下班，张灵就风风火火地赶到了学校，她本来准备向老师道歉，可是现在女儿张珊珊竟然被人接走了。张灵一下子就懵了，她哭着责问老师：“我根本没让人来接孩子。你、你作为老师，怎么能让陌生人轻易把孩子接走呢？”

面对张灵的质问，老师哑口无言，这件事，她确实做得太大意了。学校领导很快也得知了消息，一边安慰着张灵，一边给公安局打电话报了警。这时，张灵的情绪已经完全失控了，她一屁股瘫坐在学校的院子里，号啕大哭起来：“我的珊珊，苦命的孩子，你到底在哪里呀？”

夜幕缓缓地降临了，附近居民听到动静，也纷纷赶到学校门前，你一言他一语地议论着。有人说，听

说现在有些人贩子就爱拐卖残疾孩子，然后逼这些孩子去乞讨，这样好控制，还容易要到钱。正在大家忧心如焚的时候，公安局打来了电话，说张珊珊找到了，那个拐走她的人贩子也抓到了！

老师听到这样的好消息，激动得都有些语无伦次了："啊，太好了，太感谢你们了，真是破案如神啊！"

警察在电话里笑着说："不用谢我们，能这么快破这起案子，还要归功于被拐的小女孩呢。不说这些了，你们尽快和孩子家长到公安局来吧。"

张灵和校领导、老师一起来到了公安局。看到女儿好端端地坐在那里，张灵忍不住喜极而泣。张珊珊扑到妈妈怀里，说："妈妈，放学后有个阿姨来接我，说是你让她来的，可一坐上她的电动车，我就知道她在撒谎。"

张灵抱着女儿问："后来呢？"

张珊珊说："后来我就摸出纸和笔，不停地写求救信号'SOS'，写一张，丢一张。"

警察告诉大家，因为电动车速度不快，张珊珊一路丢下纸来，很快被人发现，有人报了警。不过有一点警察也很奇怪，孩子双目失明，怎么知道接她的是坏人呢？

最后还是张珊珊说出了原委：因为自己看不见，妈妈特地让焊工在电动车后座上焊接了一个护架。坐车时自己双手紧紧地握住护架，就不会摔下车。以前即使妈妈有事来不了，也会让同事骑这辆改装过的车来接自己，而今天自己一上电动车，发现没有护架，就觉得有些奇怪。

张珊珊体质特别弱，天气冷的时候，妈妈会将自己的外套脱下来，反穿在她身上，这样坐在电动车上时可以挡风。张珊珊对妈妈说："今天突然降温，我又感冒，以前碰到这种情况，你都会让接我的阿姨带件外套来，或者让阿姨帮我反穿外套。可今天那个阿姨说，你什么也没嘱咐她，我就知道她在撒谎。"

张灵听完女儿的叙述，泣不成声，连声责怪自己没把女儿带好。张珊珊扑到妈妈怀里，撒娇地说："不，妈妈是好妈妈。"

这时，边上的人们都感动了，有位警察向张灵说道："是啊，你是位好妈妈。你对孩子的爱，是任何人都比不了的。正是这种爱，让孩子成功得救了。"

(**题图、插图**：安玉民　梁　丽)

延伸阅读

您想阅读这位作者的其他精选作品和创作感言吗？请扫描右边的二维码。更多精彩，立刻体验。

故事会■新浪 微故事大赛

11月优秀作品选登　　主题：囧故事

@长城上看海　小王要和几个网友聚会，便给媳妇打电话："老婆，我今天加班就不回去吃饭了。"媳妇说："真巧，我今晚要去看咱妈，那我不做饭了。"小王和网友在饭店包间刚刚坐定，媳妇突然走进来，一个网友拉住媳妇："你怎么姗姗来迟啊，就等你一个了。"

@情感共想　某明星到一贫困地区义演，连演三场，场场爆满，观众热情高涨。明星大为感动，对当地官员说："这里群众太需要文化娱乐了，我决定加演三场！"官员却面露难色："这……地方穷，没经费呀！"明星笑道："没关系！还是义演，钱我自己掏，不用你们一分钱！"官员吞吞吐吐："可……可请观众我们还要花钱啊！"

@傻雀CHURCH　父亲寡言内敛，这让生性浪漫的母亲颇有怨言。我诱导父亲："老爸，你可以用数字表达。比如520，就是我爱你！就像518，我要发！"父亲若有所思……不久母亲过生日，父亲破天荒买了一束花，花里还附有一张卡片。母亲捧着卡片看了好半天，突然大笑："多走两步就那么难？"只见卡片上写着：518。

@正版无字仓颉　老王经常给孙子讲祖上王羲之"墨池"练字的故事，而后指着自家院墙，语重心长地说："咱家没池塘，你就拿这院墙当纸吧，单练'黄河'二字，院墙写满了就去参赛，保你拿奖！"孙子依计而行，后拿着技法纯熟的"黄河"去参赛，无功而返。老王问其故，孙子沮丧地说："输给一个写'办证'的了！"

@纷纷红尘扰扰　小王内急却忘了带钥匙，去公厕又来不及，只好敲邻居的门。门内问道："谁？啥事？"小王讲了经过。对方先是沉默，然后冷不丁问道："你说你是对门，那我问你小区物业费是多少？取暖费多少？是上门收还是自己交？"小王磕磕巴巴地答对了，对方这才开门。小王苦笑着摆摆手："不用了，我已经解决了。"

@夜月li　老婆生气回了娘家，我追到岳母家门口，怎么敲她也不开门；拨她电话，她直接就给挂了。我在门外徘徊，忽然灵机一动，央求一个路人帮忙拨打老婆的电话说：张小丽你的快递到了，请过来签收！刚放下电话，就见老婆走了出来！嘿嘿，就当我是快递来的货物，快快签收了吧！

@哲嫡小时候　我在乡小学住读。一天，教室门口站了一个穿着土气的农村妇女，老师问她找谁，她说给二娃送几斤大米。老师转过身问："谁是二娃？"教室里安静极了。老师生气地说："狗不嫌家穷，儿不嫌母丑！"然后，听课的校长站起来，走出教室接过了大米。

当“再也不相信爱情了”成为流行语，拆散姻缘还是织补真情，也许只在一念之间……

有缘拆不散

□冷　空

拆散销

小张给一位老板当秘书，他文笔好，业余爱写些小故事，常和同事讲些听来的奇闻异事。这天，小张又在和同事聊那些离奇的故事，老板走过来听了一会儿，对小张说：“你到我办公室来一下。”

来到办公室，老板沉着脸坐下，问小张：“整天鬼啊神的，你觉得是真的吗？”

要换做一般人，察言观色，肯定会说“假的假的，老板，我说着玩的”，但小张是写这玩意儿的，怎舍得说它假？他一本正经地说：“老板，我觉得什么事都有它的道理。”

老板沉吟片刻，对小张说：“好，我也知道一些奇事，你想不想听？”

小张赶紧点了点头。老板想了想，说：“在我们老家，传说木匠都会法术，盖房子的时候，他要是在某个地方钉个钉子，这家必然有人会生病。还有更离奇的，说有厉害的木匠，他要是在床上弹根墨线，晚上两口子上床，面对面躺下，却怎么也挨不着对方，伸手去摸，触到的却是铜墙铁壁。你信不信？”

小张觉得这个素材不错，忙点点头，问：“有没有实例呢？”

老板皱起眉头想了半天，还真

讲出一个非常离奇的故事来——

话说十多年前，有个小伙子，家里穷得要命。这小伙子和一个姑娘相爱了。姑娘家里也穷，正好门当户对，但姑娘的父母却嫌贫爱富，指望姑娘攀上高枝。可怜小伙子站在山崖上，把世上的情歌都唱遍了，姑娘却还是嫁给了一个又丑又矬的后生，就一个原因：那家有钱。

小伙子急眼了，他想起弹墨线的传说，便找到给这家做嫁妆的木匠，见面就跪下，求他在新人的床上弹根墨线，好让新人不得圆房。

这家有钱人请的是方圆百里最好的木匠，的确有些真本事。他见小伙子心诚，叹了口气，说："我没有这么高的道行，圆房恐怕是圆定了。我只能试试，看能否把他们拆散离婚，但到时候你还愿意娶吗？"

小伙子指天发誓，说不论怎样，都愿意娶那姑娘做老婆。

木匠沉默半晌，慢慢地砍了个销子。这销子有点古怪，又细又长，像是可以伸进人的心里。木匠说，这叫"拆散销"，把它打在床上，不出七七四十九天，就可以看出能不能拆散这段姻缘。但有一点，如果拆散了，小伙子必须带着姑娘离开本地，以免泄露机关，木匠将无容身之地。

小伙子发誓不说出去。木匠就在那崭新的婚床上摸索半晌，找到一处窄缝，把那根细长的销子打了进去，对小伙子说："回去等我消息。"

姑娘终究出嫁了。婚礼办得十分隆重，去吃酒席的没有不羡慕的。小伙子心里很失落，这姻缘还拆得散吗？过了七七四十九天，木匠悄悄告诉小伙子："我找机会看过了，那根销子钉在新床里，牢得就像生了根一般，拆得散，一定拆得散！"

小伙子得了鼓励，便冒天下之大不韪，去追求心上人。嘿，你还别说，那姑娘心里也没忘了小伙子，

两人一拍即合。一个月黑风高的夜晚，两人带了两身换洗衣服，从此远走高飞，再也没有回去。

老板讲完故事后，长舒了一口气。小张看了一眼老板，意味深长地说：“我们搞写作的，常常喜欢推理。老板，如果我没猜错的话，那个小伙子就是你！”

老板脸上有些阴晴不定，最后他说：“不错，你猜对了。”

小张得意地笑了，说：“能否让我斗胆再猜一下？”

老板愣了愣道：“你说。”小张脸上浮起一丝神秘的微笑，说：“你之所以讲这个故事，是因为你最近又想找这个木匠，再用一次拆散销！”

老板吃了一惊，说：“胡扯，我拆散谁？”

小张开门见山道：“拆散你和嫂子。老板，你和小丽好，谁不知道！但你还真想把那狐狸精娶回家去？”

老板不耐烦地摆了一下手，说：“什么也别说了，我主意已定！其实离婚还不简单？我只是不想让她伤心罢了。小张啊，你是我最信任的人，你回我老家一趟，帮我把当年的那个木匠找来。”

小张摇摇头说：“木匠当时多大年纪？不知道还在不在人世。”

老板算了算说：“肯定在，也就过去了十几年，当年木匠三十多岁，现在还不到五十，年轻着呢！”

小张推托不掉，只好答应下来。他来到老板的老家一打听，如今时兴买家俱，那木匠失了业。小张找到他，说明来意，木匠顿时高兴得合不拢嘴，一路上都讨好地叫小张“张总”，递烟倒茶，十分殷勤。

小张带着木匠回到公司，老板没想到当年体体面面的木匠已变成了这副模样，他有些失望地问：“你还能行吗？”

“能，绝对能！”木匠赶紧保证，“只是……这个嘛，现在是经济社会，嘿嘿，潘大娃，不不不，潘大老板，这个你懂，你比我懂得多哇！”

老板顺手拍出三捆钞票，说：“这是定金，事成以后，再加倍重谢。”

“好好好，我听你的吩咐！”木匠见老板这么重视他，一转身就吆喝小张，“快带我去看床！”

床在老板家的卧室里，小张怎么带？于是老板打了个电话，确定老婆不在家，便安排车回去。一行三人来到卧室，木匠一看那豪华的布置，当场就傻了，暗暗叹息一声：当年私奔的时候，两人一无所有，偷偷摸摸，倒是那样坚决。如今生活风风光光，感情却开始动摇了。

于是木匠砍了个细长销子，然后找了半天，终于在床的一侧找到一处缝隙，便从那缝隙往里打。突然，木匠手一歪，一锤子砸在自己手背上，痛得他“哎哟”一声，说：“不对，这床有些古怪，销子不能打在这里。”

老板有些吃惊，忙问：“那打哪里？”木匠掐指算了半晌，说：“只能打在小三床上。”

老板当即跳了起来：“胡扯！打在小丽床上，你到底是拆散谁？”

木匠赶紧解释：“你和你老婆缘分未尽，硬拆拆不开。我给你打个‘合缝销’，钉在小三床上。等过了七七四十九天，就能看出你和小三能不能走到一起。只要你们那头‘合缝’了，这头自然慢慢就拆开了。”

这话简直说到老板心里去了，他点了点头，说：“行，就按你说的办！”然后就让小张安排木匠在市里最豪华的酒店住下。

木匠要求七七四十九天之内，老板不能去找小三，不然莫怪不灵。好不容易熬够了四十九天，老板赶紧找来木匠，问是不是成了。

测试销

小张开车，载着老板和木匠来到小三的房子。木匠仔细看了看那钉在床缝里的销子，突然哈哈大笑，说：“合缝销，钉不牢。潘大老板，看来你和小三没缘分，合不拢啊！”

老板大惊，赶紧去看那合缝销，这一看，顿时大失所望，原来这销子不知何时已经从床缝里退了出来。小张问道：“这合缝销自己退出来了，是不是说明老板和小丽成不了？”

老板看了一眼木匠，怒道：“怎么回事，销子怎会自己退出来？我不信这个邪，你再帮我钉回去！”

木匠摇摇头，拿出工具，“啲啲”两榔头，又把销子打了回去，然后慢悠悠地说：“你说得没错，销子是不会自己退出来的。要让销子出来，其实很简单，只有一个法子——使劲摇床，销子自然就会出来。”

老板将信将疑，木匠叹了口气，

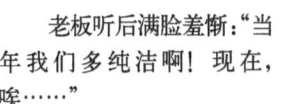

扶住床的一头，试着摇了几下。小张摸了摸销子，说：“好像真的出来了些。”木匠又摇了几十下，累得喘不过气来，就叫小张过来帮自己一起摇，两人一口气摇了总有四五百下，老板走过来一摸销子，明显又出来些了，但要退到刚才那个程度，起码还要再这样摇个几回。

突然，老板好像明白了什么，问木匠：“这是什么意思？”木匠慢条斯理地说：“你自己看到了。”

老板的一张脸顿时涨成了猪肝色。木匠叹道：“其实，我一个手艺人哪会什么法术？我给你打的两次销子其实都是一样的，既不叫拆散销，也不叫合缝销，我们行里管这叫‘测试销’。这种销子一旦打进床缝，只有不断摇动床架才能退出，不然就是把床劈了也退不出来。你七七四十九天没来看小丽，这销子是怎么退出来的，也就不用我说了吧……这玩意儿是木匠行一个老不正经的前辈传下来的。据说古时候，有的丈夫要出远门，就找木匠悄悄往床里打一个测试销，如果出远门回来，销子退出来了，就说明老婆在家不守妇道了。你媳妇嫁第一个男人，一个多月过去了，那销子还像刚打进去一般，可见他们夫妻并不恩爱。我看他们的确过不到一起，才鼓励你们私奔。当时我没收你一分钱，是你的诚心打动了我。”

老板听后满脸羞惭：“当年我们多纯洁啊！现在，唉……”

木匠也叹了口气，说：“原先，我想随便往你家床上打个销子，把钱挣了拉倒，可看见你家孩子画在床板上幼稚的字迹，一边写着爸爸，一边写着妈妈，还画了两个小人，手牵着手。我心里就一紧，那所谓的拆散销，更是怎么也打不进去了。”

老板眼眶红了，一时说不出话。小张笑着问木匠：“所以你就往小丽床上打了测试销？还嘱咐老板七七四十九天不能来这里……可是，你怎么知道小丽另有情人呢？”

木匠摇摇头说：“我哪能知道？不过这种事电视里演得多了，测试销测试销，我也就索性试一试了。”

老板听到这儿，突然从包里扒出几叠现金，一古脑都塞给木匠。老板很要强，心如刀割，嘴里仍硬撑着：“拆得好，拆得好！酬金照付。”

小张看着垂头丧气的老板，突然想到这个故事写出来，一定精彩。至于故事的结局会怎样，就要看老板接下来怎么做了……

（题图、插图：谭海彦）

延伸阅读

您想阅读这位作者的其他精选作品和创作感言吗？请扫描右边的二维码。更多精彩，立刻体验。

新传说·

送礼

□大刀红

覃永妮是一名优秀的乡村教师，因为多次被评上“道德标兵”，被市里的外国语小学破格调入。这几年，外国语小学出现了一股不良风气，校长想用覃永妮做一根“标杆”，重正风纪。不过，校委会的领导也在考虑：“这覃永妮到了城里，真的能抵御那些诱惑？”

覃永妮到校后，接任了一个班级的班主任。刚上任，她就发现一个不合理的现象——班上个子高大的邢冬，竟然坐在前面正中的位子，而个子矮小的陆双双则坐在末排。一开始，覃永妮以为邢冬视力不好，前任班主任特意这样安排的，可后来她发现，邢冬的视力很好，而陆双双的视力很差。于是，覃永妮就将陆双双和邢冬调了个座位。

这只是一次平常的调位，没想到，第二天，有个三十多岁的女人就找到了覃永妮的办公室。那个女人见了覃永妮，就说：“你是覃老师吗？我是邢冬的妈妈，我叫张晓慧。”两个人聊了一会儿，张晓慧说：“覃老师，我们家邢冬视力不太好，能不能把他调到以前的座位上？”

覃永妮为人直爽，说：“我看他视力很好，而且他个子高，坐在前面，容易遮住别人的视线。”

张晓慧笑道：“覃老师，你就帮个忙吧，‘金三银四’这规矩我懂，我不会亏待你的。”

这时，上课铃响了，覃永妮没再细问，先去上课了。下课后，覃永妮就琢磨开了：张晓慧说的“金三银四”是什么意思？她在乡村当了那么多年教师，都没听过这个说法啊！于是她找到相熟的孙老师，问道：“刚才听一个学生家长说‘金三银四’，是什么意思？”

孙老师笑道：“你这都不知道呀？”孙老师告诉覃永妮，教室里第三排和第四排是最好的位置，离黑板不远不近，听课容易集中注意力。有的老师会根据和家长的特殊关系来调整学生的座位。覃永妮听了，这才回味出张晓慧话里的意思。

覃永妮刚到城里来，老公和儿子都还在乡下，她就一个人租了一间十多平方米的屋子。这天下班后，她去菜市场买了点菜，回到住处，刚想做饭，就听见敲门声。覃永妮打开门一看，不由得吃了一惊，原来是张晓慧。张晓慧走进屋子看了看，说：“覃老师住得好简单呀！”

覃永妮感到很奇怪，对张晓慧说：“你怎么知道我住在这里？”

张晓慧说：“你放学后，我就跟在你后面，见你买菜、回家，我就跟着来了。”

覃永妮没想到自己竟然会被跟踪，就说：“邢冬有什么事，我会打电话通知你，你跟踪我做什么？”

张晓慧从口袋里掏出一个红包，塞到覃永妮手里，笑道：“这点意思，请你笑纳。”覃永妮见了红包，脸顿时红了。

张晓慧继续说：“你不要嫌少，你说，别人买那个座位给了多少钱？我给两倍。”

覃永妮这才明白，张晓慧认定自己借调整座位的名义，对座位进行买卖。覃永妮仿佛受了侮辱似的，对张晓慧说：“请你……请你出去。”

张晓慧还要说什么，覃永妮把她轻轻推到门外，说：“我以教师的名义发誓，我对每名学生一视同仁。”说完就关上了门。

后来，不管是在学校还是在街上，覃永妮见到张晓慧，都躲得远远的。即使是家访，谈完学生的情况后，覃永妮也不管张晓慧安排了吃饭、唱歌还是红包，站起身便飞也似的跑了。张晓慧见覃永妮油盐不进，就给她起了个外号，称作“逃老师”。

不过，“逃老师”还是挺负责的，经过覃永妮半年的努力，班上的学习成绩有了普遍提高，家长们都松了口气。到了年底，张晓慧总算没有再给覃永妮送红包，覃永妮这才放下心来。可快过年的时候，覃永妮的手机出了“毛病”，短信提示她的手机被充了一千元话费，刚开始，她以为是丈夫充的，但接着，一条条充值短信接踵而至。覃永妮以为是通讯公司的系统出了问题，查询后却发现系统好好的，的确是有人给她的手机充了话费。经过仔细研究，覃永妮很快发现一个规律——

每次充值后，总会有个家长给她发来一条祝贺新年快乐的短信。

覃永妮叫来第一个给她发短信的张晓慧，问一千元的话费是不是她充的。张晓慧见覃永妮识破了，便爽快地点头承认。覃永妮说：“我不是叮嘱过你们，不要送礼吗？”

张晓慧说：“覃老师，现在每家都只有一个孩子，寄托着全家的希望。虽然你不收礼，可现在这个社会就是这样，我们不给老师送礼，总觉得心里不踏实。你不收礼，我们只好表示点心意，给你充点话费。”

覃永妮听了，哭笑不得。她是个勤俭的人，每年电话费加起来都不超过一千，可现在她的话费已经充值了三万多元钱，够她用到退休！

于是覃永妮找到通讯公司，要求退还充值费，但通讯公司告知，按规定不能退还。覃永妮咬咬牙，和丈夫商量了几天，把从牙缝里省出的存款取出三万多元，退给了每一个家长。家长们知道后都深感不安，觉得自己给覃永妮添了麻烦。一时，家长们都断了送礼的念头，覃永妮总算过了一段清静日子。

这天，邢冬回家，对张晓慧说：“妈，今天我们给覃老师送礼，覃老师收了，被我们腐败了一回。”

张晓慧大吃一惊，暗想：没想到这个“逃老师”也有今天。她忙问邢冬：“儿子，你说说，到底是怎么回事？”

邢冬说，覃老师得了咽喉炎，嗓子嘶哑了，但快期末考试了，她没有在家养病，每天哑着嗓子给大家上课、分析题目。班里同学商量了，每人出一元钱，买了份礼物送给覃老师。

张晓慧问：“是什么礼？”

邢冬说，他们买了蜂蜜、雪梨，炖好了放在保温瓶里，“上课时，覃老师一打开讲台上的保温瓶就哭了，她把雪梨全吃了。”

张晓慧听了，点了点头，仿佛明白了许多不可思议但又顺理成章的事情。

(题图、插图：张恩卫)

危险关系

□芦宏伟

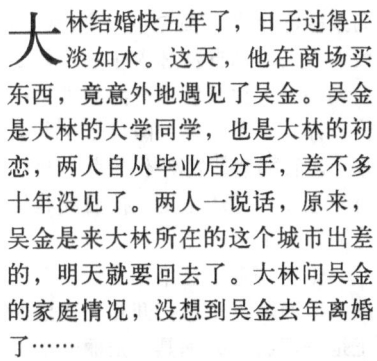

大林结婚快五年了，日子过得平淡如水。这天，他在商场买东西，竟意外地遇见了吴金。吴金是大林的大学同学，也是大林的初恋，两人自从毕业后分手，差不多十年没见了。两人一说话，原来，吴金是来大林所在的这个城市出差的，明天就要回去了。大林问吴金的家庭情况，没想到吴金去年离婚了……

两人聊着聊着，大林便越来越有些想法了。说来也巧，大林的老婆今晚的火车，要去北京出差，家里只有大林一个人……大林火辣辣地看着吴金，邀请吴金回家“聊聊”。吴金起初说不去，大林劝了一会儿，吴金终于起身跟大林走了。

到了家门口，大林掏钥匙开门。进屋后，两人对望一眼，都有点手足无措。大林的心怦怦跳着，想到十多年前，两人的第一次便发生在校外的出租屋内……他偷偷瞄一眼吴金，只见她面色绯红，羞涩地低着头。

大林上前一步，柔声说：“吴金，你还记不记得那天在我租的屋里……”吴金的脸更红了，仍不说话。大林走到吴金跟前，猛然一把将她搂在怀里。吴金起先还有些抗拒，可渐渐地似乎也动了感情，半推半就地进了卧室……就在这时，大门外传来了上楼的脚步声，接着就听到，有人在拿钥匙打开防盗门。

大林一个激灵，顿时住了手：“不好，我老婆回家了！”吴金吓得魂飞魄散，两人手忙脚乱地穿上衣服。

大林镇定了一下心神，突然想到了什么，“哗啦啦”几下从床下拉出一个纸箱来，然后一只手提着纸箱，一只手拉着吴金，几步走到了客厅。到了客厅，大林把纸箱朝地上一放，吴金看着大林，还没弄明白大林的意思，门开了。

进来的正是大林的妻子张丽娜。张丽娜一眼看到跟前的陌生女子，也愣住了。吴金看都不敢看大林妻子一眼，真想找个地缝钻进去……

这时，大林突然大声说道：“我说，你这也太贵了！不就一套锅具吗，要6800，难道这锅是金子做的？”大林这话是冲着吴金说的，吴金却很迷茫，不知道大林在说些什么。

大林接着又说：“好了好了，你也不要说你们的锅有多好用，什么省油环保，就算它真的好，也不能一套就要六七千啊！”

吴金心里一动，差不多明白大林的意思了。可她不敢多说，只是唯唯诺诺道：“我们公司的东西，就是很好嘛！”

大林不耐烦地说：“你们公司啊，搞的就是传销。别不承认，说什么直销，明眼人都知道你们公司的性质！”

说到这儿，大林朝门口看了一眼，装作惊讶地说：“咦，丽娜，你怎么回来了？”接着他一指吴金，向张丽娜介绍，“她是我一个哥们的爱人，夫妻俩自从加入了一个什么公司，天天找我们这些熟人推销高价产品。这不，他们两口子今天又来了。我那个哥们刚才接了个电话，有事走了，她还不走，拉着我非说这锅有多好……”

张丽娜走了过来，看了吴金一眼，随即蹲下来，打开箱子，里面正是一套崭新的锅具。张丽娜拿出一个炒锅，举起来看了看，说：“什么锅呀，这么贵……”

大林放在床下的锅具，是前几天他背着老婆花了6800块钱买的，是一个朋友卖给大林的。大林原本不要，可那朋友着了魔一样，天天给大林打电话，大林被纠缠不过，只好买了下来。大林怕张丽娜会生气，就没敢告诉她，暂时把锅具放在床下。刚才事情紧急，大林急中生智，就拿出锅具，让吴金冒充这家公司的销售人员。

大林刚才的一番话，明着是说给老婆听的，其实是将情况告诉吴金。吴金也是个聪明人，马上将计就计，摆出一副推销员的模样，说：“大哥、嫂子，俗话说一分价钱一分货，我们公司的产品，走的就是高端路线。”

大林也蹲下身子，悄悄跟张丽娜说：“老婆，锅我看了，确实不错，不如跟她好好讲价，如果价钱合适，咱们要了也行……”

张丽娜不动声色地拿出箱子里的锅具，一件件仔细看着，没说话。大林心里紧张，偷偷看一眼吴金，刚好吴金也朝他望来，两人眼神相撞，都慌乱地望向一边。

张丽娜看了一阵，随手将锅具“咣”的一声丢进箱子里。她站起身，盯着吴金说：“你实话说吧……”吴金心里“扑通”一下，暗道：还是被她看出来了……不料张丽娜接着问：“最低卖多少钱？”

吴金提着的心放了下来，说：“我们、我们公司规定，不能打折……”

大林见事情掩盖过去了，忙插话道：“价钱咱们慢慢谈嘛！对了，老婆，你不是去北京买设备吗？怎么回家了，不买了？”

“唉，甭提了！”张丽娜叹气道，“我都走到火车站了，才想起有一份合同忘家里了，这不，急忙赶回来拿合同。”

“原来这样呀！”大林关心地说，“那你拿了合同赶紧去吧，耽误上火车就麻烦了。”

张丽娜沉吟了一阵子，放缓了语调，对大林说：“大林，就算这套锅你很想要，但价格太高，咱们也要不起呀，你可考虑清楚啊！”说着，张丽娜又深深地望了吴金一眼，拿上合同，走了。

张丽娜走后，大林和吴金都长长地松了口气。大林充满歉意地说：“金金，对不起，没想到出现这样的意外……”

吴金叹息一声，没吭声。疯狂燃烧的烈火已经熄灭了，大林和吴金两人木然地坐在沙发上。

过了一会儿，吴金说：“我该走了，你老婆要是再回来，麻烦可就大了。”大林看了看墙上的钟，说：“她不会回来了，火车马上到点了。”大林说着话，努力在脸上挤出笑容。

吴金却说：“我还是走吧，我们这样子，不好……”大林一拍额头，说道：“对了，咱们晚饭还没吃呢！你就算要走，也等吃过饭再走吧。”

大林现在表面轻松，其实刚才也吓得不轻。可他又舍不得吴金就这样走了，初恋情人这么一走，不知道哪天才能再见到呢！

吴金还没说话，大林拎起地上的锅，笑道："这套锅真是我花了六千多块买的，都没敢跟我老婆说。这样吧，咱们今晚新锅开张，尝尝这么贵的锅，做出来的饭有什么特别……"

大林去厨房张罗起了饭菜，吴金闲坐在客厅无聊，也去打下手。忙活了个把小时，两人炒了四个精致的菜，蒸了米饭，还煲了汤。把饭菜端上餐桌，大林又拿出一瓶红酒，一边开酒一边说："不管怎样，今天重逢也是老天爷赐给咱们的缘分,先干一杯！"大林斟满了两杯酒，和吴金举起了酒杯。就在这时，门悄悄打开了，张丽娜站在门前，面无表情地瞅着家里两个正在举杯的人。

大林似乎听到动静，朝门口一看，脸色顿时变了。吴金更是脑子里"嗡"的一响，酒杯差点掉在餐桌上。房间里的空气仿佛都凝固了，也不知道僵了多长时间，大林忽然站起来，说："她非说这锅做出来的饭菜味道好，我不信，她非要做几个菜验证验证。呃，丽娜，你也来尝尝，看味道有没有什么特别？"

张丽娜没动，大林讪笑着走过去，在张丽娜耳边小声说："丽娜，我跟她老公是朋友，人家晚饭也没吃，不好不留人家吃饭……"

张丽娜"嗯"了一声，走到桌前，用大林的筷子夹了点菜送进嘴里，说道："这外面的锅和家里的锅，做出来的菜，味道还真是不一样呢！"

吴金只觉得脸上热辣辣的像在发烧。大林忙转移话题："丽娜，你怎么又回来了？"

张丽娜看了大林一眼，说："我突然不舒服，到了车站连火车票也没买，就回来了。"

大林忙问张丽娜哪里不舒服，张丽娜却淡淡地说没什么，休息一下就好。接着她不再看大林，对吴金说道："妹子，你的锅我们已经用了，肯定是买定了，咱们熟人间买卖东西，谁也别亏待了谁。这样吧，我包里有一万块钱，你随自己的心意拿钱吧！"说着，张丽娜把自己的包朝吴金面前的桌上一放。

吴金看着面前的包，不知该如何是好。张丽娜又说："时间也不早了，就不留你闲聊了，你拿了钱就走吧。"

吴金听到"走"字，像是抓到了一根救命草，匆匆忙忙在一沓钞票里随便抽出一些，说："那好，那我走了！"说着低着头就想走。

"别走！"张丽娜在后面叫了

一声，吓得吴金身子一颤，只听张丽娜说道："就这么点怎么够？给，这些你再拿着！"张丽娜朝吴金手里又塞了一些钞票，吴金不敢多说，也不敢再看大林一眼，拿着钱就朝外走。

吴金逃命似的从大林家走了出来，到了外面，迎着冷风一吹，吊在嗓子眼里的心才算落了下来。她手心里还攥着张丽娜刚才给的钞票，已经被汗湿透了。吴金摊开钞票一看，赫然发现其中夹着一张火车票。她怔住了，展开车票一看，正是今晚去北京的班次。

吴金突然明白了什么：张丽娜说她不舒服，没买车票就回来了，现在却故意把这张车票夹在钞票里，塞给自己看，也就是说，她根本没有不舒服，刚才是给自己和大林留了面子，其实，人家心里什么都清楚。

再说大林家里，大林看着吴金出门，长长地舒了口气，暗道：今天实在太险了！他对妻子说："丽娜，你今天累了，早点睡吧。"张丽娜点点头，朝卫生间走去，走到门口，她突然回过头来，看了大林一眼，说："你的衬衫该换了，一会儿脱下来给我吧。"说完，快步走进卫生间关上了门。

大林心里奇怪：身上这件衬衫是今天刚换的，还没脏啊，他再低头看了一眼，这一眼顿时让大林心里"咯噔"一下：衬衫有一粒纽扣系错了，一定是妻子第一次回来时，自己慌忙穿衣服时扣错的。难道那时妻子就已经看出了真相？大林想着，悄悄靠近卫生间。卫生间的门关着，里面传来水流哗哗的声音，大林仔细听着，他觉得自己好像听见了隐隐的哭泣声……

大林明白了，妻子用一种最聪明也最无奈的方式化解了危机，保护了夫妻感情。他知道以后自己该怎么做了……

（题图、插图：刘斌昆）

·新传说·

找工商贩牛

□宫新宇

赵同生想做生意，他有个堂哥是贩牛的，赵同生就打定主意，要跟着堂哥去内蒙贩牛。不料起程这天，堂哥家里临时有事走不开，赵同生只好独自出发。堂哥挑重要的事项叮嘱了他几句，还特别提醒，千万“躲着点儿工商”，赵同生答应得挺欢实。

赵同生买了张车票，一口气坐到内蒙蓝旗。下了车他就傻眼了，在他的想象里，美丽的草原牛羊漫山遍野，可眼前别说牛羊了，一个人都看不到。走了十多里，好不容易望见一座蒙古包，可还没等他靠近，好几条凶巴巴的看家狗就扑了过来，吓得他赶紧往回撤。

走了二三十里，赵同生觉得这么下去不行。他重新坐上车，到了最近的县城，向城里人打听牲畜交易市场在哪，不料问了半天，也问不出个所以然来。

这可咋办？到底该问谁？赵同生急得抓耳挠腮，嗓子眼儿里直冒火。这时，他突然想起堂哥的提醒：“躲着点儿工商”，工商？他眼前一亮，工商天天跟商贩打交道，哪儿有牛哪儿有羊，在什么地方交易，他们一准门儿清呀！找他们打听算是找到根儿上了，赵同生决定到工商局打探一番。

当然，赵同生还没傻到自投罗网的地步。他来到工商局附近，学黄花鱼，溜边儿观察。他以为，工商局门口准会有很多被查扣的贩牲畜的车辆，他也就能顺藤摸瓜，访查到卖主。结果眼巴巴地守了两天，一根牛毛也没瞧见。第三天，他想，先得搞清楚这些大盖帽里，哪些是专管牲畜市场的，不知不觉就走近了些。这个举动像是触发了某种机关，从楼里走出来三个人，客客气气地把赵同生请了进去，搞得他有点儿丈二和尚——摸不着头脑。

一进门，赵同生就感觉到了气氛的异样，一个胖胖的老工商问他：“我们注意你有一阵了，你老在这儿探头探脑、东张西望，想干什么？”

“没、没想干什么……”赵同生吞吞吐吐不肯说实话。后来他才晓得，昨天晚上工商局进了贼，副局长抽屉里的三千块钱不翼而飞，自己是被当作重点怀疑对象叫进来盘问的。赵同生吓了一大跳，赶紧说了实话。

听了赵同生的话，在场的人发出一阵哄笑：“哈哈，啥？到工商局来打听贩牛的事，你自己信吗？”接着，大家不约而同地把目光扫向赵同生上衣的口袋，那儿鼓鼓囊囊塞着借来的三千块本钱。赵同生下意识地捂紧衣兜，暗自叫苦：“这下可说不清了。”

正在僵持，这时传来消息，公安部门通过街道上的监控探头锁定了犯罪嫌疑人，赵同生的嫌疑排除了。这下可好了，那个胖胖的老工商赶紧吩咐人给赵同生倒茶，还有人递过条毛巾让他擦拭脸上惊出的冷汗。

“你真的是来打听贩牛的事吗？”这回轮到工商局里的人惊讶了。不一会儿，整个大楼的人都知

道了，都觉得新鲜，不断有人从门口经过，假装不经意地往屋里瞄一眼，看得赵同生很不好意思。他想走，却被老工商拦住了，说还有点事要处理。

不一会儿，老工商叫上赵同生，坐进一辆执法宣传车，向城外驶去。看对方表情挺严肃，赵同生心里直敲小鼓：这是要带着我去交罚款吧？他忍不住问："咱这是要去哪儿？"

老工商回答："到地方你就知道了。"

轿车驶出四五十里，停在一户牧民的毡包前。下了车，赵同生终于看到牛了，一大一小两头牛。老工商告诉赵同生，这两头牛是主人刚贩回来的，因为私贩牲畜受到了处罚，还没找到买主，恰好赵同生要买牛，自己就牵线搭桥成人之美了。

赵同生听了，喜出望外。做买卖前，老工商对赵同生说："我们只是执行职责，有偷税漏税的才处罚，不是想故意难为谁。规矩做买卖的根本没必要躲着我们，跟我们藏猫猫。不过像你这样主动找上门来的，倒也是蝎子拉屎——独一份了。"

赵同生笑了笑，就和卖主跑到一边讲价，最终以2600元的价钱牵走了这对牛母子。临别前，老工商附耳对赵同生说了几句话，赵同生听了连连点头。

如愿以偿买到了牛，赵同生心花怒放，昼夜兼程赶着牛回了老家，在牲畜市场和一个南方人达成了交易，一口价3500元。但就在交易前，赵同生忽然记起了临别时老工商贴着耳朵对他说的那句话："别一起卖，两头牛分开卖。"虽然他也想不清这有什么不同，但出于对老工商的信任和感激，他决定照办。于是赵同生对买主说，只能卖给他那头小牛。在忍受了买主一通冷嘲热讽后，赵同生以1500元的价钱卖了小牛。

小牛被牵走了，起初母牛还懵懂着，过了一会儿，它意识到孩子不在身边了，便"哞哞"地呼唤起来，响亮的叫声把全市场的目光都

吸引到了赵同生这边。没用他吆喝，商贩们自动围拢过来，争着跟他讲价，价钱一抬再抬，跟进了拍卖场似的。最终，这头大牛卖了2600元。一头牛把两头牛的成本挣了出来，净赚1500元！

用这笔本钱，赵同生的生意逐渐走上了正轨。可干了一段时间，他就遇到一件郁闷的事。为了宣传自己的生意，赵同生给卖出的牛都做了个耳标，在上面标明产地、检疫情况、自己的联系方式等等。可好几次，他出市场时，都发现那些耳标被撕下扔到了地上。

赵同生想不出对策，想来想去，一次去内蒙贩牛时，他抱了条家乡出产的“山海关”香烟，跑回了工商局，和老工商说了耳标的事。老工商听完笑了，他告诉赵同生，贩牛的都怕别人抢了客户，爱搞信息封锁，挂耳标这样明着来肯定不行。

赵同生急了，问：“那该怎么办呢？”

老工商“嘿嘿”一笑，贴近赵同生的耳朵压低声音说了几句话。赵同生恍然大悟……

回去后，赵同生卖肉牛时多了一道程序——交易完毕，买主牵牛走的时候，他总要依依不舍地给牛喂两个麦饭团子。市场上的牛经纪们打趣他：“你这是和牛产生感情了吧？”赵同生却光笑笑，不说话。

这样做了一段时间，奇怪的事发生了：市场上开始有人通过中间人，指名道姓地要买赵同生贩的牛，有的客商还直接跟他联系下订单。混市场的牛经纪们都挺纳闷：“难道是牛替他说了好话，捧火了他的生意？”于是大家都跑来跟赵同生讨麦饭团子，想沾沾喜气。平时大方的赵同生却把麦饭团子当了宝贝，谁来要也不给。

原来，赵同生遵照老工商的点拨，在给牛喂的饭团子里，放了一张写着肉牛产地和自己联系信息的塑料小卡片，就像给牛做了张身份证。买家屠宰肉牛后，清理牛胃时很容易发现这张卡片。这对买家来说，也算是难得遇上的稀罕事，自然就对这么做的赵同生产生了好奇，跟他做生意的热情也就水涨船高……

半年后，赵同生攒够了钱，买了一辆运输车。他生意越做越大，后来还注册了以自己名字命名的贸易公司，雇了司机、会计，生意颇有点规模。

至于赵同生的那位堂哥呢，他贩了好几年牛，也没落下多少钱，见赵同生这么快就买了车，就问他有啥秘诀。赵同生回答说：“也就是常跟工商打交道，学了两手。”堂哥以为他在说反话，不容他详细解释，哼哼叽叽弄出点儿怪声走了。

（**题图、插图**：张恩卫）

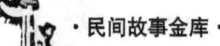

江湖风波险恶，宦海更是深不可测。幸好还有这样的朋友，他点起神奇的半灶香，那袅袅烟雾里有智慧、有温暖、有无价的情义……

江湖半灶香

□王乃飞

救命香

元末的时候，有一个叫桂云的年轻人，生得力大无穷，还会一些功夫。这年，桂云的父亲桂员外犯了心口痛的毛病，请了很多大夫都无法医治。最后一个大夫说：“有一个人或许能救你父亲，那就是‘江湖半灶香’。”

桂云问，江湖半灶香是谁？大夫说，江湖半灶香是个异人，专治天下疑难杂症，他身边总是离不开半灶香，所以人们给他起了这个外号。大夫又说，江湖半灶香行踪诡秘，谁也不知道他家住哪里、身在何方。桂云听了，十分着急，骑上宝马，在马脖子上挂了块牌子，写明寻找“江湖半灶香”，就出门找人去了。

桂云在外跑了三天，没听到江湖半灶香的半点下落。这天他跑累了，就走进一家酒楼，边吃饭边歇着。这时候，就见楼上抬下一个人来，是一个老头被卷在一张席子里，却还眨着眼睛。桂云见老头脸上有很多溃烂的地方，好像得了什么怪病。

桂云上前拦住，说：“只有死人才裹在席里抬出去，这老头还没咽气呢，你们这不是草菅人命吗？”他拿出钱来，把老头安顿在一间客

房里，接着就要去请大夫。不料老头微弱地说："壮士，我这是中了毒，你也不用找大夫，只需给我拿几味药来就行。"老头说出了几味很普通的药。桂云买来药煎好,让老头喝下，不过片刻，老头身上的溃烂果然慢慢地退了下去。

到了晚上，桂云和老头分榻而眠。半夜，桂云被一股淡淡的香味熏醒了，睁开眼一看，老头身上的溃烂已经全消，只见他正盘腿坐着，双目微闭，手上掐着半截香。

桂云心中一动，轻轻地下了床，问老头："你可是外面盛传的神医江湖半炷香？"老头睁开眼，笑道："神医不敢当，我的真名叫周铭。"

桂云心中大喜，正想说什么，窗户纸突然被人捅开，一股烟钻了进来。桂云叫声"不好"，他听说过这种江湖伎俩，这烟一定是有毒的熏香，有人要暗算他们！桂云忙打出一支袖箭，只听外面"啊"的一声惨叫，桂云来不及多想，背起周铭就往外跑。

桂云背着周铭跑出酒楼，到一处平地才停下来。周铭感激不尽，对桂云说："多谢壮士两次救了我性命，今生不知如何报答。"

桂云就趁机说了想请周铭为父亲治病的事。

于是周铭跟着桂云赶回家，到了家里，桂云的父亲还剩下一口气。周铭拿出半炷香来点着，又拿出几根银针来，在桂员外身上几处下了针。结果，半炷香还没燃完，桂员外就睁开了眼睛。

桂云父子对周铭千恩万谢，周铭却只要求他们千万别对人说他来过这里，桂云父子答应了。

迷魂香

几年后，天下大乱，桂云加入了一支抗元的义军。他作战勇猛，屡立战功，从一个小小的士兵做到了将军，还跟一个叫朱元璋的义军头领结拜为兄弟。最后，朱元璋打下了天下，创立了大明江山，成了皇上。桂云被封为建威将军。

可是没过几年太平日子，桂云就看出不对劲来了——当初在沙场上生死与共的兄弟，一个个地被朱元璋找了由头，拖到了刑场。桂云心里憋气，成天在家喝闷酒。

这天，桂云散朝后正在家喝酒，家人来报，说有个干瘦的老头想见他。桂云正心烦，就说不见，家人却递过一个小盒子来，说是那个老头让转交的。桂云打开一看，见里面只有半截香。啊，难道来人是"江湖半炷香"周铭？这可有多少年没见着了呀！桂云马上让家人有请。等那个老头进来，桂云一看，可不正是周铭吗？

周铭进来看了桂云一眼，就说：

“我是来还债的。当年恩公救了我两次，现在终于有机会报答了。”桂云纳闷道：“可我现在身体好好的呀！”

周铭却叹了口气，说：“你已经病入膏肓了！”

桂云不明白，但还是请周铭坐下来一起喝酒。几杯下肚，桂云就发起了牢骚，埋怨朱元璋不该滥杀那些一起出生入死的兄弟。周铭在一旁没言语，他不动声色地掏出半炷香，点燃后夹在两指之间。等桂云抱怨完了，他才说：“恩公，我就是来给你治这个‘病’的。你生性耿直，有什么就说什么，可是祸从口出，刚才那些话要是传到皇上耳里，你还能活几天？你现在不等于是病入膏肓了吗？”

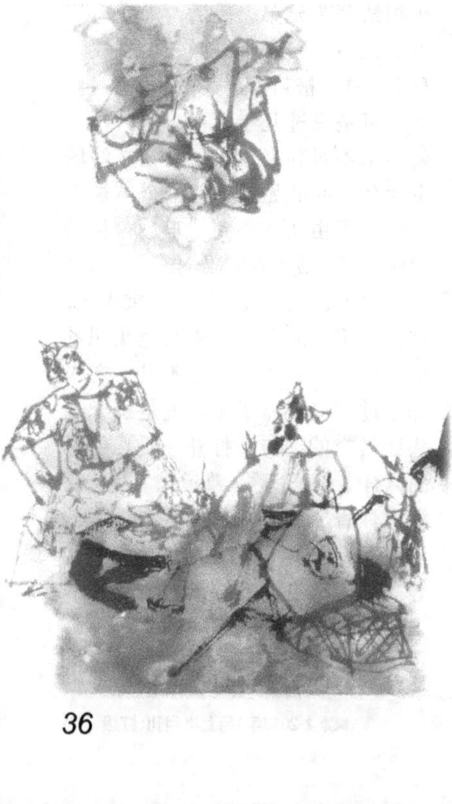

桂云听完一愣，再仔细一想，冷汗就下来了。周铭又说：“当年有人害我，是你救了我，可你知道那些人为什么要害我吗？”

桂云摇摇头，周铭就说：“我年轻时是开医馆的，没做几年就声名远播，抢尽了同行的生意。有几个同行对我恨之入骨，放火烧了我的医馆，我的家人都死在大火里了。我这才知道，人有点本事就会招人忌恨。从此我心灰意冷，漂泊江湖，谁知他们还是不放过我，我只好东躲西藏，连个囫囵觉都睡不上，每晚只睡半炷香的时间……”

桂云听罢，不禁感慨万分：那些死去的功臣，不正像周铭一样吗？战功越多、权力越大，对皇位越有威胁，朱元璋就越盯着他……桂云正想着，突然“扑通”一声，从房梁上落下个人来。

桂云吓了一跳，上前一看，掉下来的这人十分眼熟，竟是皇宫里的锦衣卫，看来朱元璋也不放心自己呀！桂云肺都气炸了，转身就去取刀，周铭忙拦住他，说：“杀了他，你便没生路了，你全家人都得死！”

桂云的刀掉在了地上，周铭说：

“我刚才点起的是迷魂香，在我们喝的酒里，我已下了解药。这锦衣卫中了迷魂香，一时半会儿醒不了。你把他送回家，就不要声张了。他在这里出了丑，你不杀他，还给他留了面子，他怎能在皇上跟前再陷害你呢？”

桂云一听，只能如此了，就吩咐家人把那锦衣卫用轿子送到他家里。送走了锦衣卫，周铭对桂云说：“躲过了这次，逃不过下次，你这病要及时下药了。”

桂云犯愁道：“这‘病’只怕是绝症，怎么下药呢？”

周铭说：“药方已经开好了，就在我手里。”他展开手，手心里写了一个“隐”字。桂云皱眉道：“你是说，要我辞官归隐？”周铭点点头，说：“只是这药方还缺少一个至关重要的药引子，我去寻，你一定要等我。”周铭说完，就急匆匆走了。

结拜香

第二天桂云上朝，见朱元璋对自己如往常一样，看来那个锦衣卫果然没出卖自己，也就放心了。

又过了几天，朱元璋交给桂云一个任务：大臣何健谋反，让桂云做监斩官。何健和桂云一样，也是在战场上为朱元璋卖过命的兄弟，他怎么可能谋反呢？

桂云闷闷不乐地回到府中，老家却有人来报丧，说桂云的父亲犯了心口痛的旧病，一口气没上来，死了。桂云悲从中来，立刻向朱元璋报丧，说要回乡守孝。守孝是大事，朱元璋只好让桂云回去。监斩的事，自然就作罢了。

桂云一路上马不停蹄，回到家乡，父亲的灵棚早就搭好了，桂云进去大哭了一场。可是等到晚上，从灵堂后面转出个人来，对桂云说：“我儿可好？”桂云一看，竟然是父亲！

桂员外说：“儿啊，我就是那个药引子呀！”这时，周铭也从后面转了出来，说：“恭喜恩公，终于脱身了。”桂云这才明白周铭的苦心，可还没等他高兴起来，周铭又说：“眼下还有一关要过，皇上一定会派人来，名为吊唁，实是看令尊的生死。到时候令尊必须死过去一次，才能瞒过他们。”

桂云问：“死过去容易，可事后怎么活过来呢？”周铭叹了口气，说：“难就难在这里呀！”

周铭说，人的膏肓两处是药力最难达到的，也是最薄弱的。如果在膏肓之间插进银针，只要分寸得当，人便如死了一样，却还有一口气在丹田，这样便能瞒得过来吊唁的人了。不过周铭也有忧虑：“这种假死不能持久，只能在半炷香内，过了半炷香时间，人便会由假死变成真死。”

桂云心想，吊唁的哪有呆得久

的，半炷香时间也够了。

果然不出周铭所料，不到三天就来了朝廷的快马，大太监索震代表皇上前来吊唁。索震在棺前哭了几声，起身摸了摸了桂员外的身子，果然手脚冰凉。索震想了想，吩咐身边的小太监："点起一炷香来，我要好好瞻仰瞻仰老人家的遗容。"

香点起来后，索震就拉了把椅子，坐在棺旁看着。那炷香点燃后冒出一股异香，一会儿就飘满了全屋。屋里的人闻到香味，都觉得鼻子里痒痒的，一忍再忍，可到最后都忍不住了，纷纷张嘴打喷嚏。原本肃穆的灵堂里，响起了此起彼伏的喷嚏声。

桂云暗自吃惊，这一招可真够毒的！这种香叫"贼难逃"，专门对付那些藏在暗处的人，只要闻到香味，就会憋不住打喷嚏。万幸的是，桂员外被扎了银针后，如同昏死一样，才没打喷嚏。又过了一会儿，索震点燃的那炷香烧下去了一大截，他还没有要走的意思。桂云的心又悬了起来：父亲只有半炷香的命，索震真要耗下去，可怎么办呀？

正在这时候，索震突然张开大嘴，也打了个喷嚏。原来，他刚才用的是憋气功，现在他那股气憋完，也忍不住打开喷嚏了。索震觉得失礼了，干咳了一下，站起来说："人死不能复生，桂将军节哀吧。"说罢领着小太监往外走，桂云忙送他们出门。

等桂云回来，就见老父亲已坐起在棺材里，周铭在一旁说："好险，再多停留片刻，这假丧可就成真丧了。"桂云忙给周铭跪下，谢他的救命之恩。周铭把桂云扶起来，说："你的将军是当不成了，如不嫌弃，可随我学医，治病救人。"

接下来，桂云给父亲风风光光地办了丧事。按朝中的规矩，大臣死了父母，要在家守制三年。桂云便在父亲的坟旁搭了个棚子，不到一个月，

棚子里就没了人。

一晃三年过去，桂云这三年没有出现，谁也没多想。可三年后，桂云也没回京城，朱元璋突然就想到了他，派人到他家乡去看看。派去的人回来却说，早就不见桂云的踪影了。

朱元璋这才知道上了当，立刻摆驾到了桂云的家乡，让人把桂云父亲的坟挖开。等打开棺材，见里面空荡荡的，只有三根草。大太监索震呈上那三根草，本以为朱元璋会龙颜大怒，不料他一看这草就呆住了，哆哆嗦嗦地接过来，看着看着，竟流下了眼泪。

原来，这三根草是大有来头的。当年朱元璋领着桂云、汤和、常遇春这一帮兄弟，生里来死里去，好得跟亲兄弟一般。一次，朱元璋提出要和他们结拜。拜把兄弟，必须有三炷香，可那时候兵荒马乱，一时间连半截香都找不到。众人就堆起一堆土来，以草为香，插上三根草棍就结拜了。

现在朱元璋看到这三根草，一下子把过去的事都想起来了。想想这些年，为了稳固江山，老兄弟杀得也不少了，除了桂云，就没剩几个了。朱元璋叹了口气，吩咐下去，把棺材还原。回到京城后，朱元璋也没再追究桂云的下落，桂云的“病”这才算真正治好了。

（题图、插图：黄全昌）

·本刊信息传真·

故事会■新浪 微故事大赛

1月征集主题：怕老婆故事

篇幅最短、含“金”量最高的故事，等待你的挑战！

《故事会》杂志和新浪微博（weibo.com）联合主办微故事大赛继续进行，邀请各路故事名家、草根英雄和世外高人展开较量！

本次大赛所有作品通过**新浪微博**平台征集（搜索#微故事大赛#），每月一个主题，当月设金奖1名，奖金1字10元（字数低于120的按120字计），银奖2名，奖金1字5元，另设年度奖项。优秀作品将在每月的《故事会》上刊登，并结集出版。11月故事结果已经揭晓，详情请登录故事中国网**(www.storychina.cn)**看。

1月微故事征集主题：怕老婆故事。夫妻间有讲不完的故事，怕老婆则是夫妻关系中一个最有热点的话题，有些妙趣横生，有些催人泪下……正文字数在130字以下，力求情节出人意表，立意隽永深远，文字鲜明生动。本月的微故事达人或许就是你！截稿日期：1月21日。（本期刊物特别选登11月微故事大赛优秀作品，详见P16）

本作品改编自罗尔德·达尔的小说《谋杀》。罗尔德·达尔（1916—1990），英国杰出的儿童文学作家、剧作家、短篇小说家。作品充满想象力，情节奇幻巧妙。代表作有《查理与巧克力工厂》、《羊腿与谋杀》、《女房东》等。

妻子的反抗

福斯特太太是个急性子，做什么事都喜欢提前一点，她最怕的事就是赶不上火车、搭不上飞机。而福斯特先生和妻子刚好相反，他做事不慌不忙，总是在最后一刻才出门，有时还会无伤大雅地迟到几分钟。尽管福斯特太太每次都心急如焚，但她从来不敢催促丈夫。她性格温顺，甚至有点懦弱。福斯特先生很满意自己对妻子的控制，有时他故意直到最后一秒钟才出门，看到妻子急得发抖却又无可奈何，他心里会产生一种说不出的快感。

福斯特夫妇十分富有，他们居住在纽约市郊一座四层楼的别墅里。这天，别墅里的仆人们都在忙碌着，因为福斯特太太马上要出远门了。对她来说，这次出门特别重要，她要去巴黎看望嫁到法国的独生女儿，还有三个从未谋面的小外孙。她以前只见过他们的照片，他们可爱极了，福斯特太太是多么希望能搬到巴黎和女儿同住啊，但丈夫却断然拒绝了这个想法。就连这次，他答应福斯特太太飞去巴黎探望女儿一个半月，都可以算是一个奇迹了。

这会儿，福斯特太太早已穿戴整齐，她在一楼客厅里不停地走来走去，心里想着：如果丈夫还不赶快走，自己可要错过班机了。每过几分钟，她就忍不住问仆人：“几点了？”这次仆人答道：“九点十分，夫人。”

福斯特太太默默算了一下，飞机十一点起飞，路上要一个小时，还必须至少提前半小时抵达办手续。天啊！时间不多了。她花了几个月时间，才说服丈夫让她出门，要是搭不上这班飞机，丈夫很可能就会取消她的整个行程。而最令人烦恼的一点是，丈夫坚持要去送机。

九点二十分，一楼的电梯门打开了，福斯特先生终于下楼了。福斯特先生上了年纪后腿脚就不那么灵便了，于是给家里装上了电梯。这会儿，他不紧不慢地走进客厅，嘴里抱怨着：“这电梯吱吱嘎嘎的，我真该马上给维修公司打个电话。不过，我们现在要出发了吧？”

福斯特太太赶紧说：“对对对，什么都准备好了，车子在等着呢。”福斯特先生看了妻子一眼，慢悠悠地说：“不过，我还要耽搁一下，我要去洗手。”

又过了几分钟，福斯特先生才出现，福斯特太太三步并作两步走出大门，坐进车子。她丈夫慢条斯理地跟在后面，福斯特太太看着丈夫，心里突然冒出一个可怕的念头：丈夫是在故意折磨自己，这能给他带来一种变态的乐趣！

车子终于上路了，还没到机场，外面就开始起雾了，雾气越来越浓，车子不得不减速。福斯特太太绝望地喊道：“我要死了，我赶不上飞机了。”她丈夫却冷冷地说：“别傻了，这种天气飞机应该取消了，所以你不用担心。当然，如果飞机还要起飞，我同意你的话，你一定会赶不上。”

福斯特太太心里涌起一股怒意，但和以前一样，她什么也没说，扭头看向窗外，雾更浓了。她丈夫一脸轻松地说：“得了，你还是放弃吧，去巴黎根本就是个傻主意。”

这时，车子停了下来，福斯特先生“哈”一声笑了：“怎么样，交通堵塞了吧？”

不料前排的司机回头说：“不是的，先生，我们到了，这就是机场。”

福斯特太太忙从车内跳出，快步走进机场。机场里挤满了人，办事员告诉她，这班飞机暂延了。福斯特太太回到车旁，把情况告诉丈夫，让他先回家，不用陪自己了。丈夫点点头，就和妻子告别了。

福斯特太太一直在机场等到晚上，才得到消息，她的航班将延后到第二天上午十一点起飞。福斯特太太本想在机场凑合过一夜，可她年纪大了，一直坐着可受不了，于是她叫了出租车回家。

福斯特先生见到太太的第一句话是："巴黎好玩吗？"福斯特太太没理会丈夫的所谓幽默，她注意到，家里的仆人都不在。福斯特先生告诉妻子，他刚灵机一动，给仆人放了假，太太出门的这段日子，他打算住到俱乐部去，这样他既不用操心家务，还能省了仆人们的薪水。

福斯特太太点点头，告诉丈夫，飞机改在明天上午十一点起飞，她订了明早九点的车。最后她对丈夫说："这次，不必麻烦你去机场送我了。"福斯特先生看了一眼太太，慢吞吞地说："也好，不过，你可以顺路先送我到俱乐部去吧？"

福斯特太太心里一沉，她微弱地反对说："可是，俱乐部在市区，到机场不顺路。"丈夫却说："可你有的是时间呀，你不愿意先送我一下吗？"福斯特太太嘴唇动了动，最后还是温顺地答应了。

第二天早上八点半，福斯特太太就在大厅等着出发了。九点过了一点，她丈夫坐电梯下来了。两人刚要出门，福斯特先生突然说要拿几根雪茄，让太太先上车去等着。直到九点十五分，他才走出来，慢悠悠地上了车。福斯特太太忙对司机说："请你快开，已经迟了。"

引擎发出一阵吼声，就在这时，福斯特先生突然大叫："等一等！"说着双手在大衣口袋里摸来摸去。

福斯特太太忙问："怎么了？"丈夫说："我有件礼物要托你带给女儿，是一个小盒子，可到哪儿去了呢？我记得下来时拿在手上的。"福斯特太太忙帮着在车里到处找，丈夫叹了口气说："我大概把礼物留在四楼卧室了，我马上回来。"

福斯特太太几乎哭着说："我们来不及了，求求你别去了，你可以用邮寄。"丈夫却生气了，大声命令说："坐着，我要去拿！"

福斯特太太只得坐在车里，安静地等着。时间一分一秒过去，眼看九点半了，这时，她的手突然在她丈夫座位角落的缝隙里碰到一个硬物，她把手伸进去拿出来，那是一个小盒子。她发觉，这盒子是有人用力把它推到缝隙里面去的。

丈夫竟故意把盒子藏起来！可是，福斯特太太这会儿没空生气了，她对司机说："我找到礼物了，我去叫他。"说着跳下车，跑向大门。

大门关着，福斯特太太打开皮包发疯似的找钥匙，终于找到了，她把钥匙插进锁孔，正要转动的时候，忽然停住了。她抬起头，动也不动地站着，整个人都好像凝固了。她

似乎在倾听着什么特别的声音，只见她把耳朵慢慢地移近门板，最后贴到门板上。她就那样手里拿着正要开门的钥匙，抬起头，耳朵贴着门，竭力倾听屋里传来的非常微弱的声音，并试图判别那是什么声音……

过了好几秒钟，福斯特太太忽然活跃起来，她把钥匙从锁孔里拔出来，跑向车子，高声对司机说："不等他了，快开车！"

一直在观察着她的司机发觉她整个人一下子都变了，她脸色发白，神情不再懦弱呆滞，眼睛闪亮着，似乎变得刚强起来。司机犹豫地问道："真的不用等先生了吗？"

福斯特太太坚定地说："没关系，他可以自己叫车去俱乐部。快开！"

在福斯特太太的催促下，司机一路飞驰，刚好赶上飞机。没多久，福斯特太太就飞临大西洋上空了。

福斯特太太在巴黎度过了愉快的时光，她的外孙比照片上更可爱，她整天带着他们玩。每个星期，她都会写一封长信给丈夫，告诉他巴黎的趣闻。六个星期过去，她该回纽约了，女儿和外孙都很舍不得，福斯特太太却一点也不忧伤，还暗示大家，她很有可能会重回巴黎。

飞机在纽约机场降落，福斯特太太叫了车回家。在家门口，她按了门铃，没人来应门，于是她用钥匙打开门。首先映入眼帘的是地板上摊着的一大堆信，那是从信箱里滑下来的。屋里又黑又冷，还隐隐传来一股尸臭怪味。

福斯特太太快步走过大厅，转向屋后的电梯间。几分钟后，她回到大厅，脸上露出满意的表情。随后她走进丈夫的书房，找到电话本，拨打了一个号码，"喂，我这里是六十二街九号，你们可不可以马上派人来，对对，好像是卡在二楼和三楼中间，我刚回家就发现它坏了。"

接着，福斯特太太放下电话，坐在她丈夫的书桌前，耐心地等着维修人员来修复她去巴黎那天早上坏掉的电梯……

（推荐者：吴　满）

（题图、插图：佐　夫）

·阿P系列幽默故事·

阿P卖酒

□郭振宇

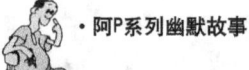

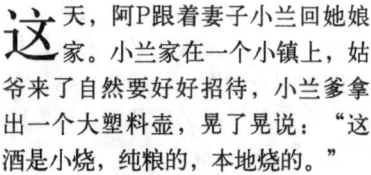

这天，阿P跟着妻子小兰回她娘家。小兰家在一个小镇上，姑爷来了自然要好好招待，小兰爹拿出一个大塑料壶，晃了晃说：“这酒是小烧，纯粮的，本地烧的。”

阿P接过酒壶，倒了一杯，“吱”地喝一口，摇摇头说：“这酒不咋的，远远没有我表哥烧的好。”

小兰爹说：“没法子，咱这十里八村都没有烧酒的，成瓶的酒贵，还怕是假酒。这小烧是镇上一户人家自己烧的，味道差点，但喝着放心。”

阿P的脑筋转得快，闻听此言，他立刻有了好想法：“既然这附近没有好酒，我去我表哥家学烧酒，回来咱们烧酒卖，准能挣大钱。”

小兰爹连连点头：“好主意！还是我姑爷行，就是有头脑。”

阿P得到岳父的夸奖，又飘了起来：“在镇上只是起步，以后要把酒卖到市里去、省里去，要成立公司，争取上市。”

兵贵神速，第二天阿P就去了表哥家，没两天他就回来了。小兰很吃惊，问：“怎么这么快就回来了？表哥不教你？”

阿P一撇嘴：“那可是我亲表哥，他不教我教谁？回来得早是我学得快。在城里我把设备都定好了，一会就来安装，你就瞧好吧。”下午，厂家真的送来了烧酒设备并安装好。

设备齐了，阿P倒不着急了，他去县城找了两个唱二人转的，又雇了一辆货车，把货车车厢用条幅围上，条幅上写着烧酒的广告。然后他让货车拉着两个唱二人转的去镇里的大集上唱戏，给酒做广告，说酒已经出炉了，让大家赶紧来买。

很快宣传就有了效果，有亲自来问的，有打电话问的，阿P告诉他们，第一锅酒早卖光了，第二锅

十天后出锅，让大家准时来参加揭锅仪式。

小兰不解，问阿P："你这玩的是什么把戏？"

阿P说："你懂什么？这叫饥饿营销，让他们买不着。越买不着说明酒越好，越买不着他们越着急。"

小货车拉着演员又唱了两天，镇里跑完了又去周边的农村跑了一圈，这下，十里八乡都知道阿P的酒了。阿P觉得差不多了，就准备动手烧酒。

阿P买的设备挺大，一次能烧五百斤酒。小兰爹问阿P是不是先试一试，少烧点，成功了再大批量烧。阿P说："爹你放心，学东西不靠时间，靠智商！别看我只学了两天，技术已经学到家了，不用试，没问题。"

七天后，酒终于烧好了，很多村民知道今天酒出锅，来买酒的和来看热闹的不少。大家都等急了，酒一出来就纷纷过来品尝，不料这一尝，大家都一脸苦相。小兰爹看着不对，赶紧过来，一尝，便一口吐了出去："这酒什么味啊？酸！"阿P一尝，也傻了，这酒是酸的，根本不能喝。

阿P镇静了一下，对大家说："对不起了，一周后大家再来吧，今天的酒出了点问题，下一锅保证好。"

一周后，第二锅酒出锅了，又来了很多人，一尝，这回不酸了，却是苦的。这苦酒可怎么喝？大家哄笑着都走了。

这时已经出了一千斤酒，大大小小的塑料桶都装满了，摆了一院子。阿P不服，还要再烧一锅，小兰爹说："不要试了，这酒的臭名已经出去了，没人再信了。"

不料第二天，陆续来了不少人买酒，都是村里的妇女。她们拿着塑料壶，有的要十斤，有的要五斤，一上午竟卖出了二百多斤酒。阿P来了精神头，这酒还是有人爱喝的。

可是到了下午，阿P又傻了，村里很多人来退酒，来的都是男人。他们说，自己的女人买这酒就没安好心，喝这酒省钱啊，一口下去，跟喝药似的，谁受得了啊，还不得戒酒？于是都纷纷来退酒。

阿P闻听很恼火，黑着脸说："不退不退，喝的东西不能退。"小兰却骂阿P："赶紧退！不给退，让我爹在村里怎么呆啊？你赶紧跟我回城，可别再坑我爹了。"当天她就把阿P拉回了城里。

从此，这酒就成了阿P心里的痛，他很长时间都没好意思再去小兰家。一晃小半年过去了，这天，小兰爹打来电话，说酒都没了，让阿P赶紧来再烧点。阿P一听大喜，对小兰说："我早说了，我烧的酒没问题，可能是刚出锅时间短，所以不好喝，陈一段时间就好了。好酒不

都是陈年的吗？你看茅台，差一年价格差很多，我造的酒要是陈个十年八年的，也是名酒了，叫阿P老酒。”

小兰呸了一口，两人一起回小兰家了。一进门，阿P就问：“酒都卖光了，赚了不少钱吧？”

小兰爹哼了一声：“卖什么卖，谁会买这酸酒？这酒除了刘二狗没人喝。这个刘二狗啊，懒得要命，啥也不干，快穷死了。他买不起好酒，就经常来要这酸酒苦酒喝，虽然难喝，多少也能解解他的酒瘾。”

阿P不明白了：“既然没人买，酒怎么都没了？”

小兰爹一笑：“你来看看吧。”他把阿P领到后院，后院养着几头猪，小兰爹指着猪告诉阿P：“你的酒都喂猪了。”

阿P很尴尬：“喂猪了？”

小兰爹说：“是啊，一开始我用酒糟喂猪，没想到猪还上瘾了。酒糟喂完了，我没办法，就用酒和着饲料喂猪。这几天酒没了，这头母猪瘾头大，没酒还不吃食了。这母猪刚下完崽，哺乳期，不吃食怎么行，猪崽还不饿死？所以赶紧把你找来，你再给造点酒，喂猪。”

这时小兰也走来了，她一脸坏笑，对阿P说：“行啊，你的酒总算没白扔，这母猪还真给你面子，赶紧烧酒吧。”阿P一声不吭，脸拉得跟长白山似的。

于是阿P开始烧酒，忙了两天，酒还没出锅，村里倒出事了。这天吃晚饭时，小兰爹告诉小兰和阿P：“出大事了，老村长的孙子让人绑架了！”

老村长的儿子在城里开厂子挣了点钱，他孙子放假来农村呆几天。今天早上孩子出门去玩，吃午饭的时候还没回来。后来，老村长收到一个短信，让打钱，一百万，并给了卡号。

阿P就问：“报案了吗？”

“报案了，警察也没线索，听说刚才又来短信了，说再不打钱，就要把孩子杀了，唉，造孽啊！”

吃过饭，阿P在院子里散步。突然，他看见那头母猪拼命用头撞着猪圈门，阿P就对猪说：“干吗？是不是又想喝酒了？唉，看在全村只有你欣赏我阿P的份上，我就赶赶工，早点让酒出锅……”

不料猪圈门不是很结实，阿P话还没说完，圈门就撞坏了，母猪跳出猪圈向外飞奔而去。阿P一见，忙大喊：“猪跑了，母猪跑了！”一边喊一边追了过去。

小兰爹听到，也跟着追来，村里的好几个人看见后也跟着追。只见母猪向离小兰家不远的一片坟地跑去。那坟地在一座小山的山脚下，平时没人来，挺荒凉。大家都奇怪，

这猪怎么往这里跑呢？只见猪穿过坟地向山坡上跑去，这里有个石崖，很陡，石崖上密密地爬满了藤条，猪一头冲进藤条里不见了。

大家跑近一看，藤条里竟然有个石洞！怪了，村里人都不知道这里有个洞，洞里传出一股浓浓的酒味。大家进洞一看，都愣了：老村长的孙子被绑在一块大石头上，洞里还有一人，正是村里的刘二狗！大家明白了，原来是刘二狗绑架了老村长的孙子。

再看那头母猪，在地上到处嗅着酒味。这酒味发酸，阿P一闻便知是自己烧的酒。

刘二狗看见大家，慌了，他掏出刀对准孩子的脖子：“你们快走，否则我杀人了。”大家都愣住了。

刘二狗大喊：“赶紧走！都走！”他这一喊，母猪毛了，它扭头就往外冲，一头撞在刘二狗腿上，把刘二狗撞得四脚朝天，手里的刀也掉了。大家一拥而上，按住了刘二狗。

有人给老村长打电话，有人报警，不一会儿，警察和老村长都赶来了，警察带走了刘二狗。大家很奇怪，这母猪怎么会突然发狂，跑到这里来？难道是冥冥中有神灵相助？这时阿P灵光一闪，他四下看看，问老村长的孙子：“这里怎么到处都是酒味？”孩子说：“刘二狗喝多了撒酒疯，把酒壶踢翻了，酒都洒了。”

阿P明白了，他呵呵一笑，得意地说：“嘿，是我阿P烧的这酒救了你啊！”

大家都不明白，阿P说：“这母猪有酒瘾，断酒好几天了，一定很难受。这猪鼻子灵啊，比狗鼻子都灵，今天这里有这么大的酒味，它闻着酒味就跑来了，结果立了大功！你们想想，这是不是靠了我阿P的酒？没有我的酒，这猪也不会成酒鬼啊！”大家听后哄堂大笑，老村长却连连点头，真的领着孙子走过来向阿P道谢。

阿P连说不用谢，他摸着孩子的头，心里美滋滋的。

（题图、插图：顾子易）

本期主题：一个卖鸭蛋的老汉抱怨，说竟然有顾客嫌他的鸭蛋壳太厚了而不买。看行情讲价钱是节俭，而连蛋壳厚薄都要计较，就是小气了。这期“经典传递”就为大家奉上一组“小气鬼的故事”。

小气鬼聚餐

一天，几个多年不见的老友碰到一起，相约去餐馆吃饭。所谓“臭味相投”，这几个人都是小气鬼，他们点了菜，却都不想付钱。一个人出主意说：“我们用自己的姓来说句话，要和菜有关，说对了可以白吃，说不上来的付账。”大家都说好。

服务员端上第一道菜，是红烧鲤鱼。大家准备下筷子，姓姜的拦住了，说：“我是姜太公钓鱼，这鱼该我吃。”说完把鱼端了过去。

第二道菜是冬菇炒鸡，姓黄的说：“我是黄鼠狼偷鸡，这鸡该我吃。”

第三道菜上来了，姓秦的看也不看，说：“我是秦始皇吞并六国，这菜都是我的。”

这时，服务员又上了一道菜，是个腊味拼盘，有腊鱼、腊鸡、腊肉等，姓姜的、姓黄的、姓秦的一看有戏，摩拳擦掌，就准备开抢。

这时，剩一个姓孙的朋友，眼看自己啥也捞不到，急了，“嗖”的站起身来，喊道：“我是孙悟空大闹天宫！”说完把桌子给掀了。

小气鬼的遗嘱

有个财迷父亲，生了三个儿子，小儿子最像他，也是个财迷。一天父亲和小儿子出门办事，来到渡口，父子俩舍不得出钱摆渡，提起衣裤就下水渡河。父亲一脚踩滑，跌在水中，眼看就要淹死，小儿子忙喊道：“喂，那边的船夫，快来救我父亲，我出三十文！”

船夫们摇摇头，小儿子喊道：“出四十文，怎么样？”船夫还是不肯。已经被水呛得半死的父亲，挣扎着

把嘴伸出水面，说：“畜生，要是出到五十文，我就沉下去自尽！”

这时有个船夫看不下去，把父亲救了上来。父亲受了风寒，回家就一病不起。临终前他将三个儿子唤到床前，问他们怎样处理自己的丧事。老大说：“父亲操劳一生，一旦归西，依我之意，选上好的棺木入殓，高搭灵棚，雇吹鼓手发送你七七四十九天，送入祖坟。”

父亲闻听，手指长子骂道：“败家子，祖上的家业全叫你折腾光了。”

轮到老二表态，他说：“待父亲命归黄泉，丧事简办，尸体火化，用鸡蛋壳装骨灰，深埋地下，岂不节省了耕地？”父亲听了还是摇头：“不可，不可！”最后问老三咋办。

小儿子说：“父亲，你死后我扒你的皮做鼓卖，选出肥肉熬油，割下瘦肉多掺菜馅，蒸包子卖。”

财迷父亲气喘吁吁地说：“你才是最孝顺的儿子，但有一条，蒸包子千万别卖给你二舅。”“咋地？”“你二舅爱赊账、不给钱。”说完，父亲这才闭上了眼睛。

小气鬼赴宴

有个叫钱百万的人，最爱占人便宜，不管村里谁家办喜事请客，他总是提前三天不吃饭。

有一次，村里有家娶媳妇，给钱百万送来了请帖。他把请帖从大红封里慢慢往外抽，只见帖上写着：“钱公，请于次月初一……”看到这，他心里一乐，停下手不抽了，掐着指头数算：“今日是二十九，到下月初一正好三天，从今日开始不吃饭了。”

初一那天，钱百万早早起床，可一直等到日头朝西，也不见人来请。钱百万心里纳闷，又把请帖拿出来，从大红封里往外抽，抽着抽着，只见“一”字下面又冒出一根杠来，原来请客的日子是初二，都怪自己太性急没看完，只好再等一天。

第二天，钱百万又等到日头朝西，还是没人来请。他心里恨啊，把请帖从大红封里一下抽出来，一看，傻了眼，原来请客的日子是初三。这时，他饿得两眼发花，只好叫老婆煮个鸡蛋给他充充饥。

老婆煮熟了鸡蛋，皮还没剥干净，钱百万就吞进口里，鸡蛋卡在嗓子眼里，下不去，上不来。钱百万两眼一翻，噎死了。

全家大哭一场，给他料理后事。钱百万被抬上灵床，又放到棺材里。这么一折腾，卡在他嗓子眼里的鸡蛋咽下去了，慢慢地缓过气来。这时，老婆孩子正拍打着棺材痛哭，钱百万被吵醒了，忙一叠声地说：“快、快去开门！请客的人来了。”

小气鬼喝酒

从前有个小气鬼，见有人喝酒，就死皮赖脸上去蹭喝。镇上的人给他起了个外号叫“圣贤愁”，意思是圣贤见了他这德性，也要犯愁。

却说这天，八仙里的吕洞宾和铁拐李外出游玩，路过这里，听说了圣贤愁的名头，心生好奇，便去酒店要了一大壶酒，等圣贤愁到来。

不一会儿，圣贤愁果然来了。他见两位客人刚要了酒，便走上前来，文绉绉地说：“两位老兄初来本镇，小弟来迟，失敬失敬。为表歉意，今天我来执壶。”说着就要端酒壶。

铁拐李夺过酒壶说：“我二人喝酒必作诗，你既来了，就要守规矩。”

圣贤愁一听心里犯了嘀咕：我这些年白吃白喝，哪作过什么诗呢？只得随机应变了。

吕洞宾说道：“我们就以‘圣贤愁’为题。你我三人各取一字，诗句中必须壶、酒、肴皆备。”说罢，他取“圣”字为题，先作出一首诗来：“耳口王，耳口王，壶中有酒我先尝。有酒无肴难下口，割只耳朵尝一尝。”说罢，拔剑割下了自己的一只耳朵，放在盘里。

那铁拐李也不示弱，他以“贤”字为题，也作出一首诗来：“臣又贝，臣又贝，壶中有酒我先醉。有酒无肴难下口，割个鼻子配一配。”说完也拔剑割下自己的鼻子，放进盘里。

圣贤愁大吃一惊，他知道，今天是遇上了高人。他只好硬着头皮，以“愁”字为题，照葫芦画瓢地作诗一首：“禾火心，禾火心，壶中有酒我先斟。有酒无肴难下口，拔根汗毛表表心。”说完从小腿上拔下一根最细的汗毛，不舍地放进盘里。

圣贤愁放下汗毛，举起酒壶就要往嘴里倒。二位仙人夺过酒壶，铁拐李不满地说：“我们割耳朵的割耳朵、割鼻子的割鼻子，你就拿一根汗毛凑数啊？”不料圣贤愁却心痛地说：“你俩就知足吧。今天幸亏是遇上了你们，换了别人，我是一毛也不会拔的！”

小气鬼看病

有个小姑娘，特别小气。她吃甜饼，不小心掉个渣儿，还要从小蚂蚁那儿抢回来。过了好多年，小姑娘变成老太太了，还是那么小气，人们都叫她“小气奶奶”。

一天，小气奶奶感冒了，就去找医生。医生抬头一看，是小气奶奶呀，想了想，给她开了一个药方。

小气奶奶来到药铺，药铺的大叔卖给小气奶奶一个大橘子。哦，原来这橘子就是药哇！小气奶奶高高兴兴地又去找医生：“医生呀，这药怎么个吃法？”

医生说：“小气奶奶，你把它剥了皮，看看一共有几瓣儿，就送给几个小朋友吃吧。”

小气奶奶从来没送过别人一丁点儿东西，可现在为了治病，只好照医生的吩咐去做。橘子一共有八瓣儿，一个男孩拿走第一瓣儿，小气奶奶心疼得哆嗦了一下；一个女孩拿走第二瓣儿，小气奶奶的后背有些发热了；第三瓣儿给拿走了，她鼻尖上微微地沁出了汗珠；第四瓣儿给拿走了，她脑门也冒汗了……最后，手心里一瓣橘子也没有了，小气奶奶差一点晕了过去，汗水把她的衣服全湿透了。当然，感冒立刻就好了。

小气鬼卖香味

从前有个穷鞋匠，他家隔壁开着一家鱼铺。穷鞋匠闻到铺子里飘来的烤鱼香味，禁不住口水直流。于是每到吃饭时间，他就走到鱼铺门口，一边嗅着鱼香，一边吃饭。

几天后，小气的鱼铺老板发觉了鞋匠的做法，就给他送来了一张账单。鞋匠不解地问：“老板，我没吃过你的鱼，为什么要付钱？”老板蛮横地说：“难道你想白白享受我店里的香味吗？”

鞋匠拒不付钱，老板就把鞋匠告上了法庭。法官听了双方的陈述，对鞋匠说：“既然闻了别人的鱼香味，就该付钱。”鞋匠只好取出辛苦攒下的几枚银币。法官接过钱，把它们放进一只茶杯，拿起来不停地晃动，银币发出了叮当的响声。法官放下杯子，问鱼铺老板：“听到声音了吗？”鱼铺老板点点头。法官取出银币，还给鞋匠。

鱼铺老板急忙叫了起来：“法官老爷，这是我的钱啊！”法官说：“不，刚才那些钱发出的声音已经偿还了你的鱼香味。”

鱼铺老板听了，只好垂头丧气地回家去了。

（**本栏插图：谢 颖**）

·传闻逸事·

鹤舞东宫

□ 佘远香

大唐初年，天下太平。这天恰逢东宫太子的寿诞，太子便在正殿内请父皇唐高祖和兄弟秦王李世民欣赏歌舞。随着一阵悠扬的乐声响起，两个身穿白衣的女子自屏风后飘然而出。两人的舞姿轻盈曼妙，犹如一对高洁美丽的白鹤。

这两个女子原是长安一家乐坊的舞伎，年龄稍长的名叫银雪，因家境贫寒从小被卖入乐坊。稍年幼的女子名叫白玉，原是前朝的将门之后，国破家亡后也流落至此。两人长相清丽，舞技超群，不久前被沉迷于声色犬马的太子知道，强行把她们带入宫中。

宴会散后，银雪和白玉分别回到各自房里。银雪感到有些累，很快上床休息了，白玉却站在窗前，望着空中的一轮明月出神。突然，白玉听到耳边有风声响起，只见一支羽箭向窗口飞来，她没有闪避，反而伸手把箭抓住，只见箭头上带着一张纸笺，上面写着一行刚劲有力的小字：白玉姑娘，有事相商，烦请移驾明塔。

白玉好奇心大起，不知是何人相约，于是出门往外走去。明塔位于东宫的西北角，是一座废弃已久的佛堂，平时很少有人来。白玉来到明塔前，望着里面漆黑一片，犹豫了一下，还是壮着胆子走了进去。她借着从门外照进来的月光，朦朦胧胧地看到佛像前站着一个人，走近一看，竟是秦王李世民。

这时秦王朗声一笑，道："本王没有看错，姑娘不愧是将门之后，果真胆识过人。"白玉问道："不知王爷找奴婢来有何事？"

秦王道："本王想让你看一件东西。"说着从怀里掏出一个猫眼大的黑色圆球，问白玉可认得这是何物。白玉摇摇头，秦王就拿出一块丝绸轻轻地擦拭起来，很快，那颗圆球就发出夺目的光芒，原来竟是一颗夜明珠。秦王笑道："再好的明珠放错了地方，也会失去光彩，姑娘冰雪聪明，想必能明白其中的道理。"

白玉听完已是心如明镜，秦王是想拉拢自己，收为己用。听闻他早有入主东宫之意，与太子虽然表面手足情深，暗地里却剑拔弩张，水火不容。太子平庸懦弱、荒淫无度，白玉心中其实早有了打算，她沉默了一会儿，道："可是奴婢身份卑贱，如何能帮上王爷呢？"

秦王道："你陪伴在太子身边，一定能获悉他平日的所作所为。本王想要你做内应，一旦太子想对秦王府不利，你就把消息写在纸上，在明塔上用箭射到宫墙外的树林里，到时自会有人去取。"说着秦王把那颗夜明珠放到白玉的掌心，轻轻握着她的手道："事成之后，定不会亏待于你。"说完转身快速离去。

从此，白玉就暗暗地留心太子的一举一动。一天，东宫里突然来了一个精悍的武士，与太子在书房私谈良久。白玉感到不妙，悄悄走到后窗窃听，才知道原来太子要这个武士趁明日秦王上朝之际行刺。

白玉吃了一惊，忙回房把太子的阴谋写在纸上，出门就向明塔走去。刚走了几步，她又犹豫起来：太子心狠手辣，要是知道有人泄密，一定会杀人灭口。正徘徊间，她走过了银雪的屋门口，无意间往屋里看了一眼，只见银雪正在屋里折纸鹤，折好后，又提笔在上面写了一些字，然后出门向后面的花园走去。

白玉暗暗奇怪，银雪在纸鹤上写字做什么呢？于是她悄悄跟了上去。只见银雪进了花园，直奔小溪而去。白玉恍然大悟，银雪一定想把纸鹤放到溪里去，这条溪水通向宫外，她要把纸上的消息传送到宫外去。自己能被秦王拢络，银雪也会被别的皇子收买……

白玉正在沉思，突然听到身后有脚步声响起，回头一看，原来是太子。白玉心里一阵紧张：要是太子发现银雪的行动，她可就大祸临头了。白玉就想跑过去阻止银雪，可是刚走出一步，她又猛地停住了脚步，一个移花接木的法子飞快地闪过脑海。于是她没有走向银雪，反而向太子走去。

白玉走到太子身边，嫣然一笑

道："殿下，奴婢刚才看到花园的小溪里新添了许多锦鲤，可漂亮了，您去看看吧。"太子听了点点头，果然向溪边的水亭走去。

太子看了一会儿鱼，一抬头，远远地看到溪边的银雪，有些不解地问白玉："她放纸鹤做什么？"白玉道："也许是闹着玩吧。"太子听了没有再说什么。这时银雪放好了纸鹤，转身离开了。

白玉知道，虽然只是短短的一幕，但太子一定把这件事记在脑海里了。倘若今后事情败露，太子就会联想起此事，到时就会怀疑到银雪头上。白玉心里默默地道：姐姐，既然你也背叛了太子，就别怪妹妹自私了，只能祈求苍天保佑我们都平安无事。

到了晚上，白玉悄悄地来到明塔，把写着消息的纸条射向了外面的树林。第二天，她看到太子下朝后满面怒容，原来他派出的刺客不但没有伤到秦王，反而被秦王杀死了。白玉松了口气，消息果然安全送达了。此后，东宫里一有什么风吹草动，白玉都及时地告知秦王。

时间一久，太子也察觉到了宫内有奸细。这天他思索许久，终于想起了银雪在溪里放纸鹤的事。

很快，银雪被带上殿来。太子见了银雪，质问道："那日本宫看到你往溪里放纸鹤，那条溪水通向宫外，你是不是在向宫外通风报信？"

银雪一脸平静，没有辩解，只是点了点头。太子见状暴怒，一把抽出长剑，逼近银雪道："你可知道背叛本宫的下场？"银雪道："奴婢早已将生死置之度外了。"太子怒道："那本宫就成全你。"说完猛地把长剑向银雪的胸口刺去，瞬间一股鲜血喷涌而出，染红了她身上洁白的衣袍。

一旁的白玉见状，心头一阵悲

痛内疚，跑上前去，扑到银雪身上哭道："姐姐！"银雪看了看白玉，脸上露出一抹微笑，似有千言万语，却再也无力说出，慢慢地合上了眼睛。白玉大声痛哭起来……

奸细一除，太子肆无忌惮，步步相逼，秦王终于决定主动出击，背水一战。他买通了守护宫门的卫士，趁太子进宫面圣之际，召集了一批骁勇之士，埋伏于玄武门内，将太子一箭射于马下，夺取了东宫之位。

一年后的春天，长安城的郊外出现了一位衣着华丽、气质高贵的女子，这女子正是白玉。现在她已被秦王纳为妃子，见今日春光明媚，便带着随从出来踏青。白玉走到渭水河边，突然看到岸边有户农舍，窗前挂着一串串纸鹤，农舍门边站着一个苍老的妇人。白玉心中一动，就上前问老妇，纸鹤是谁折的。

老妇叹了一口气，悠悠地道："是贫妇的女儿折的，自从她入宫后，每隔几天就折一只纸鹤放到河里传递给我。我已经有半年没有收到纸鹤了，我想，她大概已不在人世了。"说罢泪水从眼角流了出来。

白玉心头一震，颤声问道："你女儿叫什么名字？"老妇道："她叫银雪。"

白玉一下子惊呆了，她走到窗前细细一看，只见每只纸鹤上都有四个字：女儿平安。原来当初银雪往溪里放纸鹤并不是向哪个皇子传递消息，而只是向家人报平安。

突然，白玉发现有只纸鹤特别大，折得特别漂亮，里面的字迹也多一些。她展开一看，是几行灵动飘逸的字体，正是银雪的笔迹，只见上面写道："东宫要出事了，这也许是我最后一次放纸鹤。白玉第一次进明塔见秦王，我就发现了。我与她自小同在乐坊长大，同甘共苦，情同姐妹，万一有事，我甘愿为她牺牲，真心希望她能得到幸福。"白玉看到这里，不禁流下了两行清泪……

（题图、插图：黄全昌）

·海外故事·

这是一个取材于战俘回忆录的真实故事，趣味盎然的交换活动中蕴含着人性的光芒……

“珍贵”的苍蝇

□彭晓华 改编

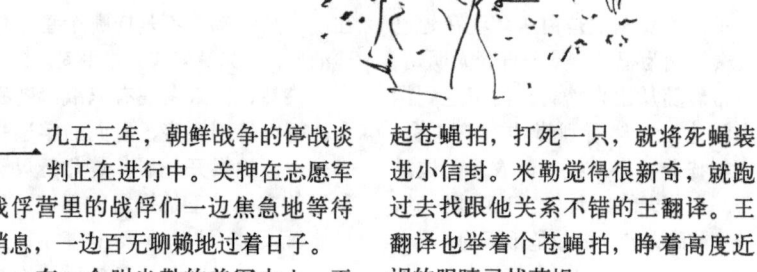

一九五三年，朝鲜战争的停战谈判正在进行中。关押在志愿军战俘营里的战俘们一边焦急地等待消息，一边百无聊赖地过着日子。

有一个叫米勒的美军中士，平时就是个精力过剩的家伙，这种闲日子对他来说特别苦恼，整天盼着能有点事发生。这天，他坐在操场上和平时一样和人聊着天，眼睛骨碌碌四下乱转，想瞧瞧有什么新闻发生，好第一个发现，然后去吹嘘。他存着这么个心，还真被他发现了一件新奇的事。

在公共区里，只见战俘营的管理人员人手一只苍蝇拍，外加一个小信封，个个弓着腰寻找苍蝇。举起苍蝇拍，打死一只，就将死蝇装进小信封。米勒觉得很新奇，就跑过去找跟他关系不错的王翻译。王翻译也举着个苍蝇拍，睁着高度近视的眼睛寻找苍蝇。

米勒开口问道：“王，你们这么多人都来打苍蝇，是出了什么事吗？”

王翻译把滑到鼻尖的眼镜扶好，回答说：“我的祖国正在开展爱国卫生运动，我们在这里打苍蝇，是响应祖国的号召。”

米勒又指着信封问：“那你们干吗要将打死的苍蝇装在信封里？”

王翻译说：“收集打死的苍蝇是为了估算我们取得的成效，打到一定数量的苍蝇，还可以领取奖励。”

打苍蝇还能换奖励？米勒兴奋起来，他问道：“那我们这些人也来打苍蝇，行不行？”

王翻译考虑了一下说：“这我做不了主，得去请示我们的领导。”

第二天，管理所将所有的战俘召集起来，开了个大会。会上，管理所的刘主任提到了灭蝇卫生运动，说有战俘提出要参加这项运动，并对要求参加的战俘给予了肯定。

刘主任说：“我们经过研究，决定接受你们进步的要求。同时，为了鼓励要求进步的战俘，我们决定，对参加灭蝇运动的战俘予以香烟奖励。具体方式是，每打死两百只苍蝇，可以换领一包香烟。现在，愿意参加的人请举手。”

香烟在任何战俘营可都是紧俏物资，所以，刘主任的话一说完，台下立即举起了森林般的手，就像开誓师会一样。不过，没几个人当时会留意，给他们的换算香烟的标准，远远超过了给管理人员换取奖励的标准。

米勒领到苍蝇拍，就开始四处寻找苍蝇。每一只讨厌的苍蝇都会让他屏住呼吸，蹑手蹑脚地走过去，举起苍蝇拍……百忙之余，他偷眼看操场，原先的侃友现在个个跟他一样，忙得不亦乐乎。

第一天下来，米勒打到五十几只苍蝇。傍晚，他带着苍蝇来到临时开办的兑换处。那里早就排起了长龙，清点苍蝇的管理员们忙得大汗淋漓，他们飞速计算着战俘打来的苍蝇，再换算成香烟。等米勒将自己挣到的香烟装进口袋，天已经黑透了。

每一个把香烟装进口袋里的战俘，都有一个相同的感觉——志愿军说话是算话的。管理处严格遵守的承诺，一方面给他们带来了良好的声誉，另一方面给战俘们带来了新的娱乐。

有一天中午，米勒带上苍蝇拍，正要出门，惠斯特上校派人来找他，请他去打牌。米勒爱打牌，而惠斯特上校的牌技在整个战俘营里那都是独占鳌头的。米勒一听打牌，手

上的东西都来不及放下，就去了上校的房间。那里牌桌已经摆好，一坐下，米勒就问，拿什么做赌注。

惠斯特上校叼着香烟，一边洗牌一边回答："苍蝇。"米勒一听乐了，这个赌注好，不缺货。几个人立刻打了起来。没想到一场牌局下来，米勒欠了上校五百只苍蝇！天啊，这要什么时候才能还上啊？

欠债的压力，让米勒绞尽脑汁想提高捕蝇的效率，用苍蝇拍去一只一只地打，太慢。米勒同屋住了个日裔美籍战俘村上，鬼头鬼脑的。村上用烂袜子的线编了个网，里面放点臭烘烘的东西，一天捕到的苍蝇有两百多只。米勒也学着做了一只网，做网不难，难的是里面放什么东西。他问了村上好几遍，村上都拒绝回答。米勒试着在网里放些馊了的食物，但成效不大。

面对沉重的债务和每日加深的烟瘾，米勒想啊想啊，终于想到了一个办法——什么地方苍蝇最多？茅坑啊！在茅坑的坑位上安一张捕蝇网，那苍蝇还不得"哗啦哗啦"的来？就这么办。米勒赶紧编了张捕蝇网，兴冲冲地到茅房去。谁知一进茅房，竟然发现所有坑位上都张着一张捕蝇网。他来晚了，这个办法早有人想到了。

更夸张的是，米勒一进茅房，就有一群人"呼啦"一下跟在他后面，那都是在茅坑中安有捕蝇网的人，这是在提防米勒偷苍蝇呢。

偷苍蝇的事，从战俘参加捕蝇运动以来，在战俘营里发生过好几起。如今，苍蝇已经成了私人财产，各人都紧盯着自己装苍蝇的袋子，防着被人偷走里面的苍蝇。何况在茅房的粪坑上张着的捕蝇网，那每张网上都是一大堆苍蝇啊！

米勒见此情景，只好苦笑着走出茅房。他刚出来，就见那个村上捂着肚子飞快地往茅房跑来，看得出，他吃坏肚子了。村上冲过米勒身边的时候，米勒突然想到，这小子怎么解决内急？茅房里到处都是捕蝇网啊！

果不其然，米勒再进茅房，就看到村上捂着肚子正在里面团团转。他要上哪个坑位去蹲，就有人呵斥："走开！没看见这里有捕蝇网吗？"得，茅坑成了个人领地，神圣不可侵犯。村上转了两圈，实在顶不住劲，只好蹲在粪坑前的走道上，望坑兴叹。

这事后来被管理处知道了，严令茅房里要随时留下两个坑位，以备不时之需。余下的坑位，在经过一番竞争之后，各有其主。不少坑位还被所有人拍卖了使用权，最贵的坑位拍到每天一百二十只苍蝇的价位。米勒拍得一个中型坑位，每天交给一个大黑个上士七十只苍蝇。

有了不动产的米勒，每天还去跟惠斯特打牌。打到一定时间，他就跑出去搞收获。但他的牌技到底不怎么样，打来打去，他欠下惠斯特的债，不多不少，还是整五百只苍蝇。

后来，战俘们捕到的苍蝇越来越多，管理所忙不过来，就改变了兑换方式，按苍蝇的重量换取香烟。规则更改后，战俘营里原先当作垃圾丢掉的牙膏皮一下子成了抢手货。原来，这些牙膏皮被战俘们剪开，剪成极小的颗粒，混在苍蝇堆里，以增加重量。

这一招，据说是惠斯特上校首先想出来的，很快风行整个战俘营。管理人员发现这种情况时，已经得到消息，板门店谈判快取得成果了，那些战俘就快要被遣送回国了。于是，管理人员对这小小的作弊也就睁一只眼闭一只眼。

日子过得飞快，转眼到了七月份，板门店停战协议签署了，米勒被安排在第一批回国的名单中。临走前，米勒特地去和管理人员们告别，他对王翻译说："我知道，你们是怕我们在战俘营无所事事、精神抑郁、容易出事，才想出这个苍蝇换香烟的活动，对吗？谢谢你们了。"王翻译笑而不语。

因为战俘营的这段经历，回国后，米勒在芝加哥开了一家公司，经营卫浴产品。惠斯特上校回国后干起了新闻评论，后来改行从政，当上了议员。两人东西相隔，很少见面。一次朝战老兵聚会时，两人碰上了，惠斯特一本正经地摆旧账："米勒，你欠我的五百只苍蝇，打算什么时候还？"

三十多年之后，米勒的公司已成了一家颇具规模的卫浴产品跨国公司，主要向各地公厕竞标设备供货。

米勒给自己经销的产品打出广告：告别苍蝇和臭味。

（题图、插图：佐　夫）

·情感故事·

兄弟情敌

□彭晓风

双喜是个八路军排长，他怎么也想不到，同村的虎生当上连长后，第一次分派任务，竟然是让自己带领一个班的战士，去阻击一个中队的鬼子。以区区12名战士，阻击相当于两个多连的鬼子，那意味着什么？

原来，双喜所在的连队刚接到情报，鬼子从县城出来，直扑二龙山八路军的根据地，而根据地的大部队前两天刚去邻县打救援，只有一个连的士兵留守，上级命令他们转移到深山里。部队转移容易，关键是驻地周围的几百名群众要一同撤离。接到情报时，鬼子距离根据地只有一个多小时路程了，可把群众转移到安全地带需要时间，所以，虎生命令双喜在根据地外围的二道坎阻击鬼子两小时。

这简直是不可能完成的任务！当听到虎生念出自己名字时，双喜一下愣住了。临出发前，双喜对虎生说："我若回不来，我父母就拜托你了。告诉兰花，下辈子我一定娶她。"

双喜最后一句话是故意说给虎生听的。兰花和他俩一个村，两人都很喜欢她。他俩约定，抗战胜利后再向兰花表白，兰花无论选择谁，另外一个不能有丝毫怨言。现在，虎生是连长，自己是排长，虎生命令自己只带一个班的战士去阻击鬼子，分明就是让自己去牺牲送死。

虎生听出了双喜的弦外之音，

怔了一下说："双喜，我命令你活着回来。"双喜凄然一笑："活着回来？那得问鬼子愿不愿意。不过你放心，只要群众能安全转移，就是陷阱我也会毫不犹豫地跳下去。"

双喜说完，带上队伍悲壮地出发了。走到半路时，他忽然灵机一动，对跟随在身后的战士说："我觉得，不能在二道坎阻击鬼子。"战士愣住了，问："那在哪里阻击？"

双喜胸有成竹地说："根据地周围有三道防线，最外一道是三道弯，中间是二道坎，最里面是一线天。我们人手少，赶往二道坎时间上来不及，即便急行军赶去，鬼子随后也到了。双方力量悬殊，打遭遇战，要不了多久我们就会全军覆没，所以阻击地点最好在一线天。"

一线天就在眼前，顾名思义，这地方只有一条狭窄道路，周围是四五百米高的山，易守难攻。双喜把十二个人分成三组，他带一名战士先爬上山顶，用手榴弹炸掉几块大石头，堵住通往山里的道路。下山后他与那名战士在一线天里面约五十米处，找了一块大石头，在上面架起一挺机枪。另外十人分成两组，埋伏在一线天外两侧的山上，又在山路沿线埋好挂弦的手榴弹。

山上的战士刚埋伏好，鬼子的先头部队就赶到了一线天。见道路被堵，鬼子就想从石头缝中穿过，这样每次只能通过一个士兵。埋伏在里面的双喜岂能让他们过来，过来一个，他一扣扳机，一个点射就给消灭了。双方僵持了半个多钟头，鬼子试了几次，始终施展不开火力，只好放弃，开始翻山。一时间，爆炸声、枪炮声四起。

这一仗打得很艰苦，尽管山上的战士占据有利地形，但鬼子人多炮猛，一个多小时后终于突破了防御，从两面山上翻了过来。这下子，双喜和那名战士便暴露在鬼子的枪口下。好在时间拖延得差不多了，双喜便与那名战士一起后撤。撤离过程中，那名战士中弹身亡，双喜也身中一弹，滚落在一块石头下面，昏了过去。

也不知过了多久，双喜醒了，发现自己躺在一户猎人家里。一问才知道，这里和根据地相隔两座山，他已昏迷了一天。双喜此时哪有心静养，就恳求猎人把他送回根据地。

双喜回到根据地才知道，他带领的一个班的战士，连他在内，只活下来三个人。由于根据地周围的群众都安全撤离，鬼子没捞到便宜，当晚没有离开，结果根据地的大部队第二天杀了回来，一线天被堵，鬼子一个也没跑掉，全被包了饺子。

鬼子被全歼，多少让双喜心里好受了些。他见根据地首长、指导员都来看自己，唯独不见虎生，心里纳闷，就问指导员："连长呢？"

指导员说："这次鬼子扫荡，除根据地外，你们村也在扫荡的范围内，虎生不放心，今天请假回去了。"

双喜和虎生的那个村子距离根据地百余里。第二天下午，虎生就回来了，听说双喜还活着，一溜小跑进了他病房，见他没有大碍，这才长出了一口气，说："那天打完鬼子，我们四处找你，活不见人，死不见尸，你小子躲到哪里去了？"

双喜盯着虎生，忽然问："那你希望我活着还是死了？"

虎生闻言，吃惊地看着双喜，问："你胡说什么呢？"双喜不想再多追究，转移了话题，问："家里还好吧，兰花还好吧？"不知怎么，虎生的情绪一下低落下来："家里挺好，兰花，也挺好。"说的时候，虎生没看双喜的眼睛，脸扭向别处。

虎生说完便找了个借口走了。双喜不由怀疑起来，他太了解虎生了，虎生情绪反常，一定有事情瞒着自己。接下来的日子，双喜发现，虎生变了，他变得不爱说话，时常一个人坐着发呆。还没等双喜弄明白虎生到底怎么了，这天，首长命令他们连去拔掉鬼子的一个新据点。

战斗开始进行得很顺利，但随后鬼子龟缩进了碉堡里，碉堡周围是一百多米宽的开阔地，一时攻打不过去。虎生见久攻不下，便命令一个战士带上炸药包去炸掉碉堡，他端起机枪掩护。鬼子明白虎生的企图，子弹像长了眼睛般专射抱炸药包的战士。那名战士离碉堡还有好几十米，就中弹牺牲了。

这时，双喜眯着眼观察了一会鬼子的碉堡，对虎生说："你发现没有，鬼子害怕子弹，不敢靠碉堡窗口太近，所以枪管伸出不长，这样一来，几个枪眼之间便有盲区。咱们来个声东击西，派人先从别的方向佯攻，吸引鬼子的火力，然后再派人从盲区冲过去炸掉碉堡。"

虎生觉得这办法不错，但炸碉堡太危险，正考虑再派谁去执行任务，却见双喜放下枪，拿来两个炸药包。虎生

很是诧异，问："谁让你去了？"双喜正色说："我想的办法，当然我去最合适。你再找一名战士，告诉他佯攻，别距离碉堡太近。"

不料虎生愣了一下，果断地否决了双喜的主动请缨："你的伤刚好，你不能去。"双喜不以为然地说："小看人不是？能打死我的子弹还没造出来呢。"

虎生没理会双喜，叫来一名战士，向他交代了一下任务，然后一把夺过双喜手中的炸药包，说："论身板，你没我结实；论跑步，你撵不上我。我去炸，这是命令！"

双喜拗不过虎生，只好由他。那名战士领命，佯装跑向碉堡，双喜发起掩护，鬼子的火力被吸引了过去。这时，虎生纵身跳出战壕，如离弦之箭，从鬼子的射击盲区向碉堡冲了过去。他的速度太快了，等鬼子明白过来，调转枪头向他射击，他距离碉堡已经很近了。随后，只听"轰"的一声巨响，鬼子的碉堡塌了半边，枪也随之哑火了。

碉堡一被炸，双喜便冲了过去。跑到碉堡边上，他见虎生被压在碎石下面，赶紧把虎生扒出来。这一扒不要紧，他一下傻眼了，虎生竟身中数弹，浑身是血，原来他是硬生生地带伤跑到碉堡边的呀！

双喜抱着虎生，带着哭腔喊卫生员。虎生嘴角冒着血沫，朝双喜笑了一下说："别叫了，没用的。我死，换成你活，算是对得起兰花了。"

双喜泣不成声："你胡说什么呢？我要你活下去！"虎生喘息着说："双喜，上次派你去阻击鬼子，我心里也很矛盾。可连里就你点子多，派别人可能根本完不成任务。"

"你别说了！卫生员，卫生员怎么还不来？"双喜手忙脚乱地撕扯身上的衣服给虎生止血。

虎生嘴角露出一丝无奈，断断续续地说道："上次我回来没、没跟你说实话。你阻击鬼子后没了音讯，我以为你死了，回家时违反约定，抢先向兰花表白了。没想到，她拒绝了我，说她心里喜欢的是你……"

原来虎生变化的根结在这里！双喜呆呆地看着他，想说什么，却什么也说不出。虎生喘了口气，继续说："兰花喜欢你，你死了，她会伤心一辈子，我怎么能让你来炸碉堡？你们好好过，只要兰花舒心，我在地底下也会笑的。"

虎生说完，缓缓闭上了眼睛。双喜趴在他身上，号啕大哭起来。

（题图、插图：谢　颖）

延伸阅读

您想阅读这位作者的其他精选作品和创作感言吗？请扫描右边的二维码。更多精彩，立刻体验。

·法律知识故事·

存折陷阱

□宗　辉

周致喜欢贪点小便宜，这天他去银行存钱。银行里人不少，周致只好慢慢排队。这时，他听到前边有个中年人对着柜台问：“存折不到期，能取钱吗？”柜面工作人员回答：“能，但得凭身份证，利息按活期算。”

那个中年人愣了一下，叹息说：“可惜了，只差两个月就到期了，两万块本金，差不多损失五百多块利息呢。”柜面工作人员见中年人决定要提前领取，就吩咐道：“你把身份证号写在存单背后。”

说者无心，听者有意，周致脑瓜一转，想，如能把这位老兄的存折买到手里，两个月后就能赚五百，这笔买卖划得来。想到这里，他也不排队了，径直向那中年人走去。

此刻那中年人正在存折上抄身份证号码呢，周致上去搭讪着说：“老兄，急等用钱？”那中年人说：“可不是，我妈生病住院，要交押金。”

周致说出了自己的计划：“我倒有个想法，我买下你的存折，给你活期利息，再补偿你一百块钱，交个朋友，怎么样？”

中年人听了挺高兴，毕竟能多得一百块也是好的。两人当场做了交易，周致把钱付给中年人，把存折收过来，原来中年人叫李仁兴。

两个月眨眼就到了，周致知道，银行存单到期的那天，提取时不需要身份证，过了这天，存单又开始重新计息，去取钱又必须出示身份证了，所以，周致急匆匆去了银行。柜面工作人员接过存折，打起电脑来，不一会儿就听一声惊呼："不对呀，这个存折已经被人挂失了。"

周致一听，吓了一跳，他知道事情严重了，赶紧去找李仁兴。此刻，他最担心的是对方不认这笔账。

周致找到李仁兴，李仁兴果然装疯卖傻，不承认有这回事，还倒打一耙，说周致捡到存折，昧着良心藏起来。这事折腾了几个月没结果，那天，周致正好碰到朋友王律师，就把这事说了。

王律师听完周致的叙述，就问："那张存折还在吗？""在，只是那上面是李仁兴的名字。"

王律师接过一看，还真看出点名堂。原来未到期的存折兑现，要在存折的背面写上存款人的名字和身份证号码。现在这张存折上，正写着李仁兴的名字和身份证号码，这说明他有未到期就取款的意向。

王律师立即去了那家银行，一查录像，他心里有底了。

第二天，王律师找到李仁兴，亮明身份后，严肃地对他说："根据银行录像和存折上你亲笔写的名字和身份证号码，说明你有提前取款的意向。周致买下你的存折，而事后你利用他的疏忽，去银行挂失，现在周致准备以诈骗罪起诉你。"

李仁兴听了这话，有点懵了。原来那天他和周致交易后，回到家就把这事对隔壁的阿强说了。阿强是个鬼精灵，他出了个歪点子："周致手里的存折，只要你李仁兴不认可，还是无效。如果你出面挂失，钱照样给你李仁兴。"

李仁兴一听两万块钱还能回来，当然不会反对，只是这事怎么操作呢？阿强说出了他的真正意图："我陪你去办挂失，到时候分钱，二一添作五，怎么样？"

就这样，周致两万多买的存折最后又变成李仁兴的了。

现在李仁兴听说惹上官司了，心里紧张，很快就全盘托出。周致最终拿回了自己的钱。

律师点评：

《存折陷阱》故事要说明的法律问题，即"界定故事里李仁兴的行为是否触犯了刑法，触犯了哪个罪名"。李仁兴在前期的不正规交易时并非有欺诈恶意，事后的挂失尽管受他人蛊惑，但主观上已有了想占便宜的贪念，这样他的挂失客观上有了"诈骗"的故意。所以，如果李仁兴不及时交出这笔不该得的钱款，那么就构成了"诈骗罪"，情节严重者还要受到刑事处罚。

（题图：谢　颖）

·中篇故事·

回娘馍，破五饺子，清卤牛肉……这些带着民间风味的吃食，到了巧媳妇手里，都成了她斗恶人、谋幸福的法宝……

家有巧媳妇

□陈　墨

1.祸从天降

清朝末年，民间约定俗成，大年初二是回娘家的日子。这年的大年初二，闷丫娘一大早就往村口走去，打算接闺女闷丫回娘家。

一想到闺女，闷丫娘的心里就堵得慌。闷丫去年出嫁，嫁给了镇上的李家。这李家倒是个富户，开着一家卤菜馆，生意红火，家里青砖房院、高骡大马，该有的都有，可关键是不该有的也有，这李家有着一个“活夜叉”。

活夜叉是闷丫的大姑子，她为人又刁又狠，人们背地里就给她起了这么个外号。早几年她嫁过人，嫁过去后因为她性子泼，三天吵两天闹，把家里搅得狼烟四起，害得她男人得了气鼓病，时间不长就死了。活夜叉被婆婆撵回了娘家，不但没收敛，反而活得更肆意了。闷丫过门后，活夜叉算是瞄上了准儿，想尽法子欺负她，挑拨兄弟三天两头打媳妇。性子绵软的闷丫整天过得提心吊胆。

两个月前，闷丫生了个闺女，闷丫娘去探望月子，只坐了一会儿，活夜叉就灌了她满耳朵的风凉话，说什么败兴人、不是旺夫的命，头胎生丫头，好谷子都填了粪坑……气得闷丫娘饭都没吃一口就走了。

闷丫娘想着闺女，不觉已到了村口。此时村口聚集了不少乡亲，有人一见闷丫娘过来，便喊道："闷丫娘，咱村就数闷丫的婆家富，我们今天可要抢你家的'回娘馍'吃个够。"

闷丫娘听了，忙笑眯眯地接话："好，好，吃'回娘馍'，福财双得！"

这是怎么回事呢？原来这是当地的一个风俗，大年初二，回娘家的闺女都要给娘家送"回娘馍"。这"回娘馍"可不是一般的白面馍，做"回娘馍"，要用上等的新麦子磨面，再用极细的箩筛过三遍，直到筛出来的面粉细得喘口大气都能吹散。然后打甜井的水来和面，面和好后经过三揉三搓，醒发成筋力十足的面团，再揉成又圆又光的生坯，烧起旺火蒸。馍蒸好了，屋里院外都弥漫着清甜的麦香。这馍咬上一口，不软不硬，满口甘美。因为"回娘馍"形状圆圆的，象征着团团圆圆的福气，又因它是发制出来的面食，带着来年"发"的彩头，人们图这个吉利，初二一早就迎在村口，抢吃各家闺女带来的"回娘馍"。

这时，从村外远远地来了一辆马车，有人喊了一声："有闺女回村了！"人们忙一齐朝村外看去，就见马车越来越近，这辆马车挺神气，高大的枣红马拉车，车上还搭着蓝布围幔，不用说，准是个富裕人家。

有人就说："闷丫娘，准是你家闷丫来了，别家谁能套这样的车？"闷丫娘闻听，赶紧往前凑。马车到了跟前，果然，从车上跳下了闷丫的丈夫李友二。他个子不高，粗粗壮壮的，此时他站在众人面前，不知怎的竟有些手足无措。他不自然地冲着闷丫娘低低喊了声"娘"，便不做声了。

乡亲们都乐了，他们觉得这是姑爷腼腆，有人就冲着马车里喊："闷丫，快把'回娘馍'拿出来。"话音刚落，车帘里果然递出个挎篮。有个乡亲手快，一把接过来，掀开盖布就要拿馍，可这拿馍的手刚伸到一半就停住了，大伙直愣愣地盯着挎篮里边，都是一脸惊恐——只见挎篮里躺着几个蔫蔫瘪瘪、半生不熟的"回娘馍"，样子难看不说，更让人瘆得慌的是，每个"回娘馍"上都点着一个大大的白点儿。

"这是'丧馍'！"有人惊恐地小声说，人们都倒吸了一口冷气。闷丫娘的脸色立刻变得煞白煞白的，她哆嗦着问姑爷："这是怎么回事？"

李友二吞吞吐吐地说："娘，闷丫没了，她昨夜……跳井了。"

闷丫娘一个愣怔，突然疯了一样扑向李友二，哭喊着："我好好的闺女怎么就没了，你还我闺女……"乡亲们也都懵了，心想闷丫没了，那车帘子里往外递馍篮的人是谁？

这时车帘一掀，从里边蹿出一个人来，只见她瘦条子身形刀条子脸，长着一双老鼠眼，再配上一张地包天的兜齿嘴，说起话来嘴角还一歪一歪的。她不是别人，正是闷丫的大姑子，那个活夜叉。

她怎么跟来了呢？因为李友二是个没主意的憨性子人，遇到大事就有些傻眼，只有听活夜叉吩咐的份了。这活夜叉呢，她恨闷丫大年初一寻死，给她家添了晦气，所以便出了这个缺德主意，在初二一早给闷丫娘家村里送“丧馍”，让全村人都接晦气。

话又说回来，闷丫好好的怎么跳井了呢？说起来，这也是让活夜叉给逼的。

那时人们过年，讲究在家里边热闹，没人下饭馆，所以一到年三十，饭馆都关门封灶，伙计们都拿着封赏回家。闷丫婆家开的是卤菜馆，伙计一走，家里一应杂务全得闷丫一个人干。她直忙到初一晚饭时，趁着一家子吃饭，才有空去蒸明天给娘带的“回娘馍”。正忙着呢，孩子哭了，孩子一哭，闷丫的瞎眼婆婆心疼了，她让儿子把孩子抱过来，喂上点汤水。李友二刚要去抱，活夜叉不愿意了，她一拍桌子吼道：“哪有大年初一老爷们抱孩子的？初一抱了，你得抱一年！”说着话，一步窜到屋里，拎起孩子来到灶房，往闷丫怀里一扔，便骂开了：“你个败兴人，给娘家蒸馍看把你上劲的，你的丫头片子嚎丧，你没听见？成心添堵是不是？我让你蒸！”说着一扬手便将冒着热气的笼屉掀翻，屉里的馍“噼里啪啦”滚了一地。

闷丫憋屈啊，看着滚了一地的“回娘馍”，想想自己一年到头受的窝囊气，明天没有“回娘馍”怎么进村？娘的脸往哪儿放？越想心里就越窄，她把孩子奶足了放回屋，狠了狠心，一头朝院里的那口井扎去……

2.凤姑续亲

闷丫一气之下寻了短见，活夜叉害了人不愧疚反而生气了，她要送“丧馍”来报复。此时她见乡亲接了“丧馍”，心里乐开了花，便吩咐兄弟赶紧回家。不料兄弟被他丈母娘撕扯着脱不了身，活夜叉的泼性上来了，一指闷丫娘，兜齿嘴上下翻飞：“你闺女自己跳的井，没有哪个推她吧？这叫神仙地难留该死的鬼！还你闺女？我还让你还我家一口井呢，好好的甜水井让这死鬼糟蹋了……”

一番话把闷丫娘气得浑身打颤，一口气没接上，直直地就倒了下去。乡亲们见闷丫娘气昏过去了，赶紧七手八脚地救人。等闷丫娘这口气缓过来，活夜叉他们早走了。

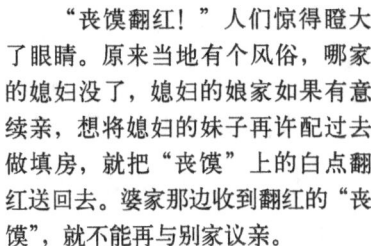

真是欺负人到家了！人们摇着头，只好先把闷丫娘背回了家。到了家，闷丫娘躺在炕上干瞪着眼，不哭也不闹。请来的郎中说，她这是连悲带怒，气堵心窍，这口气窝在那里下不来，时间长了恐怕得要命。乡亲们看着直叹气，谁都束手无策。就在这时,只听“咣”的一声，从大门外闯进来一个人。

一见来人，大家眼睛都亮了，闷丫娘有救了。果然，这人一出现，闷丫娘“哇”的一下就哭出了声。

要问来人是谁？她就是闷丫娘的亲妹子，嫁在邻县，她听说了闷丫的事，便赶紧搭了大车赶来了。闷丫娘多年守寡，妹子没少帮衬她，姐俩感情很好。此时闷丫娘拉着妹子一边哭一边说了经过，气得妹子两手直哆嗦。老姐妹俩哭了一阵后，妹子冷静下来了，她想起一件要紧的事：闷丫这一走，撇下了襁褓中的女儿怎么办？等李友二再娶进一房，那时，一个后娘、一个夜叉，这可怜的孩子夹在中间还有活路？不行，得想个万全之策。闷丫娘的妹子是个有主见、办事嘎嘣脆的女人，就见她紧抿着嘴想了半天，点了点头，似乎下定了决心。

她拎起李家送来的那个馍篮，几步来到门外，“刷”的一把扯下门框上的春联，撕下未染上墨汁的地方，团成一个红纸团，用水洇湿，将丧馍上的白点一个个全都涂成了红色。

“丧馍翻红！”人们惊得瞪大了眼睛。原来当地有个风俗，哪家的媳妇没了，媳妇的娘家如果有意续亲，想将媳妇的妹子再许配过去做填房，就把“丧馍”上的白点翻红送回去。婆家那边收到翻红的“丧馍”，就不能再与别家议亲。

闷丫娘的妹子在人们惊异的目光中完成这一切后，提着馍篮来到一位族叔跟前，说：“叔，还请您老人家做主，派人将馍给李家送去。”

这位族叔哪敢应啊？谁不知道，闷丫娘就闷丫这么一个闺女，往哪给闷丫找妹子去？族叔小心地劝说：“她姨啊，你别生气，你姐就这一个闺女，这馍咋能送啊？”

闷丫娘的妹子咬了咬牙，说：“俺还有个闺女，不是闷丫的妹子？”这句话声儿不大，却惊呆了所有人。一旁的闷丫娘一听急了，冲妹子哭道：“妹子，你也就凤姑这一个闺女，哪能再填那个火坑？”

“姐，闷丫没了，可还留下个吃奶的孩子在李家呢，不能眼看着她也没命了。凤姑性子烈、命格硬，又从小跟着她爹识文断字的，不怕。”

闷丫娘一听妹子这话，心里对妹子充满了感激，但她想想还是不妥，就说：“那也得跟凤姑爹商量商量。”

闷丫娘的妹子干脆利索，说："不用商量了，我做得了主。"要说过去的婚事就这么简单，凭的是父母之命，就闷丫娘妹子的这一句话，凤姑便进了李家门，也自此，李家那个活夜叉有了克星。

这凤姑人长得俊俏白净，百里挑一的好模样。她有一个异相，只要一发怒，两眉之间就会泛起一块水滴一样的红印，越怒越红，活像是二郎神的第三只眼，等怒气一消，红印也立马消失。她性子刚烈，小时候跟伙伴玩耍时，常因打抱不平而跟男孩大打出手，从没怕过谁。因为凤姑的爹是秀才出身，从凤姑小时起，就教她背四书习五经，所以十八岁的凤姑可以说是能文能武、手一份嘴一份的人尖子。

再说李家，一见闷丫娘家送来了翻红的馍，活夜叉不由得恨恨地骂："真是不知死的玩意儿，又送来一个。等这个也跳了井，看你往哪儿淘换第三个去！"

3.将计就计

因为有"冲喜不过三"的讲究，所以李家在正月初三那天就将凤姑娶过了门。李友二一见凤姑，立刻心花怒放，好一个白净水灵的漂亮人，心里对丈母娘家充满了无限的感激，自然对凤姑百般怜惜。这本是挺好的事，却让活夜叉感到那么难受，直恨得牙痒痒，她暗暗筹划，一定要做点什么来改变形势。

凤姑是初三嫁过来的，转眼就要到正月初五了，这是买卖家开业的日子。按"李家卤菜馆"惯例，初五一早，掌柜的要用特制的长鞭在店门外甩响九鞭子，寓意长长久久。然后，掌柜的一家和伙计们一起在店里吃顿破五饺子，就算正式开业。这顿饺子可有讲究，饺子皮要擀成椭圆形，将长圆的两头对折，把饺子包成元宝形状，寓意招财进宝。最最要紧的一点是，饺子馅儿千万不能调咸了，因为咸跟"闲"谐音，犯了买卖家图兴旺的

大忌。

调馅、包饺子都是内掌柜的事，所以初四吃完晚饭，李友二跟凤姑交待一番后便去店里忙活了。凤姑在家便开始和面、调馅。活夜叉一看偷偷乐了，她的机会来了，她要通过这个机会一举定乾坤。

凤姑将馅和好、面准备妥当，刚要包饺子，忽听屋里的小外甥女哭了。凤姑记着娘嘱咐的话，一定要照顾好自己这可怜的外甥女，不能让她受一丁点委屈，便赶紧擦擦手去抱孩子。

凤姑刚一离开，活夜叉就闪了进来，她撇着兜齿嘴，心里特佩服自己：略施了一个小计，把孩子掐哭就引走了凤姑。只见她飞快地拿过盐罐子，“哗”的一声朝馅儿盆子里就倒，然后快速搅拌几下，又赶紧溜了出去。

溜出去的活夜叉可并没走，她躲在黑影儿里偷偷地看着，见凤姑用背兜背着孩子进了灶房，根本没有任何觉察，很快就将极咸的馅都包成了饺子，活夜叉长舒了一口气。见凤姑收拾利索回屋哄孩子睡觉去了，活夜叉心里说：“初战告捷。”现在她要等兄弟回来，再实施第二步计划。于是她盘腿坐在炕上，竖着耳朵听着大门的动静。

终于，大门“咣当”一声响，李友二回来了。活夜叉“噌”的一声蹿到门口，说：“兄弟呀，你可回来了，那小娘们早就睡了，姐可不能不给你等门。”活夜叉这边小声说着，一转身，吓得一哆嗦，只见凤姑就站在她身后，正笑盈盈地看着她。“你……你没睡？”活夜叉有些尴尬。

凤姑微微一笑，说：“我睡了，可被院里的母驴叫唤给吵醒了，这不，出来看看这牲口。”说完转身就回屋了。

活夜叉这个气呀，心想：这个天杀的，我还没开始整治你呢，倒先听了骂，看我不把你治死！她神秘地冲李友二招招手，说：“兄弟，明天的破五饺子可不吉利呀！”李友二不明白，问：“咋能呢？”

活夜叉低声说：“这小娘们可狠呢，可着劲往馅子里倒盐。唉，原以为她嫁过来是过日子呢，谁知她是搅日子来了。”活夜叉就是活夜叉，瞎话说得就跟真的一样。

“那……咋办？”李友二又没了主意。活夜叉叹着气说：“还能咋办？都包成饺子了，看来，只有明天‘使破解’了。”

什么是“使破解”呢？过去的买卖家，如果不慎犯了忌讳，总会用某种办法去弥补一下，这个弥补办法就叫“使破解”。李家卤菜馆对饺子馅儿咸的破解法是抽“咸”，取个忙里才抽闲（咸）的谐音，具体怎么做呢？说白了，就是用鞭子去抽把馅儿调咸的人。

原来活夜叉的目的就是要在明天当众用鞭子抽凤姑！

李友二有些犹豫，对姐姐说："这使不得吧，闷丫就是想不开才跳了井，凤姑刚进门，如果因为这再想不开……"活夜叉哼了一声说："你以为这货还是闷丫？就是你把她推井里去，她都能自己爬上来！你不趁这机会治服她，她就要骑在你脖子上拉屎了。"

李友二摇摇头，叹了口气，没再说话了。

初五早晨，鞭子九响后，李家卤菜馆店门大开，大家团团围坐，等着凤姑上饺子。活夜叉悄悄把鞭子往兄弟跟前挪了挪。这根鞭子是用牛皮条编成的，鞭绳长一米五，鞭根有大拇指粗细，这要是一鞭子抽下去，血沫子都得溅起来。活夜叉想象着凤姑挨抽的样子，只恨时间太慢了。终于饺子上桌了，每人一碗，一碗里九个，凤姑摆好碗刚要坐下，活夜叉赶紧夹起自己碗里的饺子就咬了一口，哎哟，果真极咸极咸的。她心里高兴，脸上却表现得非常痛苦，故意"呸呸"连啐几口，大声嚷着："咸，太咸了！"

她这一嚷，气氛立刻紧张起来，馅儿咸了，这可是关系到来年兆头的大事呀！于是谁也不敢动筷子了，一齐看向李友二。说实话，李友二和凤姑新婚燕尔，他哪舍得打这个媳妇，所以事到临头，他就想混过去得了。

活夜叉可不干了，她将鞭子递给兄弟，说："兄弟，祖上的规矩，犯了忌讳，赶紧抽'咸'！"

店里的伙计都眼睁睁地看着，事情到了这个地步，李友二一狠心，慢慢举起了鞭子。就在这时，突然听到一声"慢着"，只见凤姑凤眼圆睁，问道："饺子馅是我亲手调的，怎么可能会咸？"

"哼！"活夜叉都要笑出声了，心里想：正因为是你调的，所以它才会咸。表面上她却对大家正色说道："大伙儿都尝尝，看是不是咸！"

"好！"凤姑也不示弱，她把筷子递给瞎眼婆婆，说："娘，您老做评判。"

瞎眼婆婆举起筷子，李友二也忙丢下鞭子，先坐下来尝饺子。其他人一看掌柜的吃了，也都跟着夹起饺子咬了一口。这一尝不要紧，李友二立刻皱起了眉头，他有些恼怒地抬起头，可是没冲凤姑，而是冲着活夜叉说："姐，这馅哪咸？"

一心等着看戏的活夜叉愣了，怎么可能不咸呢？再一看大伙的表情，都疑惑地看着自己，她忙从李友二碗里夹起一个饺子咬了一口。

这一口让她浑身一激灵，妈呀，简直出了鬼，明明极咸的饺子怎么一点也不咸了？

活夜叉愣怔的工夫，凤姑说话了，她俯下身子问瞎眼婆婆："娘，饺子咸吗？"瞎眼婆婆本是个老实人，见儿子和伙计们也都吃了，她只能实话实说："不咸。"

"那好！"凤姑一把抢过桌上放着的鞭子，冲活夜叉说："姐啊，今天是开业的好日子，可你偏偏嚷嚷'咸'，犯了忌讳。祖宗既然有规矩，那我就只好抽'咸'了！"说着话一扬手，一鞭子就抽向了活夜叉。凤姑自小身手利索，动作快得根本不容人反应过来。这一鞭子下去，活夜叉回身一躲，可没躲过，一下子抽在了后背上，疼得她"嗷"的一声蹦了起来，抱着脑袋就窜进了伙计堆里。凤姑看着她那副尿样，扬着鞭子可没罢手，看意思还要抽。

这时，一个人过来劝凤姑道："内掌柜，开业的喜庆日子您就消消气，再怎么说她也是掌柜的姐姐，看着掌柜的面子吧。"凤姑一看，来人是卤菜馆的头灶大师傅范四。这时，李友二也赶紧借着话头劝凤姑："听范四师傅的劝，赶紧伺候娘吃饺子吧。"

凤姑微微一笑，见好就收。活夜叉一举定乾坤之计就这样失败了，她怎么也想不明白，倒了那么多盐的饺子馅怎么就不咸了呢？

原来昨天后半夜，凤姑的小外甥女忽然哭闹不止，凤姑想起娘说的，小孩子肚脐没封全，哭闹多半是肚子疼，要将盐炒热，包到布里给孩子焐肚子。她便举着油灯去灶房炒盐，这一拿盐，猛然发现盐罐子里的盐少了半罐。她立刻想起先前自己背着孩子回来时，好像看到人影一闪，当时自己没多想，现在想来一定是有人使坏了，多半是活夜叉偷偷把这么多盐都倒进馅儿里了。一会儿天一亮这些饺子就得下锅，这可怎么办？凤姑两眉间

的水滴红印越来越红，她紧咬嘴唇想主意。过了一会儿，就见她两眉间的红印慢慢褪去，凤姑有了个好主意。

凤姑带着一根针去煮饺子，一大锅饺子，除了用笊篱圈住一个给活夜叉留着，其余全部用针在饺子底扎出了细密的小眼。煮饺子时，锅里的沸水从密密麻麻的小眼里进入，冲走了咸味，煮出来的饺子不仅咸淡正好，还带着汁水。

4. 暗盗秘方

这些活夜叉哪知道啊？她的如意算盘落了空，脸也丢大发了，早晨挨了一鞭子，臊眉耷眼地逃回家后，一直到后半夜还在炕上卧倒呢。后背上的鞭伤火烧火燎，她的心里更是又惊又恨。惊的是，放了那么多盐，怎么说不咸就不咸了？难道是闷丫有灵，在帮凤姑？恨的是，兄弟竟眼睁睁看着媳妇抽自己，连个屁也没敢放，还有自己瞎眼的妈，竟然不管不顾地说饺子不咸……她越想越恨，恨得心里直抽抽，暗道：如今这情形，这个家横竖是不能呆了，得赶紧想办法。想到此，她一咬牙爬了起来，她要去找一个人。

活夜叉要找哪个？就是白天为她求情解围的头灶师傅范四。这个范四跟她的关系可不一般，早两年前就勾搭上了。范四做梦都想自己开一间卤菜馆，可李家卤菜馆是百年老号，有不少招牌菜，尤其是“清卤牛肉”这道当家菜，片片挂着腱子花，纯色无酱、清清爽爽，吃在嘴里却滋味醇厚，吃过的客人没有不赞的。像这类招牌菜，是李家的祖传秘方，只有李友二会做。范四一直琢磨着怎么把李家的秘方弄到手，他跟活夜叉好，也是为了这个。

范四是头灶大师傅，在前院有一间单独的屋子。此时活夜叉熟门熟路地溜进去，一进门她就宣布说要给范四一个惊喜。

活夜叉拉住范四，鼠目含情地说要嫁给他。范四一听，热血立刻上涌，不过不是激动的，是吓的，他想哭。这是怎么说的，费了两年工夫，秘方没到手，夜叉到手了。

一看范四不情不愿，活夜叉使出了杀手锏，她斜眼看着范四，说：“李家卤菜的秘方我从我娘那偷来了，而且我娘钱匣子里的银票我也都拿来了，要是用这钱去盘间铺面、开个卤菜馆……”

范四听到这里两眼瞪大了，活夜叉的这个主意可太有吸引力了。

要不怎么说活夜叉毒呢，见范四点了头，她索性六亲不认，跟自己的亲娘亲兄弟使了一个“卷包烩”的绝户计，把李家这几年挣的钱都卷走了，拍拍屁股就嫁给了范四。

活夜叉梅开二度，李家总算获

得了空前的清静。不料清静的日子没过多久，一件意想不到的事发生了。镇上突然冒出一家“范家卤菜馆”，菜单竟和李家卤菜馆一模一样，就连当家菜“清卤牛肉”也分毫不差。

这在行内叫“呛行”，用今天的话说，就叫“不正当竞争”。李友二一打听，呛行叫板的正是范四和自己的亲姐姐。李友二气坏了，当时的饭馆行业规矩严谨，各家都有自己的特色，绝不能全盘照抄别家的菜谱。若有人真敢冒天下之大不韪，公然挑衅，就要打一个“灶台擂”，决出正宗。为了李家卤菜馆，李友二要向“范家卤菜馆”挑战打灶台擂！

灶台擂有着严格的规则，挑战的一方，要接对方所下的菜单，接菜单三日后开擂。如果挑战方能在开擂现场做出菜单上的菜品，则为挑战方获胜；如果做不出菜单上的菜品，则为应战方获胜。胜者原地营业，败者立即摘幌子关张。

李友二很自信，他从小跟爹学手艺，卤、炖、炒、氽、煮，哪一样不是手到擒来？他去娘屋里拿钱，要提前准备上好的食材，专等对方下菜单。可他这一拿钱就傻了眼，钱匣子里装着银票的锦囊现在却装着一堆烂纸，银票不见了！不仅如此，更可怕的是，另一个装着祖传秘方的匣子也不见了。娘这屋里从来不进外人，不用问，准是被活夜叉拿走了。

天塌了！李友二和他娘都是老实人，出了这样的大事只剩慌神儿了。尤其是李友二那瞎眼的娘，一个劲地流着老泪，说自己对不起祖宗，把李家的家底儿给弄丢了。

凤姑劝婆婆说：“银票丢了就丢了，咱还有店，有店就不愁赚钱。”

哪知瞎眼婆婆一听，哭得更厉害了，她说：“李家的家底哪是那些银票呀，李家的家底是那些秘方！”

凤姑一听，松了口气，心想，秘方更好说了，哪道菜的秘方李友二不是烂熟于心？她劝婆婆：“娘，秘方丢了不怕，哪天得闲了让友二说，我给写，再写一份出来放匣子里给您老收着，不就得了？”

不料瞎眼婆婆摆了摆手，说："秘方可不是这样就能补回来的。"

这话倒把李友二和凤姑给说愣了，瞎眼婆婆便告诉两人，这秘方里藏着一个秘密。

原来，写秘方的那一张张发黄的薄纸，其实根本就不是纸，是李家的老祖宗用浓缩后的卤煮老汤，掺入糯米汁子制成的薄片。而秘方上的那些字，是用笔蘸上豆蔻、花椒、八角等作料研磨成的汁写上的。正宗卤菜，有两样必不可少，一个是秘方，另一个就是多年的老汤。这李家的老祖宗是个精明人，他琢磨出了这么个办法，把老汤连同秘方融为一体，传给了后辈。

这个秘密，李友二和活夜叉都不知道，按规矩，这是老一辈归西前才能说的。不料还没来得及说，秘方就落到了外姓人手里，瞎眼婆婆怎能不伤心呢？李友二知道后也气得不行，正生气呢，有伙计来报，范四和活夜叉已经派人把打擂的菜单送到了李家卤菜馆。

5.智解菜单

李友二赶到店里接过菜单一看，立刻就傻眼了，菜单上列了四个菜：皮包骨、皮包水、皮骨皮、皮碰皮。

这叫什么菜？这范四两口子真黑心，不知下了多大工夫淘换来这几个歪菜。李友二接了菜单就开始琢磨，琢磨了两天，愣没解出一点意思。看来，这百年老号就要毁在自己手里了。

实在没招了，李友二只好眼泪汪汪地向凤姑如实相告。他觉得对不起媳妇，这几年挣的钱没了，秘方也丢了，更要命的是自己还做不上来这四个歪菜，连李家卤菜馆也保不住了。

李友二本以为凤姑听了也会哭天抹泪，哪成想凤姑听后竟很平静。她说："钱没了没关系，做这四样菜的材料不用去买，用咱铺子里现成的材料就成。"

李友二一愣，他不敢相信地看着凤姑。凤姑对他如此这般地吩咐了一番，李友二听了，兴奋地一拍屁股就去准备了。

第三天很快到了，李家卤菜馆内座无虚席，行内精英们会集一堂，当中主桌前坐着几位业界前辈，他们是被邀来做评判的。李友二和凤姑作为挑战方，坐在主桌的左手，范四和活夜叉作为应战方，坐在主桌的右手。

在主桌的正对面，设了一个灶神台。打灶台擂的规矩，要请出灶神爷主持公正。灶神不像其他神，他只受灶火不受香火，所以在灶神像下新砌了一个灶台，灶台上安了一口大锅。此时灶膛里的火旺旺的，把大锅里的热水烘起了如雾般的袅袅水烟。

一位评判上前将李家卤菜馆和范家卤菜馆的店幌子一左一右地摆在了灶台上，意思是，先把它们交给灶神爷看管着。等一会儿分出输赢，赢的一方拿回幌子，输的一方幌子要被扔进灶膛里烧掉，让灶神爷收回去。

几位评判带着众人给灶神爷施过礼，灶台擂就正式开始了。

靠左一拉溜有四个灶台，此时灶台上安着的四口大锅徐徐冒出热气，阵阵诱人的香味飘散开来。就见李友二掀开第一个锅盖，第一道菜“皮包骨”出锅。大家一齐朝他手里的大盘子望去，只见一盘清卤鸭掌颤颤巍巍，在盘里隆成了小山。鸭掌只只卤得通透晶亮，凝脂般的掌皮内细骨如玉。大家纷纷持箸品尝，轻轻一嘬，鸭骨即脱，留下胶质的肉皮，软烂鲜香，绝了！“嗯，皮包骨，好！”一致的叫好声中，几位评判点了点头。

李友二再掀锅盖，第二道菜“皮包水”出锅。就见白色的盘子中，堆着如葡萄珠般黑亮黑亮的东西，仔细一看，原来是一盘清卤牛眼。这牛眼在清卤前已剔净眼肉，用卤汁浸泡，入足了味，所以经大火快速汆卤，牛眼形状完美如珠。用筷子夹起一只，就如同托着一颗硕大的黑珍珠，晶莹剔透，薄皮内清水涓涓，“刺溜”一声入口，浓汁满颊泛香。“嗯，皮包水，好！”叫好声中，几位评判又点了点头。

接着第三道菜“皮骨皮”出锅。只见一个大平盘上，摆放着一片片雪白的东西，如同特大的百合花瓣，这是一盘清卤羊耳。薄薄的羊耳，两层皮夹一层脆骨，吃在嘴里皮糯骨嫩，泛着羊肉特有的鲜香。大家纷纷挑起大拇指，“好，皮骨皮，好！”几位评判对视一眼后又点了点头。

李友二越战越勇，他再掀锅盖，第四道菜“皮碰皮”出锅。就见一个大深盘里有半盘浓汤，雪白的鱼肚就如叶叶小帆，挂着卤汁浸在汤中。鱼肚就

是鱼泡，这种东西一经热卤，泡内的气体被压出来，只剩下两层皮，正应了“皮碰皮”。评判们乘热夹起鱼肚入口，嘿！外脆内黏，越嚼越香。“好，皮碰皮，好！”

人们一下子轰动了，四道菜样样合题，色美味鲜，李家卤菜馆获胜无疑了。几位评判站起身来，一齐走到灶神台前，他们要按规矩把范家卤菜馆的幌子扔到灶火里，宣布李家卤菜馆为正宗。就在这时，忽然传来一声破锣般的叫声：“慢着！”

随着话音落地，活夜叉腾地站了出来，她撇着嘴对大家说：“我们也给诸位上一道菜，大家品了以后再说谁是正宗。”

6. 天道好还

一听活夜叉也要上菜，大伙儿都愣了，刚才没见他俩做菜啊，怎么上菜？

只见活夜叉一回身，从范四手里拿过一个匣子，高举过头，炫耀地向大家展示了一圈。李友二一见，汗立马下来了，怎么呢？这个匣子他认识，正是李家盛秘方的匣子！这时就听活夜叉说道：“爹临死前把李家卤菜的秘方传给了我。大家想想，秘方在我手里，谁才是正宗？”

这无中生有的一番话，还真把在场的人给唬住了，几位评判也面面相觑。要知道，按照行规，有祖传秘方者方为正宗。形势急转直下，大家的目光齐齐地看向李友二。

此刻李友二左右为难：秘方是被偷走的，可这话不能说，一说出来就等于承认自己手里没有秘方，也就等于承认人家是正宗了。李友二偷眼瞄向一旁的凤姑，就见凤姑静静地坐着，两眉间的水滴红印却越来越红。过了一会儿，红印慢慢褪去了，凤姑站起来，呵呵一笑，对大家说：“秘方好好的在我家里放着，哪可能落到别人手里？”

活夜叉笑了，心想，我要的就是你这句话。她故意激凤姑，说：“既然你说秘方在家里，那你敢不敢去拿来让大家当场验看？”

凤姑把头一扬，一双秀目瞪视着活夜叉，说：“好，我这就去拿！”

李友二急了，心想：这下麻烦了，凤姑年轻气盛中招了。虽然这几天，他背诵、凤姑写，两人已经又录下了一份秘方，但那是写在普通纸张上的，和活夜叉那份写在糯米老汤薄片上的秘方一比，真假立判啊！想到此，他暗暗一拉凤姑，想阻止她的莽撞。凤姑却没理会，站起身就走了。

场上的人们你看看我，我看看你，全场静极了。一小会儿的工夫，凤姑回来了，她手里托着一个和活夜叉那个一模一样的匣子。李友二的心提到了嗓子眼。

活夜叉一见，忍不住连连冷笑。她太清楚了，她娘的两个匣子，放秘方的被她连锅端了，凤姑手里那个，只是原先装银票的匣子。于是活夜叉步步紧逼，对凤姑说："既然你说匣子里有秘方，那敢不敢把匣子放到灶神爷跟前，咱当着灶神爷的面，以店立契，然后开匣验看？"

人们一听这话，立刻议论纷纷，都说活夜叉做事太绝了，对买卖人来说，没有比"以店立契"更狠的赌约了。这等于说，打赌双方在灶神爷面前把店押上，输者要连店带伙计都送给对方，自己光杆子走人。

凤姑被活夜叉拿话一激，脖子一梗，说了声："敢！"

活夜叉心里憋着乐啊，脸上的肉丝儿都横了。这时，一位评判将两家的秘方匣子摆到了灶台上，有人拿来纸笔，一会儿的工夫，两份以店立契的字据就写好了，只等签字画押。

活夜叉激动得鼠目泛光，故作娇嗔地把字据往范四手里一塞，丢了个眼风，说："你来画押。"范四抑制住想吐的冲动，在字据上摁了手印。

这边李友二哆嗦着手拿契约，犹犹豫豫地刚要画押，却被凤姑一把抢了过去。此时她仿佛刚醒悟过来，后悔得站也不是，坐也不是，拿着那张契约满屋乱转。一会儿到灶神爷跟前磕头，一会儿双手合十望空膜拜，嘴里嘟嘟囔囔地求闷丫姐显灵救救她。

过了半炷香的工夫，凤姑静了下来。她把契约递给李友二，平静地说："画押吧。"

双方画了押，两个秘方匣子又从灶台上拿到主桌上，人们"呼啦"一下围拢过来。李友二心里绝望到了极点，他找了个墙角，双手抱头冲着墙角就蹲了下去。

先打开凤姑的匣子，只见匣子里赫然摆着一个锦囊，锦囊上绣着一个大大的"李"字。"啪！"凤

姑突然一把将匣子合上了，她对评判说：“李家的秘方就装在这个锦囊里，一直以来秘不示人，既然今天要当场验看，也得两家同时往外拿秘方。”

活夜叉胸有成竹，根本不怕。她斜了一眼凤姑，拿过自己那个匣子，“啪”的一下打开，嘴里说着：“大家尽管看。”

此时全场静极了，大伙儿看看匣子，又抬眼看看活夜叉和范四，就像在看一对怪物。活夜叉不明白了，低头一看，浑身猛的一哆嗦，妈呀，闹鬼了！只见匣子里空空如也，比猫舔的都干净，刚才还好好的秘方哪去了？

几位评判愤怒地看着活夜叉和范四，本来灶台擂他们就输了，竟然还敢演这一出空城计，怎么让人待见？范四的脸涨红成了一块猪肝。活夜叉呢，此时只觉得天旋地转，她大叫一声：“有鬼啊，是闷丫，是她在捣鬼！”抱着脑袋就往外蹿去。

李家卤菜馆大获全胜，李友二简直像在做梦。他从墙角站起来，跟着凤姑送走了人们，还在纳着闷。他问凤姑：“你说，活夜叉偷去的秘方怎么就没了？”

凤姑拉着他到了灶神台前，一指灶台上安着的那口大锅，说：“秘方都在锅里。”

“嗯？”李友二更不明白了。

凤姑笑了。原来，凤姑听婆婆说李家的秘方是用老汤和糯米汁子制成的，便知道它们最怕高温和热气。画押的时候她故意假装后悔，又拜灶神爷，又求闷丫姐，折腾了半天，其实就是为了拖延时间。摆在灶台上的秘方匣子经过长时间的灶火炙烤，再加上大锅里冒出的热气这么一熏，匣子里那用老汤和糯米汁子制成的秘方纸便渐渐熔化了，最后化成了浓汁儿。巧的是，旧匣子底部有细小的裂缝，这些汁竟顺着小缝流了出来，沿着灶台的坡度一点不剩都进了大锅。所以最初的一锅水，现在已经变成了一锅香气浓郁的老汤。

李友二对凤姑充满了佩服与感激。从此，他和凤姑更相爱了，对凤姑的爹娘和闷丫娘更是侍奉得周周到到。每年初二，他都会亲自备上精心蒸制的“回娘馍”，带着凤姑和孩子给两家老人早早地送去……

（题图、插图：杨宏富）

2012年12月（下）动感地带答案

神探夏洛克：绑匪是邮差。因为在没有门牌和真实姓名的情况下，只有他能安全收到钱。

疯狂QA：111－11＝100；33×3+3÷3=100

思维风暴：这是一道“脑筋急转弯”题目，月球上只有月震。

留有余地的智慧

有位英国雕塑家，作品屡获大奖。一次记者采访他，请教雕塑的秘诀。雕塑家说：“所谓秘诀，只有两点：第一是要把鼻子雕大一点，第二是要把眼睛雕小一点。”

记者不解地问：“鼻子大眼睛小，那雕出的人像不是太难看了吗？”

雕塑家解释道：“鼻子大眼睛小，就有修改的余地。你想，如果鼻子大了，还可以往小里修改；眼睛小了，还可以向外扩大。反之，如果一开始鼻子雕小了，就再也无法加大了；眼睛雕大了，也没办法改小了。”

记者茅塞顿开。这位雕塑家的智慧，对做人也是一种启示：为人处世，要为自己和他人留一些余地，话不可说满，事不可做绝。只有这样，你才能行动自如，别人也会更加自在。

（作者：邵火焰；推荐者：从　容）

温暖的石头

云南山区有一名小学生，从他家到学校，有二十里崎岖难行的山路，可这段日子，小学生总是背着一袋石头上下学。同学们很好奇，难道瘦小的他想通过背石头来锻炼身体？

老师知道后决定做一次家访。到了这个小学生家里，老师才知道他的家庭状况——他的父亲很早就去世了，母亲在不久前因病瘫痪了。

母亲告诉老师，她瘫痪后，一天因为渴急了，把手伸向离床头不远的热水瓶，结果烫伤了自己。孩子放学回家，看到被烫伤的母亲，当即决定：以后他要背着母亲上学。从那时起，他便开始背石头上学了。母亲哽咽着告诉老师，她体重86斤，孩子瘦小的身躯如何负重？于是他想出一个方法，起初，背少量石头上下学，随着对重量的适应，再不断添加石头，直到能适应超过86斤的重量为止。

86斤，是母亲的体重，更是爱的重量。

（作者：葛　闪；推荐者：吴佩佩）

冬天卖冰淇淋

有一位著名的企业家，被誉为“经营之神”。这年夏天，企业家的侄子问他借钱，说自己想开家冰淇淋店。企业家听后说：“现在不是开冰淇淋店的时候，等到冬天再来找我吧。”侄子心想，冰淇淋的销售旺季是夏天，哪有人会在冬天开店呀？一定是企业家找借口搪塞自己。于是他从别处筹够了钱，在闹市租了门面，立刻开店卖起了冰淇淋。

随着气温升高，冰淇淋店的生意越来越好。侄子欣喜不已，他扩大了店面，高兴地请企业家来店里观摩，却被断然拒绝了：“你不要高兴得太早，只怕这店熬不到明年。”

果然，到了秋天，光顾的人逐渐减少，到了冬天，侄子连房租也供不起了。这时，企业家找上门来，问侄子：“难道你还不明白我为什么要你在冬天开店吗？在夏天开店，虽能抢得一季红火，却容易忽视潜藏的问题。而在冬天开店，你就需要用心搞促销，严控开支，这样一点一滴地积累，到了旺季你必然会远胜过他人。凡事要成功，先要走好第一步，练好基本功。”说完，他掏出支票，“你还是再找家便宜的店面，重新开始吧！”

(**作者**：张小平；**推荐者**：兰明芳)

一支烛光的温度

一天，小李看到邻居大哥背着老父亲在路旁拦车，估计是老人生病了，要去医院。邻居大哥双手都扶着父亲，几乎腾不出手来打车，于是小李上前帮他拦了车。

一周后，邻居大哥来请小李吃饭，小李有些受宠若惊，举手之劳，何足重谢？但邻居大哥强拉硬拽地把小李带到了家里。

小李见桌旁坐着很多街坊，这才知道，原来宴谢的不止自己一人。席间，邻居大哥说：“那天我爸生病，我太太不在家，幸亏有各位街坊帮忙。有人在天黑时帮我关好门，有人把我放学的孩子领到家里吃了饭，有人帮我在路上拦车，有人帮我联系医生　　在你们的关爱下，我父亲现已康复出院，我敬大家一杯，以表谢意。”说完，举杯一仰而尽。

或许每个人只有一支蜡烛的光亮，但把许多烛光聚在一起，这世界就温暖了。

(**作者**：肖　进；**推荐者**：曹绍明)

(**本栏插图**：安玉民　梁　丽)

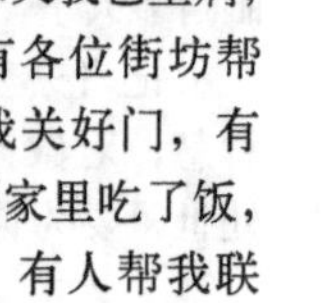

学写作文，从读故事开始

大美莲山

□ 尘世伊语

大画家陆天青回国后的第一件事就是要到莲山村去。三十多年前，他凭着在莲山村画下的《大美莲山》一举夺得了世界金奖。

莲山村海拔高，终年云雾缭绕。对面屹立着的莲山宛若一朵漂浮在水中的莲花，山上隐约看得到房屋村民，好似人间仙境。当年陆天青被下放到这里，整天痴迷画画，多亏有淳朴善良的村长庇护。这次回国，陆天青的一个重要行程就是去拜访老村长。

三十多年过去了，老村长已满头白发。他带着陆天青参观村里的中学，感叹地说："这里爱画画的孩子不少，可惜学校一直请不到正规的美术老师，孩子们都是自己乱涂乱画。"

陆天青想了想说道："我这次回国，准备休息一阵，我可以留在这里当一段时间美术老师。让愿意学的孩子都交幅画来，我选一下。"

老村长听后激动地说："那真是太好了！"他忙让校长张罗去了。

于是，陆天青在村里住了下来。这天清晨，他一人出门四处走走。《大美莲山》成为名画后，好些人都背着画板专门来莲山村采风。陆天青不觉走到自己当年写生的地方，那是山崖边的一块大石头。可他发现，石头边居然有人用绳子拉了隔离带。这是干什么？陆天青没多想，就准备大步跨过去。突然，一个声音叫道："不许过去。"陆天青吓了一跳，定睛一看，是个半大的男孩。陆天青奇怪地问："为啥不能过？"

男孩还没说话，边上一个游客说道："我知道了，这块石头是画莲山最好的取景点，小朋友有生意眼光，来，给你十块，可以了吧？"

陆天青这才明白，原来这男孩

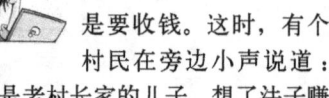

是要收钱。这时，有个村民在旁边小声说道：“这是老村长家的儿子，想了法子赚钱呢。”

这男孩是老村长的儿子！陆天青回来后，还没有去过老村长家。这孩子看起来十五六岁，一定是老村长晚年得子，宠得不行。陆天青懒得再说什么，自顾自往回走了。

回到住处，校长正抱着一大摞画找他。陆天青翻了翻，好些都是模仿《大美莲山》画的，缺乏创意。陆天青翻看着，突然，一张画吸引了他的目光。这是一棵初春的榆钱树，在春风的吹拂下，白色花瓣漫天飘落。画面温馨淳朴，陆天青不由得点了点头。校长在旁说道：“这孩子叫许小勇。”陆天青说：“叫他来聊聊吧。”

校长出去了，一会儿工夫就带了个男孩进来。陆天青抬头一看，不是别人，正是那个占着石头要钱的男孩。陆天青拉下脸，问：“这是你画的？”男孩脸涨得通红，连连点头。

陆天青话锋一转，说：“也难怪，天天问人要钱，画出来都是满纸的钱。”许小勇没听明白，疑惑地看着陆天青。陆天青指着画说道：“看看，这榆钱树上大大小小的都是钱，不是财迷是什么？”许小勇的眼泪在眼眶里打转，掉头跑了出去。校长疑惑地看着陆天青，陆天青说：“画画是条清贫的路，光想着赚钱，肯定走不远。”

傍晚时，老村长带着许小勇来了。老村长对陆天青说了原委，他说，许小勇拉着绳子并不是要收钱，他是发现那里的山崖下有窝白鹭，刚孵出两只小白鹭，他怕游人多，白鹭会受惊，所以远远地拉了绳子。没想到后来有人主动给他钱，孩子一时糊涂，竟然收下了。老村长说，自己已经狠狠地教训了他，孩子认错了，保证以后再不会收钱了。

见老村长眼巴巴地看着自己，陆天青实在拉不下面子。他叹了口气，说：“让孩子先学着吧。”

陆天青收了学生后用心教导，

过了一段时间，孩子们的进步都很大。这天，陆天青宣布说要带孩子们出去写生，但刚宣布完他就想到一个问题，这些山里孩子哪有钱买画板啊？不料写生那天，孩子们背着清一色的“神笔马良”画板来了，这种画板买起来可不便宜。陆天青觉得很奇怪，一问，孩子们异口同声，说是许小勇卖给他们的。陆天青一听，心里的火又冒了起来，这孩子太会钻营了！

写生的时候，陆天青问孩子们：“你们学画都是为了什么？”有的孩子说，要把最美的东西画下来；有的说，以后要当个画画老师……陆天青边听边点头。轮到许小勇的时候，他瓮声瓮气地说道：“我要成为你，我一定要拿大奖。”陆天青不由得皱了皱眉头，这孩子的功利心太强了，他拉下脸来对许小勇说：“你以后不用再跟我学画了，你父亲来也没用。”许小勇不知道自己说错了什么，委屈地转身跑了。

别的孩子都傻了，陆天青指了指他们的画板说道：“许小勇是个做生意的料，不是画画的人。”一个女孩子怯怯地站了起来，说道：“老师您误会了，这些画板，许小勇只象征性地收我们很少的钱。”

另几个孩子七嘴八舌地说：“对，他说上次拉绳子收钱错了，就把收的钱买了画板，变着法子送给几个家庭困难的同学。”

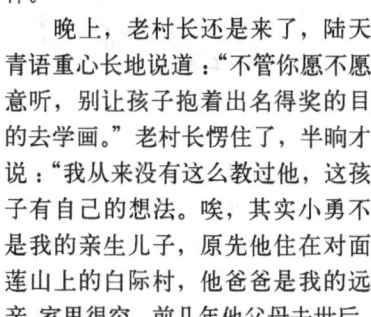

陆天青没想到会是这样。

晚上，老村长还是来了，陆天青语重心长地说道：“不管你愿不愿意听，别让孩子抱着出名得奖的目的去学画。”老村长愣住了，半晌才说：“我从来没有这么教过他，这孩子有自己的想法。唉，其实小勇不是我的亲生儿子，原先他住在对面莲山上的白际村，他爸爸是我的远亲，家里很穷。前几年他父母去世后，我就把他过继过来了。”

陆天青愣住了，问道：“白际村就是莲山村对面的那个小村庄吗？还像以前那么穷吗？”

这时，许小勇从老村长身后钻了出来，说道：“老师，您画了《大美莲山》，莲山村就出名了。大家都来莲山村写生，莲山村通了公路，村民们都富了起来，可对面的白际村还是那么穷。我要学画，长大后画白际村，让白际村的人也富起来，这样我爸就不会因为看不起病去世了……”

陆天青的眼眶湿润起来，他摸了摸许小勇的头，说：“孩子，我明天就去白际村画画，画好多画，给全世界的人看。”不料许小勇倔强地摇摇头：“不，我说过的，我要成为您，我要自己把白际村画下来。”

（**题图、插图：**安玉民　梁　丽）

刷卡要努力

□马　光

吴勇是个小老板，手下有五六个人。这天，公司来了个信用卡推销员。吴勇问能批多少透支额度，推销员说一般员工批个两万没问题，老板应该能批三万以上。吴勇挺满意，和大家一起填了申请表。

信用卡批下来后，吴勇傻了眼：手底下的员工都批了两万额度，唯独他只批了一万。吴勇觉得没面子，顺手就拨通了那家银行的客服电话，怒气冲冲地要求销卡。客服人员解释说：“先生，您以前有拖欠还款的不良记录，所以透支额度不高。”然后又劝道：“只要您多多使用，努力刷卡，额度很快会提高的！”

吴勇无奈地挂了电话。这天，吴勇跟铁哥们喝酒，无意中说起这事，铁哥们一拍大腿：“这好办，我帮你刷！最近这段时间，我大伯、二姨和老叔都病了，过几天就要挨个动手术，怎么也得花个十来万。这样吧，你把卡先借给我，我每次交费就刷你的卡，再把现金存进去还上。这么折腾上几回，银行就是想不给你提额度，都找不到理由。”

吴勇觉得这个主意不错，就把卡借给了铁哥们。一个月后，吴勇收到了第一期账单，好家伙，足足刷掉了八万七！吴勇很满意，再次拨通了客服电话，要求提高信用额度。客服询问过情况后，顺便问了句：“这些消费都是您本人的吗？”吴勇不假思索地答道：“那当然了！”

第二天，吴勇的手机收到银行的短信：“尊敬的客户，我行决定将您的信用额度从一万元降至三千元，特此通知。”

吴勇顿时懵了，忙打客服电话质问怎么回事。客服查了记录，礼貌地答道：“您上个月在医院进行了大量的刷卡消费。鉴于您的健康状况，我行做出了调整信用额度的决定，祝您用卡愉快！”

儿子要坐车

□张东兴

有个小学生埋怨爸爸："你天天骑辆破自行车送我上学，老师从来不正眼瞧我，同学也看不起我。我不管，明天我要坐车上学！"

爸爸犯愁了，他思索良久，想起一招：有困难，找领导！甭看小学生的爸爸混得挺窝囊，单位可挺牛的，领导还经常在电视上露脸呢。

于是他对领导说了困难，最后请求："我想借一天单位的车，让您的司机明天开车送我儿子上学。"

领导想了想说："行，这样吧，你把自行车留下，明儿咱俩换车开。"

第二天一早，领导的司机果然开着辆新车来了。小学生看了一声惊呼："哇，好高级的车！"欢呼着钻进车里，看到有天窗，还求司机把天窗打开。他人小个子矮，钻出去只能露俩眼，看到同学就跟人家狂挥手。

离学校还有 50 米，车就走不动了，前面堵了半街人。小学生爸爸觉得奇怪，往常校门外不怎么堵啊，他对司机说："就送到这儿吧。"

父子俩从人群中挤过去，快到校门时，才知道今天为什么这么反常——只见爸爸的领导推着自行车，在送孙子上学呢。领导一路不断和老百姓握手挥手，为了保护领导的安全，道路两旁增设了交警维持秩序，后面的车都减了速，难怪会堵！

小学生跟在后面默默看着，直到领导把孙子送进校园，挥手离开，小学生才对他爸爸说："爸爸，往后你不用为难了。我今天才知道，有没有面子，不在于屁股坐的啥车，而在于屁股坐在什么位子上。我一定好好学习，不让我儿子、你孙子再受苦。"

做好事

□韩洪波

小明刚上三年级，最怕写作文了。这天，他一放学回家就没好气地把书包一扔，说："烦死了，又让写作文，有什么可写的呢？"

爸爸把眼睛从电脑屏幕上移开，问道："作文是什么题目啊？说不定我可以帮你一把呢。"

小明把书包拉开，抓出作文本和笔放到桌上，说："老师让写'我做过的好事'，说要拣印象最深的写。好事好事，我天天在家写作业，哪有那么多机会做好事？"

爸爸笑着走过去，启发小明说："这个好写啊，比如说，帮助妈妈整理房间啊，帮助爸爸洗菜刷碗啊，这些都能写。"

小明听了却摇摇头，说："这些都太普通了，一点也不出彩，写出来同学们会笑话的，得分也不会高。"他低下头想了一会儿，突然问爸爸："对了，爸爸，你上学时写过这样的作文吗？"

"当然写过了。"

小明赶紧问："那你是怎么写的？做过什么好事？对了，要特别一点的。"

爸爸一听头都大了，想了半天才说："唉，其实也没什么特别的，我们那时候，大家写的也都差不多，比如说——我今天扶老奶奶过马路啦……"

小明听了，猛的一拍桌子，对爸爸竖起大拇指，说："爸，了不起，这还不够特别呀？你真胆大，敢做这事儿！"

红版编辑部各编辑邮箱：

姚自豪：yaobianji1950@126.com；
吕　佳：lujia411@yahoo.com.cn；
石莎莎：ssasha@163.com；
丁娴瑶：dingxianyao@126.com；
李　丹：lidan090@gmail.com。

救命的传家宝

□于　强

老牛家有个传家宝：那是个黝黑的陶罐，小口圆肚，古色古香。那天，老牛大扫除，刚巧把这个陶罐翻了出来，老牛把陶罐里外洗刷了个干净，想给儿子送去。老牛的儿子小牛是城里中医院的主任，年轻有为，前程远大。

来到城里，儿子儿媳都不在家，老牛就去了儿子的门诊。小牛正在跟一个戴帽子、捂口罩的女病人说什么，一见老牛进来，女病人立即抬屁股走了。

小牛就问老牛来城里干啥，老牛取出那个陶罐，放在桌上。小牛一瞧，认了出来："这不是咱家那个破陶罐子吗？"

破罐子？老牛不乐意了，他告诉儿子，这可是他们老牛家的传家宝。老牛说，他爷爷的爷爷曾在北京做买卖，那年回乡探亲，就带回了这个陶罐。听老人家说，烧陶罐用的陶土里，搀杂着几十种秘方药材。人患了头疼脑热拉肚子，不用抓药，只要往陶罐里倒三碗清水，慢火熬成半碗，陶罐的药性渗入水里，人喝了这水，能医治疾病，听说救过不少人呢。

老牛这次来，就是想让学中医的儿子检验一下，这个罐子是不是真的这么神。小牛听后哭笑不得，等老牛一走，小牛见这罐子黑不溜秋，放博古架上太寒酸，当成花盆又不透气，就丢在了办公室的墙角。

过了大半年，老牛想起了罐子的事，就进城看儿子，想问问儿子对陶罐研究得咋样了。小牛一听老子来要罐子，吞吞吐吐的拿不出来。老牛急了："你不会把我那罐子扔了吧？"

扔倒是没扔，等小牛磨磨蹭蹭地拿出来，那陶罐早变成了一堆破陶片。老牛眼瞪得跟铃铛一样，就要火山喷发，小牛赶紧赔笑说："爹，这陶罐果然是好东西，你不知道，它这两天还真的救过人命呢。"

老牛不明白，罐子都碎了，还怎么救人？小牛说，砸碎这陶罐，正是为了救人。老牛越听越糊涂，小牛眼看隐瞒不了，只得说："爹，你记不记得那天，你在我办公室见到的那个女病人，就是戴帽子捂口罩的那个？"老牛说记得呀，小牛扭捏着说，这陶罐就是为她砸的。

原来，那所谓的女病人根本没病，她是小牛的情人。当初，小牛的老婆发现小牛出轨后曾大闹过一场。事情过后，小牛表面上悔过，暗地里却跟情人藕断丝连，情人经常乔装一番，假装病人，来门诊室跟小牛见面。那天，两人趁着午休无人，正在门诊室里说悄悄话，突然门口传来了小牛老婆的声音。

两人差点吓尿裤子，门诊室的门没锁，一推就开。仇人相见，照小牛老婆的火爆脾气，还不闹出人命啊？

小牛急了，就在老婆准备推门的千钧一发之时，小牛的眼光落到了墙角的陶罐上。他三两步奔到墙角，一把抄起陶罐，一咬牙，一狠心，翻过陶罐，口朝下，一下子就套到了情人的头上。这陶罐小口圆肚，就像头盔一样，不大不小，正好套住了情人的头脸。

这时，小牛老婆推门进来，见一个人头上套着陶罐，不禁又好奇又好笑，忍不住问："怎么回事啊？"

小牛大大方方地说："哦，一个病人，在家一不注意把罐子套头上了，得赶紧做手术取下来，不然要憋死了。她家属去交费了，我带她去手术室。"说完，带着情人从容离开了门诊室。等离开老婆的视线，小牛赶紧拔罐子，可这罐子口小肚大，人脑袋进去容易出来难，情急之下，小牛只得把罐子打碎了。

说完事情经过，小牛庆幸地对老牛说："幸亏咱这传家宝是陶罐，如果是铜罐铁罐，套到头上一时半会儿取不下来，非憋死人不可。咱这传家宝真是好东西啊！"

老牛差点气晕过去，他没想到，他这宝贝罐子竟然是这样"救人"的。

（**本栏题图、插图：**包丰一 顾子易）

延伸阅读

您想阅读这位作者的其他精选作品和创作感言吗？请扫描右边的二维码。更多精彩，立刻体验。

527 2013 SEMIMONTHLY 下半月刊 1月 STORIES
欢迎登录本刊主办的“故事中国网”（www.storychina.cn）

笑话12则 …………………… 张天佑等 4
情节聚焦
堵车不堵心 …………………… 吴 嫡 8
职场故事
超级临时工 …………………… 叶 雪 11
漫画故事 …………………… 15
微博故事 …………………… 16
新传说
沙发上的来客 …………………… 筱 媚 17
近邻不如远亲 …………………… 申之珉 20
剧终见真情 …………………… 尚智伟 23
停个车好难 …………………… 李景辉 30
各得其所 …………………… 鸥 鸟 34
海外故事
魔力鞋店 …………………… 杜轻清 27
民间故事金库
名医也有难为时 …………………… 沈海清 37
外国文学故事鉴赏
爱情毒药 …………………… 周 腾 40
东方夜谈
神奇的相机 …………………… 荻 秋 44
3分钟典藏故事 …………………… 48
青春励志故事
土鸡专列 …………………… 覃 旭 50
传闻逸事
鸽哨传奇 …………………… 张正祥 53
阿P系列幽默故事
阿P道歉 …………………… 鹰翔狼啸 58
法律知识故事
停车场的官司 …………………… 刘寿堂 62
诙段子 …………………… 64
中篇故事
舌尖上的剑影 …………………… 鲍 璐 67
动感地带 …………………… 81
经典传递 …………………… 83
幽默世界
《老婆的调教》等3则 …………………… 孙静博等 88
本刊信息传真
…………………… 10

故事会
—STORIES—
2013年1月
下半月刊·绿版

社 长、主 编：何承伟
副社长：夏一鸣
常务副主编（兼绿版负责人）：吴 伦
副主编（兼红版负责人）：姚自豪
本期责任编辑：颜轶超
电子 箱：yanyichao1004@sina.com
绿版发稿编辑：
朱 虹 刘迎曦 黄美舟 陶云韫
美术编辑：王怡斐
电脑制作：郭瑾玮
本社办公室电话：021-64375030
上半月刊编辑部电话：021-64310547
下半月刊编辑部电话：021-64336469
（上海市绍兴路74号 邮编：200020）
主管、主办：上海文艺出版（集团）有限公司
出版单位：《故事会》编辑部
发行范围：公开

出版、发行总监：张 凯
电话：021-64313938
广告业务：上海故事会文化传媒有限公司
广告总监：张 淮
广告业务：021-34010383
广告投诉：021-64333738
广告经营许可证
沪工商广字3100320080016号
发行：中国图书进出口上海公司

·笑话·

骑车男孩

有个男孩新买了一辆自行车，便迫不及待去公园里试骑。他绕着花坛，一鼓作气骑了十多圈，越骑越带劲，越骑越快，一会儿便满头大汗了。

一个老大爷在旁边看了很久，终于忍不住出声，让男孩停下来。

男孩听话地停了下来，并问：“有事吗？”

大爷怜爱地指指公园的出口，说：“孩子，别瞎找了，出口在那边。”

（张天佑）

（本栏插图：包丰一）

免费洗车

这天，一位女士去停车位取车。她远远地看到：一个小男孩鬼鬼祟祟的，贴着她的车门站了起来。她立刻大喝一声：“站住！”

小男孩显然被吓到了，站着一动不敢动。

女士一边向车跑去，一边问小男孩：“你干了什么？”

小男孩涨红了脸，说：“我、我就是帮您洗了下车，免费的。”

女士将信将疑，到车前一看：轮胎上有一大摊尿渍。

（报喜鸟）

有多远

一个大学生去爬山，爬了没几步，就觉得体力透支。于是，他问旁边卖水的小贩：“还有多远才到山顶啊？”

小贩鄙夷地看了他一眼，回了一句：“你买了230块的门票，才爬了5块钱的山，你说还有多远？”

（碎　零）

家产给谁

一个富人临死前把两个儿子叫到病床前，给了他们一人一把钝柴刀，然后吩咐说：“你们去砍一天的柴，谁砍的柴多，我就把家产给谁。”

大儿子一听，一把抢过柴刀，急匆匆地砍柴去了。

二儿子却只是拿过刀，看了看，然后才找来一块磨刀石，开始磨刀。他磨啊磨，直到柴刀又快又亮，便将刀架到他爹脖子上，说：“把钱交出来！”

（张　扬）

神勇军师

诸葛亮指挥作战，每次都单独乘坐一辆战车，紧随大军。

有一次打仗，诸葛亮却一反常态，一马当前，带头冲向敌方阵营。

将士们一看，士气大振，紧随诸葛亮，大破敌军。

战后，将士们一边冲诸葛亮跷大拇指，一边讨教：“军师何以如此神勇？”

诸葛亮听罢，摇着羽扇，良久才幽幽地回道：“坡太陡，没刹住车！”

（陈　磊）

装死也难

这天晚上，一个小偷到医科大学行窃，被男生们抓住，狠狠揍了一顿。

小偷见大家不解气，又要动手，索性屏住呼吸，两眼一闭，两腿一伸，躺在地上装死。他竖起耳朵来听：周围果然瞬间安静下来。

小偷一边听，一边寻思逃走。突然，他听到了窸窸窣窣的声音，然后一个东西压到了自己心口。他睁眼一看，一个男生拿着听诊器趴在自己胸口。

男生屏气凝神听了几秒，肯定地说：“死不了，他的心脏跳得比我还好！”

（王医生）

搞定

女儿放学回家，不高兴地告诉妈妈，老师给她换了一个男同桌，不仅是个话痨，还仗着身强力壮，跟她抢桌面。妈妈就劝她，少说话，多忍耐。

女儿思索了一会儿，对妈妈说道：“别担心，我有办法了。”

一周过去了，女儿兴高采烈地告诉妈妈，她搞定了同桌。

妈妈好奇地问她，是不是请老师调停的。

女儿洋洋自得地答道：“不，我只是连续一星期不和他说话，他受不了我的冷暴力，就求饶了！”

（何贝尔）

实在的婆婆

婆婆去给儿子媳妇做饭。饭后，媳妇一个劲儿地夸婆婆做的麻婆豆腐好吃。

婆婆认真地问她：“你知道为什么这么好吃吗？”

媳妇答说，是因为用了上等的材料。

婆婆摇头，提示道：“是里面加了一种特殊的调料。”

媳妇想了半天，突然醒悟过来，激动地说：“我知道了，是加了‘爱’！”

“错！”婆婆断然否认。然后，她揭晓了答案，“是豆瓣酱！”

（吴　本）

老婆的办法

一对小夫妻在家吃饭。老公见桌上多摆了几个碗，里面还盛着清水，便问老婆：“摆这些做啥？”

老婆神秘地笑笑，告诉他，等会儿自然明了。

开饭了，老公尝了口菜，差点吐出来，菜太咸了。

老婆见状，便示意说：“今天菜做咸了。但是没关系，只要把它们在第一个碗里洗洗，第二个碗里涮涮，第三个碗里泡泡，就可以吃了。”

（董芬芬）

成功的策略

一家上市公司的总经理把公关主任召来，说："有人试图收购我们公司，我不管你用什么办法，赶紧去抬高我们的股价，让他们买不起。"

公关主任点头应允。第二天，该公司股价果然上涨了百分之五。第三天，又上涨了百分之五。

总经理便问公关主任，他是如何抬高股价的。公关主任含糊地说，是放了一个假消息。

总经理便追问说："是什么假消息？"

公关主任沉默了半天，回答："我说，你快要辞职了。"

（悠　然）

小姐和书生

一个上京赶考的穷书生去破庙避雨，偶遇一位小姐。书生和小姐吟诗作对，只觉非常投契，竟在当晚私定了终身。

次日，书生不得不继续赶路，他和小姐依依惜别，并许诺："若我得中状元，必定登门迎娶！"

小姐等那书生一走，便将他的姓名记录在册，一边写，一边自言自语道："这已经是第五十个书生了！分散投资，总有一个会考中吧？"

（极品咖啡）

如此监工

新家装修，女主人亲自去监工。她到了楼下才发现，电梯坏了，便只好踩着高跟鞋，爬楼梯。

女主人咬紧牙关，爬了十二楼，好不容易走进新家，她只觉得地面不平。刚开始她还以为是幻觉，上楼腿走麻了嘛。可歇了一会儿后，她仍然有不平的感觉。

女主人便责问包工头："这地板怎么铺的？这么不平！"

包工头看了看，捡起地板上的一个东西，问她："这是你的鞋跟吧？"

（惜　惜）

·情节聚焦·

堵车不堵心

□吴 嫡

有些事对某些人来说，是坏事，对另一些人来说，却成了好事。比如高速公路堵车，对于司机是堵车又堵心的坏事，但对附近的村民却成了天大好事。为啥？下面这个故事会告诉你原因。

这天，张山开车去外地出差，回程的高速公路发生了大堵车，车队绵延了几公里，看来一时半会儿是动不了了。

周围的村民像听到了号角一样，从四面八方涌过来，卖方便面、茶鸡蛋、充电器、烤肉串……还有一些做无本生意的。

擦车是其中之一。只见，几个头发花白的老人，拎着大抹布，直奔动弹不得的车龙而来。他们各自选中一辆车，不由分说擦起来。有的车主会探出身来拒绝，但绝大多数车主都拉不下脸来。

这不，一个车主在车里装了一会儿近视眼，擦车人便从后车门绕到了驾驶室旁。他一边时不时看看车主，一边勤快地擦个不停。没几分钟，车主就屈服了，从口袋里摸出五块钱递了过去。

张山也赶上了一个擦车乞讨的老太太，不过她懒得迂回，一上来就直奔主题——擦挡风玻璃，左手擦，空着的右手则上下晃动，向张山示意。

张山见状，乖乖掏出五块钱。老太太立刻扔下张山，赶赴下一辆车，就跟剃头师傅剃了一半的头，撂担子不干了似的。

张山看着车玻璃叹了口气，比

原来没擦时还脏。不过他观察下来，这些人还是有原则的，一旦一辆车被“擦”过了，别人就不会再去骚扰。反正动弹不得的倒霉蛋多得是。

这时，侧后方的一个擦车老头引起了张山的注意。

老头在擦一辆“蓝鸟”车，其他人已经擦完三辆了，他一辆还没擦完。张山明白了，老头还没拿到钱，看来是碰上了难对付的司机。

老头是从侧面开始擦的，他已经把两侧车门擦得闪闪发亮，正在努力擦着挡风玻璃。但车里面坐着的两个年轻人，压根都不看老头。

张山只觉好笑：不就五块钱的事吗？这老头也够执著的，既然碰上了不给钱的，抓紧时间换一辆，何苦较这个劲呢。

反正闲着也是闲着，张山又分析起来：这老头应该是个新手，他从没碰过这种棘手情况，一时不知如何是好。这个老头也不像别的擦车人那样，不会用期盼或鄙视的眼神和车主交流，他脸皮太薄了。

张山看到，车里的年轻人仍然没有掏钱的表示。他的注意力完全被这个执着的擦车老头吸引住了，他注意到附近几个车主也放下车窗，看着老头。老头穿一件洗得发白的背心，看来是个爱干净的人。想来他肯定是真有困难，否则不会出来干这个。

张山又看着老头卖力地擦了二十分钟，心里挺难受的，老头和自己的父亲差不多年纪，但还没能安享晚年。想到此，他不由鄙视起车里的那对年轻人来。本来，张山对擦车乞讨这种行为也没有好感，但凡事有度，人家已经给他们擦了这么久了，而且真是认真在擦，他们怎么就那么不近人情呢？

此时，老头已经把“蓝鸟”擦得发亮了，但是他还在擦！张山震惊了，这老头可能已经明白，自己会一无所获。但他没有放弃。显然，他的目的已经从索要五块钱，变成了赢回自尊！

张山很想拉开车门跳下车，但是他又该做什么呢？替车主给老头五块钱？那样车里的人可能会恼羞成怒，甚至造成冲突；老头也可能会觉得受辱，因为这是明显的施舍。

张山绞尽脑汁，终于，他灵光一闪，想到了一个妙计：他可以请老头过来，让老头帮自己擦车，然后名正言顺地给钱。这样既不伤老头的自尊，也避免激怒“蓝鸟”的车主！

张山张开嘴，刚要发声。前头忽然传来一声：“路通了！”一时间，各种车辆纷纷启动，发动机轰鸣交织在一起。

此时，张山看见了让他目瞪口呆的一幕：

只见那执著的擦车老头收起抹布，拉开车门，钻进了“蓝鸟”的后座。然后“蓝鸟”发动起来，年轻人降下车窗，慢慢移动起来。车子经过张山身边时，张山听见小伙子问后座的老头：“您老是擦车干什么呀？”

老头说：“我问你，一路上堵几次车了？你老子我不擦车，别人就得来擦。我的傻儿子，你得给多少钱呀！”

（**本栏插图**：安玉民　梁　丽）

·本刊信息传真·

故事会■新浪 微故事大赛

1月征集主题：怕老婆故事

篇幅最短、含“金”量最高的故事，等待你的挑战！

《故事会》杂志和新浪微博（weibo.com）联合主办微故事大赛继续进行，邀请各路故事名家、草根英雄和世外高人展开较量！

本次大赛所有作品通过新浪微博平台征集（搜索＃微故事大赛＃），每月一个主题，当月设金奖1名，奖金1字10元（字数低于120的按120字计），银奖2名，奖金1字5元，另设年度奖项。优秀作品将在每月的《故事会》上刊登，并结集出版。11月故事结果已经揭晓，@吃素的沙漠狼获得金奖。详情请登录故事中国网（www.storychina.cn）查看。

1月微故事征集主题：怕老婆故事。夫妻间有讲不完的故事，怕老婆则是夫妻关系中一个最有热点的话题，有些妙趣横生，有些催人泪下……正文字数在130以下，力求情节出人意表，立意隽永深远，文字鲜明生动。本月的微故事达人或许就是你！截稿日期：1月21日。（本期刊物特别选登12月微故事大赛优秀作品，详见P16）

别人的工作都是干得越久，收入越高。但有人却偏偏相反，干的是临时工，待遇却很好……

超级临时工

□叶 雪

有个叫张平的大学生，找不到好工作，毕业后索性在家“啃老”。为了给父母一个交代，他也装模作样弄了份简历，但每次投简历，都会特别标注一条：“要求——待遇高，工作少，上班晚，下班早，有食堂，吃得好。”你说，哪个公司会对这种简历感兴趣？

但世界之大，无奇不有。这天，张平接到了一个电话，说有家“大河公司”让他去应聘。张平起初不信，但上网查了这个公司的资料后，就心动了。该公司有国企背景，各方面待遇都很不错。

于是，张平便去面试了。这家公司果然很大，装修得富丽堂皇。面试张平的是个中年胖男人，自称姓高，是一个部门经理。他一边看张平的简历，一边问：“你愿意来公司工作吗？”

张平反问说：“你们能符合我简历上的所有要求吗？”

高经理明白他的意思，点点头。

碰到这样的好事，谁都不会摇头吧？张平激动地连说：“愿意。”

高经理点点头说：“很好，你被录取了，试用期一个月。”说完，他看看门外，压低声音说，“不过我有个条件，你必须对所有人说，你爸是处长。”

张平一听，愣了。他老老实实地说："可我爸是种地的。"

高经理却说："我当然知道，你简历上写着呢。但你如果想进这公司，必须得听我的。至于为什么，你没必要知道。"

张平虽然觉得莫名其妙，但能进入这家大公司工作，简直像做梦一样，说爸爸是处长，又不是说他是罪犯，有什么大不了的。于是，他点头答应，顺利地进入了大河公司，而且就在这位高经理手下干活。

第一天上班，高经理把张平介绍给部门同事们。

同事们都是和张平差不多大的年轻人，都自顾自地看着自己的电脑，很忙的样子。

但张平很快就发现，他们有的在看新闻，有的在打游戏，没几个在干活的。张平有点担心了，担心经理会把他们的活都扔给自己来做。

高经理读懂了他的心思，告诉他说："不要急，你也和他们一样，打游戏看新闻，等有工作时，自然会让你干的。记住，要高傲一点，不管谁和你说话都不用搭理。包括我，只要是在公共场合，都要爱理不理的。"

张平虽然不解，但不敢不听高经理的话。有几个同事来和张平搭讪，张平都爱搭不理，十分高傲。同事们觉得没趣，扯了几句便走人了。

到了中午，同事们都去食堂吃饭了。高经理把张平叫进办公室，递给他一张饭卡："这卡里有两千块钱。你去食堂，点最好最贵的菜，记住，不许点便宜的！"

张平吓了一跳，说："我没钱……"

高经理打断他道："不用你花钱！"

张平心说：难得碰上这么个冤大头，吃！于是，他冲到食堂，专

挑最贵的菜点，一顿就吃了一百多块。

干了几天，同事中便开始流传，张平的爸爸是处长。这估计是高经理放出来的风。

有人向张平求证，张平只是高傲地点头，也不多做解释。

一个月不到，张平就足足胖了十斤。他感慨地想：这简直是美梦成真啊！那些在小公司里挣扎的同学，真是太不幸啦。

在张平试用期满的前一天，高经理把他叫进办公室，笑眯眯地说：“小张，一个月工作下来，感觉如何啊？”

张平发自内心地说：“我没想到，世界上还有这么好的工作。我愿意和公司签约，成为一名正式员工。”

高经理却笑着说：“那不行，今天我就要当众开除你。”

这一闷棍打得张平晕头转向，半天才结结巴巴地问，为什么。

高经理先问：“你来公司一个月，干过一点活儿吗？”

张平摇摇头说没有，但这也是根据高经理的指示啊。

高经理接着说：“没错，但你也不想想，就凭你的简历，我为什么会招你呢？”

张平也觉得说不通，他想了想，把“你脑袋让驴踢了”这几个字辛苦地咽下肚去。

高经理说：“你看我是个经理，挺风光吧？但我手下都是些少爷兵，是上头硬塞进来的。这帮人仗着有关系，天天不干活。我又不敢真开了谁，想来想去，就只能找个你这样的人，来演一出‘敲山震虎’了。”

张平虽然懒，脑子可不笨，他恍然大悟道：“闹了半天，你是杀鸡给猴看啊？你知道，他们见你连处长的儿子都敢下手，便会有所收敛了。”

高经理点点头说：“你也没什么损失啊，白吃白喝一个月，还拿一

个月的工资。”

张平眼珠一转，笑着说：“也对。不过高经理，你是可以开除我，但要是我戳穿了你的把戏，那——”

高经理也是吃准了张平的性格，又许诺他：只要配合得好，除了试用期工资外，再补三千块奖金。

张平是聪明人，明白见好就收。

当天下午，高经理召开部门会议，历数张平几条罪状：工作懒散拖拉；不团结同事；最最不可容忍的，是不尊重领导！办公室里回荡着高经理的咆哮声，最后，他拍着桌子宣布：当场开除张平！

台下众人面面相觑，无不面露惧色。

事成之后，张平拿了钱，也不急着告诉爸妈自己又待业了。他决定先享受起来。这天，他在游戏机房玩，又接到了高经理的电话，说要给自己介绍一份临时工。

原来，文化局有位姓张的科长和高经理是老朋友，张科长刚刚碰到了一件倒霉事，急得焦头烂额。

前天，张科长在办公室里看黄片。没想到文化局网络出了问题，正在检修，不知为啥，他的电脑竟连到了文化局外墙的大屏幕上。等人家冲进来提醒他时，大屏幕已经现场直播了几十分钟了。更要命的是，还有好事者将此事发到微博上。虽然这事够不上犯法，但也足够毁掉张科长的仕途。张科长知道高经理足智多谋，便向他求助。

高经理一听，当机立断地告诉张科长：“我来帮你找个顶包的！”

就这样，张平在文化局临时工聘用合同上签了字，时间当然是往前提了几天。聘用临时工是科长就有的权力，这事好办。

难办的是，要给公众一个说法。为此，文化局特意召开了一次小型新闻发布会。会上，临时工张平一把鼻涕一把泪，作了自我批评：批评自己品格低下，偷看黄片；批评自己懦弱胆小，迟迟不敢承认错误。最后，张科长也作了检讨，检讨自己管理不善，然后他当场宣布，将张平这个临时工直接开除。

张平干了这么一回临时工，拿到的“工钱”比在高经理手下干一个月还要多。

此后，张平又当过临时城管，临时拆迁队员等等，他的演技日臻完美，心理素质益发过硬，个人业务水平攀上了新的高峰。

就在张平的临时工业务做得风生水起之时，高经理忽然失去了消息。

这天，张平上网，忽然看到一则新闻，标题是“大河公司出现严重事故，责任追溯到中高层”。

张平点开一看，新闻报道说：“针

苹果？屁股？（潘胜奎 编绘）

（《故事会》漫画版精品选登）

对本次大河公司出现的事故，公司进行了自查，最终确定事故的主要责任人为临时工高某。高某是公司的部门经理，但属于临时聘用性质，当场予以开除。”

新闻旁边还配了一张照片，虽然打了马赛克，但张平还是一眼认出来——高某就是高经理。

张平不由惊叹起来：“弄了半天，原来都是临时工啊！”

（本栏插图：安玉民 梁 丽）

绿版编辑部各编辑邮箱：

吴 伦：wulun54@126.com；
朱 虹：zhong98305@sina.com；
刘迎曦：liuyingxi1203@163.com；
颜轶超：yanyichao1004@sina.com；
黄美舟：huangmeizhou@163.com；
陶云韫：taoyunyun1101@163.com。

·微博故事·

故事会■新浪 微故事大赛

12月优秀作品选登　　主题：意外事件

@L陌千莫　我和闺蜜小丽去医院，检查发现我已经怀孕两个月。我想给老公报喜，手机却没电了，只好借小丽的手机给他发了条短信：我怀孕了。发送成功后，我才想起没有署名，刚想重发，老公已回了条：亲爱的，真的吗？你现在在哪？我去接你！

@真新我　挤公交，意外见一小偷正"照顾"一女孩。我有心提醒却胆怯，于是轻触女孩的手，又挤眉弄眼欲提醒。女孩忽然大叫：耍流氓啊，你！周围的人都识趣避开，只留下我一个在众目睽睽之下，如芒在背！一靠站，小偷悻悻下车。那女孩才说：刚刚谢谢你啊，那贼胆大，又要偷别人，我也想提醒大家……

@茹纤的梦　副局长交给秘书小张一个大黑包：你嫂子在国外呢，我要有啥事，还需老弟用包里的钱通融！没过几天，副局长果真被双规了。小张经过激烈的思想斗争，把包上交了。整个单位传得沸沸扬扬，小张知道没人敢用他了，写了封辞职信交给人事科长。人事科长说：走啥，几个领导为示清白，都争着要你呢！

@四季春风80　小丽走出学校图书馆的时候赶上下雨，她没带伞正发愁，旁边突然冒出一个气呼呼的女声："你怎么就自己走了，也不管我！"雨中一个撑着伞的男生回身应道："你刚才不是说你有伞，不需要我帮你打吗？"女生憋红了脸，猛的把伞塞给站在一边的小丽，又窜到男生伞下，大声说："现在需要了！"

@杨信社　科里几台电脑共用一个总电源，在大刘的脚边。大刘为了和小李竞争科长，经常在他快写完时材料时，假装无意地碰掉插头。看着小李气急败坏地重新起草，大刘暗暗得意。不料半年后科长调离，小李补缺。局长在会上说："小李工作认真，我猜很多材料他都修改过，不然不会这么简练、缜密！"

@跃森　阿六拿着借来的一大笔钱去交易所，在半道被人抢了包。很快，案件告破。在派出所，警察告诉他，嫌犯抢了钱后，马上拿出一半买了期货，谁知，一夜之间赔了个精光，绝望之下就来自首了。听到这里，阿六走过去紧紧握住嫌犯的手，激动地说："谢谢你！不然，我这点钱全得赔进去！"

@茶馆八戒　最近，贫困县中最穷的李家洼村村主任李三开通了实名微博，微博里图文并茂地展示了本村如何贫穷：路是崎岖难行的山路，饮用水是"母亲水窖"收集的雨水……令李三没有想到的是微博开通没几天，他就迅速走红网络，走红的原因是他发布微博时的客户端：iPhone。

（大赛启事见本期P10）

□筱 媚

沙发上的来客

旅游里最费钱的一项是住宿，但现在有人不花钱也能住宿，这便是最时髦的旅游方式——“沙发冲浪”。说白了，就是睡在当地人的沙发上。

张艾伦是个时髦的年轻人，她对于又省钱又有趣的“沙发冲浪”很感兴趣，极想当一回“沙发客”。但人家那圈子也是要走严谨的流程的：先到专门网站注册，发布求收留帖，然后会有人跟帖响应。你便可以点开对方的个人信息，查看他做主人或者客人得到的评价，评价好的自然更可靠，成功率也高。其中还有一条潜规则，你想要免费住宿，便要先打开家门，与人方便。

张艾伦打算几个月后通过“沙发冲浪”的方式，去欧洲自助游。但目前，她在“沙发客”网站上还是一个零评价的菜鸟，所以她正为了零的突破，做努力。

这天，张艾伦照例打开“沙发客”网站，一条求收留帖吸引了她的注意。对方是个评价很好的老沙发客，性别女，求住的地方正是张艾伦所在的城市。

真是天助我也！张艾伦立刻跟帖，表示愿意收留对方。

很快，张艾伦得到了回应。本来她挺担心对方嫌自己是个新手，心存疑虑。没想到对方一听，乐呵呵地回了一句：“我也是从零开始的。”

张艾伦听了，心头一暖。双方聊了几次，发现兴趣相仿，颇为投契。

几天之后，她们便愉快地商定了住宿的时间和地点。

张艾伦第一时间把这事告诉了自己的闺蜜——潘盼。潘盼也是个爱旅游的人，但是她一听这事，便皱起了眉头说：“万一，她是个坏人该怎么办呀？”

张艾伦却满不在乎，她说：“我还担心人家觉得我是坏人呢！”说完，她又狡黠地一笑，说，“你大概忘记了，我和你提过的，她来的那几天，我正好要出差。房子是租的，没什么值钱的。退一万步说，即便她拿走了财物，也伤不了我的人呀！”

潘盼听了，还是劝她，小心为妙。

眼看着一点点接近沙发客来的日子，张艾伦心里也越来越紧张。别看她在潘盼面前装得自信满满的，其实心里还是直打鼓，毕竟家里要来一个陌生人啊。张艾伦纠结了半天，又想到了一个办法。

这天，张艾伦请潘盼吃饭，她把一串钥匙放在了潘盼面前，说：“姐们，你得帮帮我呀！”原来，她想求潘盼去帮她照应一下那位沙发客，表面上是尽地主之谊，实际上是监管督查。

张艾伦见潘盼不吭声，又游说道：“你也知道的，我租的是精装修公寓，保安措施到位，不会有啥危险的。你只要第一天去帮我送钥匙，最后一天去收回来，就好啦！如果你不放心，还可以让保安陪你去！”

潘盼见她如此恳切，只好勉为其难地答应了。

这样，张艾伦便安安心心出差去了。到了沙发客光临的那天晚上，潘盼向张艾伦打电话汇报，说自己正在张艾伦家，沙发客已经到了。

张艾伦忙小心翼翼地问：“一切正常吗？”

潘盼淡淡地说，挺好的。张艾伦是了解潘盼的，既然她这么说，那应该没大问题了。张艾伦又说：“你把手机给她，我跟她说两句吧！”

潘盼顿了顿，压低声音说：“她正在洗手间里，我是特意选这时机跟你打电话的。毕竟——”

潘盼没说下去，但张艾伦已经明白过来了，当着人家的面大发议论是很不礼貌的。张艾伦不由佩服潘盼的心思细密，考虑周到。她又感谢了潘盼一次，便挂上了电话。

此后，张艾伦每天都会收到潘盼的短信，简直就是早请示，晚汇报。张艾伦觉得自己真是太幸运了，碰上潘盼这么个好朋友。同时，她的工作也比预计得顺利，老板临时通知她，可以提前一天回家。

张艾伦算算日程，正好，那沙发客还要在家留宿最后一晚。

张艾伦一下飞机，就往家赶，她也没通知潘盼，心说：到家给她发短信，让她明天不用来收钥匙了。

张艾伦怀着兴奋又期待的心情，来到家门口。还没开门呢，一股饭菜香就扑鼻而来。她心说：看来这个资深沙发客还是个厨神呢。她出于礼貌，也怕惊扰了沙发客，没有直接开门，而是先敲门。

一位老伯打开了房门。两人面面相觑，异口同声地说：“你是谁？”

张艾伦脑中警铃大作，正当她想拔腿就跑的时候，听到了潘盼的声音：“爸，让你别乱开房门，你——”张艾伦惊讶地转身，看到潘盼出现在门口，同样是一脸震惊。

潘盼有点语无伦次地说：“艾、艾伦，你、你怎么回来了？你不是要明天才回来吗？你听我说——”她手足无措地把张艾伦迎进了家门。

张艾伦走进去一看，玄关处摆着一个大大的旅行袋，桌子上放着一桌好酒好菜，最让她瞠目结舌的是，房间里显眼的地方，都摆满了潘盼的照片。这回，她和那个老伯又异口同声地问道：“这是怎么回事？”

潘盼叹了一口气，说出了原委：

潘爸爸突然说要从老家来看女儿。潘盼说帮他借宾馆，他死活不肯，还问潘盼，是不是嫌弃自己了？因为她打电话，一直说自己住在很好的地方，进门有警卫给她敬礼，上楼有电梯直达，不用走出小区，就能逛公园。既然如此，为什么不让自己住在家里呢？潘盼一听，就头大了，其实她住的是“群租房”，怕爸爸担心，才说了谎。

听到这里，张艾伦心中渐渐明朗起来，替她说了下去：“你了解我的性格，我的日程，因此你对我制造了一个沙发客的假象，好对你爸继续圆谎？”

潘盼低垂双目，沉重地点了点头。她说，承认自己过得不好，比说谎难多了。

此时，潘爸爸和张艾伦又同时发出了一声叹息。

（题图、插图：张恩卫）

·新传说·

近邻不如远亲

□申之珉

刘老汉的儿子在大城市打工，成家立业后很少回家。时间长了，刘老汉难免想念儿子，于是决定到城里住上一段时间。

临行前，刘老汉特地从山里采来一麻袋野山药。听人说，这种野山药健脾养胃，在大城市特受欢迎。

刘老汉来到儿子家，全家其乐融融。但是儿子媳妇见老父亲拎了这么一大包野山药，既心疼又好笑，说：“爹，您带这么多干吗？啥时能吃完呀？受潮发霉了岂不可惜？”

刘老汉嘿嘿一乐，说：“本来就不是让你们吃的，我刚才数了，这楼上楼下有一二十户邻居，每家送一点，说不定还不够分呢。”

儿媳一听，笑了起来，她说：“爹，我们邻居之间从不来往，你送不出去的。”

“远亲不如近邻。不来往还叫啥邻居？”刘老汉固执地说，“我就不信好东西送不出去。”

两天后，刘老汉装了几根山药，来到对门敲门，喊道：“有人吗？”他一连叫了几声，门才裂开一条缝。一个头上扎满烫发卷的女人探出头，她隔着防盗门窗，打量了刘老汉一下，冷冷地问：“找谁？”

“我是对门的邻居。”刘老汉指了下自家房门。

女人的脸色稍微缓和了一下，问：“什么事？”

刘老汉扬了扬手里的塑料袋："这是我从老家带来的野山药，送你几根尝尝鲜……"

那女人却脸色一变，尖声叫道："不买不买，不买你们外乡人的药！"说罢，"砰"的一下关上了门。

刘老汉吃了个闭门羹，本想再解释一下，可一见这架势，只得苦笑着提着山药，朝楼上走去。

楼上住的是位戴眼镜的男士，他一见野山药，连声夸道："好东西，好东西，多少钱一斤？"

刘老汉遇到了知音，高兴得摆摆手，说："不要钱，你只管拿去吃就是了。"

"什么，不要钱？"男士的眼珠几乎要从镜框里蹦出来了，他追问说，"为什么？"

"楼上楼下邻居，要啥钱哟？"

那男士一边关门，一边嘟哝说："哪有天上掉馅饼的……"

刘老汉一听，倔脾气也上来了，说："什么人呀，把别人的好心当做驴肝肺，想吃我还不给你咧！"说完，他气冲冲又向楼上走去。他挨门挨户地敲了一阵，都没人应声，正要下楼时，突然看到一个背书包的小姑娘蹦蹦跳跳地走了过来，一见面就很有礼貌地喊了声："爷爷好！"

刘老汉喜出望外，于是问："小姑娘，你在几楼住呀，你家大人呢？"

谁知连问几声，那小姑娘就是扑闪着大眼睛不回答，最后她才说："爷爷，请您讲普通话。"这让刘老汉傻了眼，抓耳挠腮不知所措。

此时，一位老者喘着粗气上了楼，他远远就操着本地话训斥小姑娘说："和你说过多少次了，不要和陌生人讲话，你就是不听……"

小姑娘脸一红，和刘老汉说："我外公来了，您跟他说好啦……"说着一溜烟进了家门。

虽说刘老汉感觉到对方的态度不友好，但他还是一厢情愿地凑了过去。谁知对方连退几步，一边用手紧紧护住菜篮，一边大声嚷嚷起来："你要干什么？"说完，也踉踉跄跄地逃进了家门。

刘老汉悻悻地回到家中，他一屁股坐在沙发上，心里直嘀咕：这城里人都怎么啦，连个人情世故都不讲……他正暗自生气，就听得有人敲门，开门一看，原来是个三十来岁的男子。男子一见面就喊："表姨夫，我来看看您。"见刘老汉还在疑惑，又操起家乡话补充道，"表姨夫，不认得了？我是老杜家的二娃呀。"

刘老汉这才认出，来人是妻子的一位远房外甥。他连忙把二娃让进屋，一面倒水，一面问道："怎么，你也在这里打工？"

"是呀，都七八个年头了。"

"做什么工作呀？"

二娃谦虚地说："嗨，我能干啥？一没文凭二没学历的，就在你们小区对面摆个小吃店混日子呗，有空您来尝尝。"这时，他一眼瞅见野山药，不禁高兴地叫了起来，"这是咱本地的野山药吧？"

刘老汉便点头说："你喜欢就拿走，我带来一麻袋呢。"

"真的？"二娃一下来了兴致，"这野山药在这可是个金贵玩意，听说在大饭店一碗汤就要这个数呢！"二娃边说边竖起了食指。

刘老汉惊奇地问："要10元钱？"

"哈哈，10元钱只能尝一口，要100元！"二娃眼珠一转，说，"这样吧，您把山药都给我，我推出一道'野山药糯米羹'，月底结账，挣的钱咱爷俩二一添作五……"

刘老汉听了，把一麻袋山药都给了二娃："都扛走吧，反正也送不出去，坏了挺可惜的。"

让刘老汉大吃一惊的是，半个月后，二娃将一叠钞票塞给了自己，说，这是十几天的红利，到下月底起码还得翻三番。他还补充说："您带来的野山药快用完了，您干脆再回家收购一批吧，路费我出……"

第二天清晨，刘老汉半信半疑地来到二娃的小吃店，只见店门前排着长队。他走进店内，意外发现了自己楼里的几个邻居：头上扎烫发卷的女人、戴眼镜的男士、讲本地方言的老者都端着拳头般大小的瓷碗，有滋有味地品尝着里面只有薄薄几片山药的糯米粥。

那个头上扎烫发卷的女人一边喝着，一边朝同桌的老太太夸道："妈，这米粥营养很好，才20元一碗，很划算的……"

（题图、插图：谢　颖）

·新传说·

□尚智伟

剧终见真情

现在有个时髦的词，叫“达人”，指某个领域特别专业、出类拔萃的人。于是“美容达人”，“旅游达人”等等便应运而生。

王大雷就自封为旅游达人。这回，他又趁着假期，去古城旅游。在游览到古城边缘的时候，他发现一面墙壁上，有人写了一行字：林妮到此一游。

古城墙上是不许乱写乱画的，但王大雷看到这行字后，手就痒了。他心说：这个叫林妮的女人能写，我王大雷这样的旅游达人为何不写？

然后，王大雷看了看四周，见没有工作人员，便提笔在林妮的留言旁写下了“王大雷，到此一游”的字样，还拍照留念，然后才恋恋不舍地离开了。

旅游结束，王大雷回到家，特意写了旅游游记，发布在了自己的博客上，游记旁还配上了好几幅古城照片。

过了两天，王大雷刚刚登陆博客，便收到了好几条留言。其中有一条特别引人注意，那人说：我就是在墙上留言的林妮，我们可以聊聊吗？

王大雷看了那人发到博客里的资料，发现这个林妮今年24岁，是个美女。于是当即就把林妮加为好友，两人越聊越投机，最后还开了视频聊天。

林妮告诉王大雷，自己喜欢在各个旅游地留下墨迹，以此获得满足感。王大雷为了和美女拉近距离，便毫不犹豫地说，他也有此爱好。

共同的“爱好”使两人很快拉近了距离。几天之后，王大雷就鼓起勇气，向林妮表示爱意。林妮显得很平静，她告诉王大雷，其实自己对他也挺有好感，但是自己有时过于浪漫、理想化，怕王大雷受不了。

王大雷连忙表示，自己也是个浪漫，有情调的人。最后在王大雷的积极推动下，两人约定，下个周末，在题名结缘的古城墙前见面。

好不容易结束了充满期待的一周，王大雷购买了车票前往古城。到了题名的墙壁前，王大雷发现自己和林妮的留言都被擦洗掉了。

这一定是古城的养护工干的，王大雷心里有些抱怨。本来，他还想和林妮在曾经的留言前，拍一张照片留念呢。正想着，一个女子在他身后问道：“你是大雷先生吧？”

“我就是。”王大雷回过头一看，这人正是跟自己视频的林妮，她比视频中还要漂亮，王大雷痴痴地看着林妮，过了半晌，才讨好地说，“这面墙是我和你的红娘，如果能在这里留影，那该多有意义啊！现在我们的名字都被那些养护工洗掉了，真是可惜啊！”

林妮倒是很体贴，她安慰说：“没关系，我们见面就行了。”

王大雷看了看四周没人，提议道：“我们再把名字写上去，好吗？”

林妮连忙阻止道：“既然擦了，那就说明人家不欢迎我们留言呢。”

两人边走边聊，看看快到吃饭时间了，王大雷便要打电话向餐馆订餐。

这时，林妮面露难色，她说：“今天，我到这儿来和你约会，几个朋友不放心，非要跟着我来，你看……”

王大雷大度地邀请道："你的朋友就是我的朋友，我请他们一起吃饭。"

不一会儿，林妮的几个朋友都过来了。大伙围坐在餐桌旁，一边说笑，一边打量大雷，显然是在给他"打分"。

王大雷为了得"高分"，还特意叫了一瓶价格不菲的白兰地。这时，一个叫柳西的朋友举起酒杯，对林妮说道："今天是你的生日，我借花献佛，祝你生日快乐！"

经他这一提醒，其他人也立刻举杯祝林妮生日快乐。

王大雷不由得一愣，埋怨林妮："为什么不早点告诉我，今天是你的生日呀！"

林妮微笑着解释道："想着要和你约会，所以就忘记了。"

听林妮这么说，王大雷挺感动的。作为男朋友，他马上要去购买生日蛋糕。林妮连连摇头，让他不要破费。

可是王大雷心意已决，他让林妮和朋友们稍等片刻，然后就出门找蛋糕店去了。幸运的是，他一走出餐馆，就看到斜对面有一家。买好了生日蛋糕之后，他又看到街上有卖花的，便让店员先包装蛋糕，自己则出去买了一束玫瑰花。

当王大雷拿着生日蛋糕和玫瑰花回到餐馆的时候，发现林妮和几个朋友在争论着什么。但当他们看到王大雷回来，便都不说话了。

王大雷把玫瑰花送给林妮，随后把生日蛋糕放到了餐桌上。看到大伙看自己的眼光有些异样，他笑道："是不是等得有些急了？"他一边说，一边打开了装生日蛋糕的盒子。

柳西也在一边帮忙取蜡烛，突然，他从盒子里拿出了一个玻璃杯子，惊讶地说道："你还买了钻戒啊？"

大伙连忙凑过去观看，只见玻璃盒子里果然有一枚钻戒，还有一张发票，上面赫然写着一万三千元。

林妮将盒子递还给王大雷，并说："我可不能接受这么贵重的礼物！"

王大雷同样也愣住了，刚开始见到这枚戒指的时候，他还以为是蛋糕店给客人配送的假戒指呢。现在看到发票上的价钱，他知道，一定是店员搞错了，把别人的蛋糕给了自己。他解释道："这不是我的，我没有买钻戒！"他一边说，一边把钻戒和蜡烛收到盒子里，盖好。

有朋友问他，这是要干吗。

王大雷态度坚决地说："我要把它送回去。"

柳西在一旁面露不悦，冷冷地说道："你该不是后悔了，舍不得送这么贵重的钻戒吧？”

王大雷摇摇头：“我喜欢林妮，但这钻戒的确不是我的，我不能留！”说完，准备起身去蛋糕店。

这时，柳西突然抓住王大雷的手，说：“大雷先生，我看你就不必费心了！”

王大雷闻言，一时愣在那儿，他抬头看看林妮，林妮只是微笑不语。

柳西没头没脑地说了起来：“实话告诉你吧，其实林妮的生日不是今天，我们也不知道她是哪天生日的。我们都是古城的养护工，因为你在古城墙上乱涂乱画，我们被扣了奖金。”

林妮见王大雷一脸茫然，缓缓地说道：“那天，我上网，偶然看到了你的博客，发现你就是始作俑者，于是我决定冒充林妮，把你骗到这儿，给你一些教训。那今天的餐费，就算是我们被扣的奖金；鲜花呢，就是你对我们的一点安慰了。哦，还有那个钻戒，你也不用担心，是我们用来吓唬你的。”

王大雷呆呆地听完了这番话，张了张嘴，却说不出话来。

这时，“林妮”又说话了：“王大雷先生，我对我的行为表示抱歉。我从你急于退回钻戒这点，便能看出你其实是个好人，如果你能够改掉乱写乱画的毛病……”

这时，呆若木鸡的王大雷突然开口了，他问说：“这么说，这一切都是演戏啦？”

“林妮”点点头，然后郑重地说：“现在，这场戏也该结束了。不过，我想，这也会是一个全新的开始……”

王大雷听明白了她的意思，主动伸出手说：“你好，我是王大雷，很高兴认识你。其实那次留名是我第一次，也会是最后一次干这种事。最后，请问你的芳名是？”

（题图、插图：谭海彦）

都说婚姻像一双鞋，合不合适，只有脚知道……

魔力鞋店

□杜轻清

乔恩和贝蒂是一对准新人。过几天，他们就要举行婚礼了。贝蒂却还在为她的婚鞋发愁。她妈妈死得早，和爸爸、继母又素不来往，无人可以商量。

这天，乔恩收到一张鞋店广告。于是，他带上贝蒂，拿着地址，走进了一个高档住宅区。他们敲开一家住户的房门，一位身穿黑袍，白发苍苍的老婆婆走了出来。

乔恩和贝蒂都愣了一下，他们问："请问您卖婚鞋吗？"白发婆婆点点头，示意他们进屋。

乔恩和贝蒂走进屋里。他们只觉室内光线昏暗，写着"魔力鞋店"字样的招牌，幽幽地泛着绿光。虽然有点诡异，但房间里陈列着各式各样的高跟鞋，把贝蒂彻底迷住了。

白发婆婆请他们坐下，然后问说："我有个规矩，凡是订婚鞋的新人，每年结婚纪念日都要再订一双鞋，你们愿意吗？"

乔恩见贝蒂喜欢，便说："愿意，只要您的鞋让我妻子满意，我保证年年都来买。"

白发婆婆点点头，变魔术般地拿出两张纸牌，问道："你们的婚鞋，需要哪一种魔力呢？"

贝蒂定睛一看，纸牌上分别写着"舒适自在"和"令人羡慕"。乔恩抢先回答道："两种都要。"他爱贝蒂，他希望她得到最好的。

白发婆婆欣慰地点点头，说："这种婚鞋价格昂贵，恐怕要你们一个月的收入。"虽然这价格的确不菲，但乔恩又点头应允了。

直到婚礼前一天，贝蒂才收到

了自己的婚鞋，这是一双手工缝制的高跟鞋，上面缀满了蕾丝和珍珠。

贝蒂惴惴不安地穿上鞋子。突然，她惊喜地叫起来："天啊，这竟然是一双平底鞋！"

周围的人也纷纷过来细看，这双婚鞋设计得太巧妙了，稍有坡度的加厚平底，在蕾丝和珍珠的巧妙遮挡下，显露出细高跟的轮廓。这双鞋配贝蒂的婚纱再合适不过了，贝蒂兴奋得转起了圈圈。

在众人惊艳的目光里，贝蒂梦想成真，她和乔恩手牵手，走过红地毯，不夸张地说，她是最美的新娘。贝蒂穿着婚鞋，忙碌了一整天，竟一点也不觉得累。她又欣赏了婚鞋一遍，更加感叹白发婆婆的手艺。然后她小心翼翼地收起了鞋子，这是乔恩的一番深情，她要好好珍藏。

婚后，乔恩和贝蒂恩爱甜蜜，不到一年，生了一个漂亮的女儿。

然而孩子出生后，家里一下子忙乱起来。一向温柔的贝蒂开始发牢骚，不修边幅。

这天晚上，乔恩下班回来，在邮箱里发现了一张贺卡，打开一看，是"魔力鞋店"寄来的，祝他们结婚一周年快乐，并且嘱咐他们不要忘记约定。

乔恩愣了一下，结婚一周年了，他都忘记了。贝蒂可没有忘记，她早已做好了丰盛的晚餐，等乔恩吃饭呢。乔恩心中愧疚，再看贝蒂整天照顾女儿，都没有时间打理自己。于是，他暗下决心：这次，一定要再送她一双好鞋。

第二天，夫妻俩又来到了"魔力鞋店"。可是这回，白发婆婆做的鞋子却让人大失所望。这是一双咖啡色的平底鞋，皮质虽好，款式却平凡得很，甚至有点落伍。

乔恩对白发婆婆说："我本希望这也是一双让人眼前一亮，并心生羡慕的鞋子。"

白发婆婆却不以为然，她对贝蒂说："舒不舒服，脚知道！孩子，快试试看。"

贝蒂穿上鞋子，不由发出了一

声叹息，原来这双鞋太舒服了，里面有厚厚软软的鞋垫，感觉像是踩在云端似的。贝蒂高兴得拥抱了一下白发婆婆。

然后，白发婆婆转而对乔恩说："孩子，对妻子来说，最令人羡慕的就是丈夫的体贴呵护啊。"乔恩听完，惭愧地低下了头，孩子出生后，他对妻子的关心的确太少了。

那之后，贝蒂总是穿着那双新鞋，她每天照顾孩子，打理家务，再也没有疲惫的感觉。乔恩也更加体贴妻子，总是和她抢着做家务。

很快，又要到第二年的结婚纪念日。这次，乔恩和贝蒂早早就开始猜测，这次白发婆婆会做一双什么样的鞋子呢。

贝蒂异想天开地说："也许是能拍照的鞋子，把我们的幸福时刻都拍下来。"

乔恩哈哈大笑。现在，他们的确很幸福，女儿健康聪明，乔恩的公司也渐渐步入正轨。他们希望能够一直这样幸福下去。于是，夫妻俩如约前往魔力鞋店。

但这次，白发婆婆却不在店里。夫妻俩敲了很久的门，都没人应答。乔恩只好到相邻的一户人家去询问。

一位老先生听完乔恩夫妇的描述，一脸茫然地说："魔力鞋店？你们一定搞错了，那是间空房子，很多年都没有人住了……"忽然，老先生像是想起了什么，说，"穿黑长袍的白发老婆婆，我是听说过，那不是传说中的黑女巫吗？哈哈哈……年轻人，你们是跟我开玩笑吧？"

乔恩夫妇没想到会是这样一种结果，一阵失落。

虽然找不到白发婆婆，但之后每年的结婚纪念日，乔恩仍会遵守约定，送妻子一双好鞋。两人还要热烈地讨论一番，如果白发婆婆在，会做一双什么样的鞋子给他们。

无数个结婚纪念日过去了，乔恩和贝蒂的婚姻就像被施了魔力，舒适自在并令人羡慕。结婚六十周年的时候，亲朋好友都来向他们祝贺。夫妻俩一起讲述了这个"魔力鞋店"的故事。

大家都笑着摇头，不相信会有这样的婆婆存在。

这时候，贝蒂说话了："后来，我们终于找到了白发婆婆。"

所有人都静了下来，把目光投向了贝蒂。贝蒂继续说："我的继母去世后，留下了一包遗物，里面有白色的假发，还有一件黑长袍。"说到这里，贝蒂已经眼含热泪，她顿了一下，又微笑着说，"虽然，我一直不接受她和我父亲的结合，但是她却和其他母亲一样，以自己的方式，祝福、保护着我的婚姻。"

（题图、插图：安玉民 梁 丽）

·新传说·

停个车好难

□李景辉

小区难停车

祥和家园是个文明小区，但最近这里却不太祥和，这是为什么呢？原来，这里车多车位少，业主们为了抢车位，都快打起来了。

于是，物业公司便划了停车位，编了号码，每个收150元的月租金。这么一来，停车问题果然有点好转，但是很快新的矛盾又来了，由于“僧多粥少”，停车位供不应求啊。

物业刘经理一拍大腿，决定采取抽签摇号的方式，抽到的才能停在小区里。这样虽然不能彻底解决问题，但起码公平公开啊！

但是啊，在小区停车位上的车也出了问题。

这天一大早，小区里发生了两车擦碰事故。一胖一瘦两个司机争吵起来，眼看就要动手了。

王大爷正好经过，他赶忙跑过去分开两人。他听完事情原委，便打起了圆场：“都在一个小区住着，有话好好说，别伤了和气。”说完，他仔细打量两个司机，觉得胖司机很面生，便对他说，“小伙子，你说赔的钱不够修车，差多少大叔给。你家住几号楼几单元几室，呆会儿，我给你送去。”

胖司机听了，愣了一下，然后他睁大眼睛反问道：“你是谁呀，我凭什么听你的？”

瘦司机听了，撇撇嘴，说：“连王大爷都不认识，你不是这个小区的吧？”

要知道，王大爷可是祥和家园的名人，什么拾金不昧，雪中送炭，

见义勇为，他老人家一样也没少干。

胖司机一看苗头不对，眼珠子一转，说：“既然王大爷说话了，我就认了。”他接过瘦司机递过来的钱，嘟囔着，“花300元租车位，还要贴修车费，真倒霉。”

王大爷在一边听得清清楚楚，忙问道：“每个车位不是150元吗？你怎么会花300元呢？”但不管他怎么追问，胖司机就是不肯开口了。

接连几天，王大爷都在琢磨这件事情。于是，他特别留意起胖司机的这个车位来。他发现：胖司机总是一早进小区，把车开走，然后晚上停完车，就离开小区，走进斜对面的小区。看来，胖司机不是祥和家园的住户。

王大爷推测，一定是没车的住户抽到了车位，便高价出租，赚点小钱。接下来几天，王大爷起早贪黑地观察，他发现，从51号到60号的十个停车位也是外来车辆。胖司机的那个车位，是小区里一个绰号“刀疤脸”的抽中的。

王大爷又找到刀疤脸，问他为什么把停车位租给外人。

刀疤脸也不抵赖，承认了出租车位的事实。但是他说了，与其自己不买车让车位空着，还不如把车位借给亲戚，一年也就收1800元的租金。

听到这儿，王大爷义正辞严地说：“你说谎！那天，我见胖司机从你面前经过，你们根本都没打招呼！你们怎么可能是亲戚呢？”这下刀疤脸无话可说了，他红着脸走了。

外人占车位

王大爷觉得停车位的事情肯定有猫腻，便找到了物业刘经理，反映情况。

刘经理听后，大吃一惊，半晌才说：“据我所知，租车位的人都是小区业主，没一个外人呀。”说完，他从文件柜里，拿出出租停车位的登记表，让王大爷看。

王大爷把登记表推到一旁，说：“据我了解，刀疤脸没有车，他租停车位的目的就是对外出租，这是你们物业的责任。”顿了一下，又说，“昨天夜里，停在小区外的车又有两台被砸，你说怎么办吧？”

刘经理脸色白一阵红一阵，应该是觉得难为情吧，毕竟是他的工作没做到位。半晌，他羞愧地说：“这事情是我的责任，我一定会解决的！”

王大爷不是一个得理不饶人的人，他见刘经理这态度，也就不再多说了。

一周后，王大爷发现，外来车辆都不见了。重新抽到停车位的业主都连声感谢王大爷。

王大爷却说：“这都是刘经理的

功劳，他效率高，是个办实事的人。”

解决了这件事情，王大爷如释重负。这天，他又见到了胖司机。胖司机正在原来的停车位上，拿工具卸占位锁呢。他知道王大爷的“厉害”，忙说：“这锁是我自个儿安装的，现在不租这个停车位了，得把锁卸下来啊。”说完，他又长叹了一声。

王大爷见他垂头丧气的，忙问他，有什么需要帮忙的。

胖司机没好气地说：“我们事先说好的，这个停车位租期一年，没想到刚租两个多月，就被收回去了。

我的车刚停马路边两天，玻璃就被砸了，笔记本电脑、加油卡、导航仪都丢了，你说气不气人！”

王大爷皱着眉头问道：“那你去找刀疤脸呗！”

胖司机回头看一眼王大爷，再不吭声了，只是沉默地卸锁。

难道这里面还有什么花样？王大爷一把拽住他，大声说：“看你小子长得膀大腰圆的，没想到是个孬种！”

胖司机先是一愣神儿，接着瞪圆了眼睛，他用力甩开王大爷的手，高声说：“你到《生活报》打听打听，给社长开车的胖子怕过谁？”

王大爷一看，激将法起了效果，就接着往下说：“你别唬我一个老头子了，你连骗你钱的人都不敢说出来，还充什么英雄好汉！呵呵，我看你就回家，躲在老婆背后，哭吧！”

胖司机气得脸红脖子粗，他白了王大爷一眼，气呼呼地说道：“我说出来，你能把他怎么样？你有多大能耐，还没完没了地问！骗我的人是刘经理，你敢对付他吗？”胖子说完，直直地看着王大爷。

见王大爷一脸怀疑，胖司机咬咬牙，竹筒倒豆子似的说了起来：原来，刘经理私下留了停车位，让刀疤脸等人冒名顶替，每年给他们300元好处费，然后以每月300元的高价对外出租。末了，胖司机恨恨地说："其实，我也看不惯刘经理这种行为，如果王大爷你要揭露他，我一定帮您作证！"

人人能停车

几天后的晚上，王大爷张罗召开业主大会，会议内容是解决停车难的问题。开会的时间快到了，刘经理还没到，坐在台上的王大爷不住地向门口张望，终于看到了刘经理，他是踩着点来的。

王大爷宣布开会，他清了清嗓子，便说开了："先说一件让大家惊讶的事儿——物业刘经理不顾业主的利益，偷偷囤积车位，雇人冒名顶替，然后对外高价出租，从而坐享其成。"

刘经理听了，"腾"地站了起来，厉声说："王大爷，这关系到我的名誉和人格。我告诉你，没有真凭实据可不能瞎说，必要的话，我会用法律来保护自己的。"

但是此时，胖司机登场了，把整件事情的前因后果又说了一遍。

一时间，台下乱成一片，有的议论，有的骂娘。如果不是王大爷拦着，一些业主恐怕会当场把刘经理痛打一顿。

刘经理涨红了脸，但是仍拼死抵赖着："这个胖司机是你雇来的吧？我不认识他，也没租过停车位给他，这是你们合谋，胡编乱造的。"

胖司机瞪着眼睛，扯开嗓门说："我让你再狡辩。"说完，他掏出一支录音笔，举到麦克风前，刘经理的声音很快传了出来："胖子，我也没想到会遇上王大爷这么个刺头，等过了这阵子，我保证再给你弄个停车位。而且这次，我也不收你300了，就收你150——"

在铁证面前，刘经理像霜打的茄子一般，彻底蔫了。他赶紧低着头，往外冲去。

业主们都愤怒了，要去找他讨公道。但是王大爷却劝道："过去的已经无法改变，当务之急，我们还是要解决停车难问题。"

后来，通过小区居民的努力和协调，祥和家园终于解决了停车难问题。

原来小区旁边有几幢办公大楼，在上班时间，办公楼的地下停车库车位告急，而此时小区里的停车位都空着；到了晚上，小区里的停车位不够用，几幢办公大楼下面的停车位却空着。所以小区物业和办公大楼物业坐下来一商量，便想出个错时停车的主意来。即在白天，办公楼停不下的车可停到小区里，到了晚上，小区里停不下的车则可停到办公楼下去。

自此，祥和家园更加祥和了。

（题图、插图：刘斌昆）

·新传说·

各得其所

□鸥　鸟

都说三个女人一台戏，其实啊，两女一男更能出戏。档案局里有两个漂亮女人。一个是年近四十的打字员王娜，徐娘半老，风韵犹存。另一个是刚大学毕业的档案员李玫，青春靓丽，风华正茂。

档案局局长叫高平，五十出头，老婆车祸去世后一直没有再婚。离异后的王娜一心一意想成为局长太太，而高平呢？却看上了李玫。

李玫的档案室和王娜的打印室是一明一暗，相通的两间。王娜的打印室在外，李玫的档案室在里。

李玫没来的时候，高平很少到打印室来。不是高平不想来，说心里话，他也不是没对王娜动过歪心思，漂亮女人谁不喜欢啊！可他深知王娜的想法，一旦引火上身，再想全身而退，可就难了。

王娜为了钓上高平这条大鱼，也没少费心思：言语挑逗过，短信骚扰过……但任凭她如何努力，高平就是发乎情止乎礼，每到关键时刻总是掉链子。

可自从李玫来之后，高平便有事没事，总爱往她们这里溜达，嘴里明明是和王娜说话，眼睛却老朝李玫那里放电。不仅如此，高平还总借口关心档案工作，把李玫叫到他的办公室谈话。

凭女人的直觉，王娜判断出，高平打起了李玫的主意！王娜虽然妒火中烧，但也无可奈何，事实摆在那儿，李玫正是三春牡丹鲜又艳，而自己已是霜打梅花抱枝残，自己没有什么竞争力啊。

这天是周五下午，高平又来打印室了。他一进门就没话找话：“两位女士还在忙工作呢？要注意劳逸结合啊，不然累坏了两位美女，我这个局长可是于心有愧啊！”他呀，一看见李玫，就两眼放光。

王娜强压妒火，给高平倒了杯水，说道：“局长是关心我呢，还是关心小李呢？”

高平讪笑着说：“当然是都关心了！”

王娜不依不饶接着说：“光口头关心，我们可不答应，总得有点实际表现吧！”

高平正中下怀，赶紧说道：“那是自然。明天是周末，我想开车，请两位女士去南湖水库玩一天，放松放松，联络联络感情，两位不会不赏脸吧？”

王娜心说：你明明想打李玫的主意，还虚情假意拉我当电灯泡，哼！她虽然心中不悦，但脸上还是满脸堆笑，故意说道：“局长大人抬举，我自然是恭敬不如从命，就怕李玫周末有约去不了呢，要不就我们俩去吧！”

高平一听，就急了，他让李玫必须一起去，不然自己和王娜孤男寡女的，影响不好。

李玫的一张俏脸也笑得如花似玉，她肯定地说：“去，去，我正好明天没事，一定去！”

王娜的笑容顿时僵住了。而高平则难掩喜悦，关照说：“一言为定，明天早上七点，南城门口集合！”高平临出门了又转回来，再一次半开玩笑，半认真地嘱咐李玫道，“明天可不要放领导的鸽子哟，不然领导一生气，后果很严重哟！”

晚上，高平给自己的得力干将办公室郑主任打电话，说：“小郑啊，你写的材料我看过了，写得不错，明天你安排王娜加班打印出来，后天一早，我要去向领导汇报的！记住，你一定要亲自看着王娜打印，一个标点符号也不能出错！”

高平安排完毕，心里那个得意啊，心说：这真是高郎妙计安天下，

就等抱着美人归啦！

第二天早晨七点，高平准时开车来到南城门口，见只有王娜一个人在那里等候，便脱口问道："王娜，你怎么来啦？李玫呢？"

王娜嫣然一笑，答道："局长大人，李玫来不了啦！"

高平急急地问道："怎么回事儿？"

王娜两眼含情脉脉地说道："办公室郑主任安排我今天加班打印材料，可我昨天不是已经答应陪您去南湖游玩了嘛，你想，我怎么敢放局长的鸽子呢？郑主任也不敢打扰您，于是郑主任、李玫、我，三人一合计，由李玫和郑主任两人负责打印材料，我陪您游南湖，工作娱乐两不耽误，两全其美！"

高平听了，脸上现出极其失望的神情，呆呆地愣在那里。

王娜见了，明知故问道："局长，发什么愣啊？咱还去南湖吗？"

高平顿时回过神来，咬牙切齿道："怎么不去？既来之则安之，上车，走！"

王娜款款地上了高平的车，坐在副驾驶位上。王娜如沐春风，高平怅然若失，两个人"同车异梦"，小轿车朝着南湖的方向一溜烟地开去。

这俗话说得好，男追女隔座山，女追男隔层纱。南湖一游，果然后果"严重"。在王娜的精心安排下，两人一拍即合。

等时机成熟了，王娜才告诉高平："人家李玫其实早已心有所属了，你这个局长是剃头的担子——一头热啊。"

高平忙问李玫的对象是谁。

王娜不紧不慢地回答说："就是你的得力干将郑主任啊，人家郎才女貌，天生一对，你就不要再想着老牛吃嫩草了。再说了，你有我这个资深美女相伴左右，也不算吃亏啊！"

后来，王娜终于如愿以偿，成了局长太太。而李玫呢，也顺理成章地成了办公室郑主任的娇妻。

（题图、插图：张恩卫）

2013年1月(上)动感地带答案

神探夏洛克：夏洛克在通话时，一讲到无关紧要的话，就用手掌心捂紧话筒，不让对方听到，而讲到关键的话时，就松开手。这样，家人就收到了这么一段"间歇式"的情报电话："我是夏洛克……现在……世纪大酒店……和坏人……在一起……请你……快……赶来……"

疯狂QA：南方，狮子饿了3个月早已饿死。

思维风暴：寄信人把"勿折"写成"匆拆"了。

名医也有难为时

□沈海清

问松堂是一家祖传的诊所，开到金子久一代，在杭嘉湖一带已是家喻户晓，每天来就医的病家都会在门前大排长龙。

这一天早晨，问松堂外面一阵喧哗，只见两个大汉用门板，抬着一个二十岁出头的年轻人来看病。他们一看排队候诊的人不少，便将门板放在后面排队。

那病人闭着眼睛，躺在门板上一动不动，两个大汉坐在一边，耐心等待。

因为病人太多，金子久得一个一个挨过去看。转眼到了中午，一些陪病人来的家属就拿出饭团，就着开水，当中饭。

等轮到那个躺在门板上的年轻人时，已是日落西山，快要吃晚饭的时候了。于是，两个大汉把躺在门板上的年轻人扶起来，再扶他到金子久面前坐下。

中医讲究的是“望、闻、问、切”。金子久看病，当然先是“望”，他望了望年轻人的面色，不由皱起了眉头。

这时，旁边那两个大汉见金子久望着病人直皱眉头，便相互对视一眼，问道：“金先生，病人的病要紧吗？”

金子久答非所问道：“你从早晨

到现在，就躺在门板上没有起来过？”

那年轻人有气无力地回答：“是啊，我病得很重，起不来啊！”

金子久又问道：“就这样一直憋着尿？”

那年轻人答道：“是啊，一直憋着。”

金子久摇了摇头，叹了一口气，对身旁两大汉说：“这整整一天，怎么能憋着尿呢？唉，这毛病重了，重了，幸亏是在我问松堂，我有一味祖传的中药尚能医治！”

那两个大汉一听，竟嬉皮笑脸地笑了起来，而那个生病的年轻人更是连声冷笑。

金子久道：“病重吃药，有什么可笑的？”

那个年轻人站起身，手指金子久，喝道：“金子久，真是徒有虚名，你们做郎中的，都喜欢把病人的病情说得严重。治好了，说是自己的医术高明；治死了，就说病人本来就病得厉害！我实话告诉你，我是故意装病来试探你的。我明明没病，你金子久却说我病得厉害，还说有一味祖传的中药能治，这不是骗我的钱嘛！”

原来，这三个人是城里的无赖小混混，靠砸场子弄几个钱。如今他们觉得逮到理由了，立刻高兴得手舞足蹈，还说：“今天，我们可要拆下你问松堂的牌匾！”

说着，那年轻人便拖过一只条凳，又在条凳上加一只小板凳，让两个同伴扶住了，自己爬上去，把那“问松堂”牌匾拆了下来，然后，年轻人便作势要往下跳。

金子久一见，连忙站起身，劝阻他说：“这位小兄弟，你千万不要，不要跳下来！”

那年轻人站在高凳上，威胁道：“金子久，只要你拿出二十个大洋来，我们就不再追究，否则我就把牌匾砸了，让你名声扫

地，再也开不成诊所！”

金子久见状，急忙道：“好，好，我答应你，我扶你下来！”

那年轻人一听金子久答应给大洋，高兴得一纵身，抱着牌匾跳了下来。谁知他双脚刚落地，就“哎哟”一声，丢了牌匾，捂着肚子滚倒在地。

金子久一见，急得直跺脚，连忙上前查看。

只见年轻人脸色惨白，额头上还不断地冒着冷汗。

那两个大汉一见，也吓坏了，连忙央求金子久救命。

只见金子久摇了摇头，叹一口气，说：“老法里有个说法，叫‘尿过脐，无药医’。刚才，我金家有一味祖传秘方，还能医治。但他这么一跳，就是华佗再世，扁鹊复生，也无能为力了！真是自作孽，不可活啊！”

原来，那年轻人躺在门板上整整一天，因为装的是重病，怕起来小解穿帮，所以一直憋着。他肚子里的尿泡越涨越大，越涨越薄，开始还憋得难受，到后来已经没有知觉了。

如果当时金子久给他开药导尿，还能救治。谁知他爬上高处，又从高处纵身跳下，这猛烈一震荡，他的尿泡就崩裂了。按当时的医疗条件，金子久就是医术再高，也是回天无力的。

当时，金子久便叹一口气，对那两个大汉吩咐道：“没病装病，没事找事，回去办理丧事吧……”

（题图、插图：黄全昌）

·外国文学故事鉴赏·

霍桑（1804—1864），美国小说家，擅长描写社会和人性的阴暗面，其代表作有《红字》等。

爱情毒药

□周　腾　编译

很久以前，有一个叫乔瓦尼的小伙子，他到异乡求学，因为是一个穷学生，所以只能租便宜的屋子住。

这天，乔瓦尼由房东陪同，去看了一间顶楼的房子。这里阴暗潮湿，但当乔瓦尼把头探出窗外，就发现别有洞天，外面是一个美丽的花园。

花园里植物繁多，不仅有色彩缤纷的花卉，还有形态奇异的植物，鳞次栉比，令人惊叹。乔瓦尼对植物有浓厚兴趣，能叫出很多名目来，然而却不认识这里的任何一株植物。他不禁心生好奇。

这时，乔瓦尼听到一阵动静，原来花园里有人。乔瓦尼定睛一看，此人绝非普通园丁，他人过中年，双眼有神，眉目清秀，却给人一种阴森的感觉。

那人正在认真观察植物，他看得出神，好像要把花木的一茎一叶都看透似的。但奇怪的是，他一举一动都格外小心，屏气凝神，且不触碰植物。

就在此时，一个少女飘然来到那人身边，叫了一声“爸爸”。她的美貌难以用语言形容，牢牢抓住了乔瓦尼的全部注意力。

一旁的房东说，那人名叫拉帕乔尼，是这个花园的主人，也是一位著名的医生，美丽的少女则是他

的独生女儿碧翠丝。

乔瓦尼很快就在这里安顿下来。第二天他去探望爸爸的好友——自己就读大学医学院的教授。

两人在谈话中，乔瓦尼无意中提到了拉帕乔尼医生。没想到，教授对他居然十分熟悉，还意味深长地说：“拉帕乔尼非常有名。往好里说，他是声名远扬；往坏里说，他是臭名昭著。因为他这个人啊，把科学看得高于一切，只要有助于他的研究，总是会不惜一切，哪怕牺牲谁的性命。”

随后，教授留乔瓦尼吃了午饭。午饭后，乔瓦尼带着酒意往家里走去，头脑里反复想着那个神秘的花园，以及漂亮的碧翠丝。

路上，乔瓦尼经过一家花店，就买了一束花。回到家，他做的第一件事，就是站到窗边，凝视花园，在等着心中的人儿出现，没过一会儿，那人飘然而至。

碧翠丝来到花园，她摘下一朵最鲜艳的花，准备别在胸前。但是怪事发生了：一只小爬虫爬到了碧翠丝的脚边，因为离得远，乔瓦尼不能十分肯定，但他觉得那花枝折断的地方似乎滴下了一两滴汁液，正好落在小爬虫的身上，小爬虫扭动了几下，就不动了。

碧翠丝继续在花园里漫步，一只美丽的蝴蝶飞了过来，在她的头顶盘旋。当碧翠丝抬头看蝴蝶时，又一件怪事发生了：蝴蝶颤抖了几下翅膀，便跌落在她脚边，死了。

“哎呀！”乔瓦尼见状，忘形地喊了一声，喊声引来了碧翠丝的注意。她一看到乔瓦尼，便呆住了。前面忘记说了，乔瓦尼身材高大，相貌英俊，是很多女孩眼中的白马王子。

就在碧翠丝发呆的时候，乔瓦尼趁势将手中的花束抛了过去，还高声说：“小姐，请为乔瓦尼戴上这些可爱的花吧！”

碧翠丝听了，从地上捡起花束，羞涩地转身离去了。就在那一刹那，乔瓦尼似乎看到：碧翠丝刚捡起的花束，竟一下子都枯萎了！乔瓦尼揉揉眼睛，心说：这不可能，隔得这么远，肯定是看错了！

碧翠丝是那么漂亮，那么神秘，乔瓦尼因此得了“相思病”，一连几天都魂不守舍。

一天下午，乔瓦尼决定出去走走。他不知不觉来到了学校门口。忽然，有人拉住了他，转身一看，是爸爸的好友，那位教授。教授说：“作为你爸爸的朋友，我必须提醒你，离拉帕乔尼和他的女儿远一点！”

乔瓦尼刚想问为什么，却发现拉帕乔尼医生沿街走了过来。走近时，他和教授礼节性地互致问候。

然后，他转向乔瓦尼，凝视不语，眼神像要穿透乔瓦尼的灵魂。

等拉帕乔尼走远后，教授说："你看到他的眼神了吗？凭我对他的了解，我知道，他已经对你产生了兴趣。你要离他远远的，不然很危险！"

乔瓦尼回家时，碰上了房东，房东告诉乔瓦尼：有一道暗门能走进拉帕乔尼的花园。乔瓦尼想到教授的一番忠告，心里有了一点迟疑。但是，一个坠入情网的人不会因为一点迟疑，就放弃对爱的追求。他还是走向了那道暗门。

乔瓦尼穿过暗门，来到花园里。这里的植物长得郁郁葱葱，却透露着诡异。乔瓦尼正看得出神，身后响起了"沙沙"声，他转身一看，碧翠丝来了。两人对视了一眼，便心照不宣，像是约好的情侣一样，在花园里走着、聊着。

两人走到花丛中，乔瓦尼突然停下脚步，说："小姐，您戴上花朵一定更加美丽，我是否有荣幸为您戴花呢？"说着，他就将手伸向了怒放的鲜花。

然而碧翠丝竟尖叫着，拽住了他的胳膊，说："别碰它们！"说完，便掩面跑开了。

乔瓦尼刚想去追，却看到拉帕乔尼医生站在角落。也不知道，他站在那儿有多久了。

那天晚上，乔瓦尼满脑子都是碧翠丝的身影。他隐隐觉得，碧翠丝对自己也有情意，这样下去，两人说不定能共谱恋曲呢。他这样胡思乱想着，进入了梦乡。隔天醒来，他只觉得一阵痛楚，低头一看，他的胳膊，就是昨天碧翠丝拉的地方，出现了一个紫手印……

爱情是一个神奇的东西，乔瓦尼沉浸在对碧翠丝的爱慕里，很快忘记了胳膊上的那点小伤。有了第一次约会，就有了第二次、第三次……他们在花园里诉说衷肠，终于成了一对恋人。然而他们即使在激情奔放的时候，也不曾接吻或拥抱。碧翠丝总是精心设防，这让乔瓦尼苦恼不已。

一天，乔瓦尼买了一束鲜花，想送给碧翠丝，并期待有所突破。然而，出发前，他发现刚买的鲜花在自己手中枯萎了，他有一种不好的预感。他又对着墙上的一只蜘蛛吐了一口气，很快，那蜘蛛痉挛了几下，挂在网上死了！

乔瓦尼惊慌失措，他找到了教授。教授听完他的叙述后，表情凝重地讲了一个故事：从前，有一位印度王子，把一名美女当作礼物送给了亚历山大大帝。这个美女美丽无比，而且口吐芳香。后来，有位医生发现了美女的秘密：原来，美女是用毒药喂养大的。渐渐地，她全身都充满了毒素。她呼出的浓香能污染空气，她的拥抱和热吻都能致人死亡。

说到这儿，教授同情地说："可以肯定，那个古老传说已经被拉帕乔尼变为了现实。他不惜将女儿当作试验品。而且你也已经成了一个新的试验品，幸亏发现及时，还未完全成为他的毒药。"

教授说着，拿出了一只小瓶子，说里面装着他最新研制的一种解药，喝了它，便能解除体内的毒素。

乔瓦尼拿了解药，并没有直接喝掉，而是揣在怀里，去找碧翠丝。他要和碧翠丝当面对质。

碧翠丝听着乔瓦尼用最恶毒的语言指责爸爸和自己，神情平静，

她坦承说："我的确是一种可怕的毒药，但我也渴望爱情，趁现在我还没有伤害你，你走吧！"

"别给我装出可怜的样子！"乔瓦尼咆哮道。一群飞虫正好经过他身边，竟一一坠地死亡。

碧翠丝看到这情景，立刻失声惊叫："我明白了，爸爸曾说过，要给我找一个同样的男人做丈夫。所以他默许我们在一起，让我将毒慢慢地传递给你。但是，亲爱的乔瓦尼，你必须相信我，我对此毫不知情。如果我知道的话，一定不会允许自己靠近你，哪怕是一厘米的。"

乔瓦尼沉默了很久，最终，他选择相信碧翠丝。他说："亲爱的，现在我们还有一个办法，我这儿有一瓶解药。它可以解除我们身上的毒素，也挽救我们的爱情！"

碧翠丝点了点头。两人分着喝光了解药，然而，结果却截然不同。乔瓦尼安然无恙，碧翠丝捂着胸口，气若游丝，没多久，她就死在了心上人面前。因为对碧翠丝来说，她的身体已经被拉帕乔尼彻底改变了，毒药是她的生命，解药则会要了她的命。

而对于拉帕乔尼来说，执著地进行科学研究本是好事，然而一旦超越了底限，便会丧失道德和良知。

（题图、插图：佐　夫）

有那么一部相机，不只拍容貌，还摄人灵魂……

神奇的相机

□荻　秋

叶升是个医生，也是个摄影发烧友。这天，他正在公园拍照，突然发现长凳上有一个相机。叶升原地等了好久，也没见相机主人露面。他拍拍自己的脑袋：何不看看相机里有啥线索。

可叶升打开相机一看，相机里一张照片也没有。叶升喜欢拍照，所以好奇地把玩相机，随手拍了两张照片。

叶升把照片放大，发现了怪异之处：他拍的两张照片，一张是风景照，很普通，另一张里有人像，照片上就显示着一串数字：547632.42。这是怎么回事？

于是，叶升拿着相机，又拍了好几张人像照。每张照片都会显示一串数字，或大或小。突然叶升看到了一个特别小的数字：97.20，那是一张乞丐的照片。一个念头突然冒了出来：难道，这些数字代表着每个人的财富？

叶升为了验证这个荒唐的想法，给了乞丐五块钱，然后又偷拍了一张。

这次，数字变成了102.20。这真是一部可以显示财富的相机？叶升揣着相机，忐忑不安地离开了公园。

叶升回到家，他要做最后的确

认。这回，他对着自己，自拍了一张。照片显示了一个负数，数值还不小。

叶升赶紧拿出银行的对账单，然后大叫一声："神了！"原来，叶升背着房贷，和照片上的负数一致。

得了这么台神奇的相机，叶升得好好利用啊。他想用这台相机去拍拍医院的领导，如果碰上有贪污腐败的，敲一笔，岂不一举两得？

其实，叶升本质不坏，但当他看到自己财富为负，还不如一个乞丐时，心里便产生了微妙的变化。他告诉自己，对付恶人，用不着客气。

于是叶升拿着神奇的相机，给不少院领导拍了照。不过这一拍，倒让他挺失望的，原来领导们的财富值都很正常，有个数值较大的，一打听，原来人家老子有钱。

叶升自我解嘲道："起码咱医院的人，还挺清廉的。"这时，他看到基建科的石科长走过，就顺手举起相机给拍了下来。他拿起来一看，不由两眼放光，这张相片上的数字居然有整整七位数，上百万哪！

叶升知道，石科长来自农村，连读书都要贷款，前不久还新买了房子，按说经济状况不可能太好，但基建科是有油水的部门，看来所言不虚啊！

一不做，二不休。叶升马上给石科长又拍了一张。他再看照片，显示石科长的财富竟只有区区十几万块。叶升又连拍了几次，可数值依然是十几万，莫非是相机出错了？

叶升并不死心，他翻到了第一张照片，仔仔细细研究起来。突然，他在照片边缘发现了一个小小的人影。之前也出现过这种情况，如果有多人入镜，那显示的财富也会叠加。所以这个角落里的人才是百万富翁啊。

叶升将照片放到最大，又是大吃一惊，那个小小的人影是福伯，医院里的清洁工。第二天一早，叶升又找机会，给福伯拍了一张照片。

照片显示，福伯有上百万的财富。福伯只是个清洁工，衣着寒酸，腿还有毛病，怎么看也不像富翁啊。而且如果他真有百万家产，为啥还起早贪黑在医院做清洁呢？

正当叶升百思不得其解之时，突然爆出了一则社会新闻：一个贪官专门让穷亲戚帮自己收钱，以掩人耳目。这位看起来寒酸的福伯，会不会就是这样的人呢？叶升来了兴趣，决定追查到底。

于是，叶升开始跟踪福伯。但几天下来，他也没有发现异样之处。叶升决定找机会，到福伯家里看看。

机会终于来了，医院工会慰问困难职工，叶升身为工会委员，第一时间选了福伯。这天，他来到福伯家里，这里几乎是家徒四壁，最值钱的是一台十四寸的电视机。

从福伯口中，叶升知道了一点他的个人信息：他老伴过世了，没有孩子，一个人过活，腿上的伤是当初当兵时留下的。兜了很久圈子，叶升终于忍不住试探道：“就没有啥有钱有权的朋友，可以接济您一下？”

福伯笑了：“我现在能自食其力，不是挺好的嘛！”

叶升当然不信，正待继续追问，突然有人敲门。福伯起身开了门，那人没进门，只是往他手里塞了样东西，便火速离去了。

叶升跟到门边，只见楼道尽头有个小伙子跑得飞快，他塞给福伯的是一个大信封。信封鼓鼓囊囊的，不知装了些什么。

叶升以为福伯会打开来看，没想到，他只是把信封扔到一边，根本没有打开的意思。

叶升奇怪地问：“福伯，你怎么不打开信封看看？”

福伯摆摆手，说：“不属于我的东西，我打开干什么？”

叶升心思转得飞快，他知道：

福伯是不会让自己看信封里的东西了，何不从刚才那个小伙子身上找答案呢？于是，叶升辞别福伯，往那小伙子消失的方向追去。

叶升追了几百米，看到那小伙子在一辆小车旁边，跟车上的人在说着什么。

叶升装作是过路人，走近那辆车子偷听。他听到，车上那人问小伙子："事情办好了吗？"

小伙子点头说："我把钱塞给福伯就跑了，他想追也来不及。"

果然是钱！叶升瞄了眼车上的人，又是一惊。这人不是市里数一数二的富翁，宏大集团的贺董事长吗？他为什么要送钱给福伯呢？接下来，贺董事长也没说什么，很快驾车离去了。

事情发展到这步，叶升也没辙了。这天，他才上班，便有同事大声喊道："奇迹啊，真是奇迹。你看《神秘阿伯现身基金会，貌不惊人捐出百万巨款》。市里不是刚成立了一个医疗救助基金会吗？昨天居然有个神秘老头去捐款，一捐就是一百万。真是人不可貌相啊，你看他的衣服还打补丁呢！"

叶升把报纸接过来一看：照片上只有一个模糊的背影，看样子很朴素，一点也不像一掷千金的富豪。但是直觉告诉叶升，这人就是福伯。带着无数的疑团，叶升找到了福伯。

开始时福伯说什么也不承认，实在是被叶升软磨硬泡，纠缠得烦了，他只好承认："捐钱的的确是我。你知道，我整天在医院里，看到很多没钱开刀的病人，我心里难过。难得现在有这么好的救助基金，我就把钱给捐了。"

叶升问："这些钱都是贺董事长给你的？他为什么要给你钱呢？"

福伯点点头回答道："我们是老战友，我救过他一命……"原来，福伯是为了救贺董事长，才落下了腿伤。贺董事长从商之后，生意越做越大，他一直感激福伯当年的救命之恩，就不断给福伯送钱，这么两万三万积攒下来，居然有百万之多。

叶升听到这儿，不解地问福伯："这钱你一分也没动过啊？这不偷不抢，是你应得的啊。"

福伯说："这算什么应得？我本来想还给老战友的，但是他死活不肯要。我便只好代他做善事了。"这些话，一字一句敲打在叶升心头。他想到之前自己的种种行为，只觉羞愧无比。

叶升回家再摆弄那台神奇的相机，居然发现照片上的数字都消失了，现在这就是一台普通相机了。但这又有什么要紧呢？因为叶升已经通过它，看清了什么才是真正的财富。

（题图、插图：张恩卫）

救急T恤

一个小伙子到外国出差，刚下飞机，手机和钱包就被偷了，他必须马上联系老板。但是他语言不通，该如何请当地人带自己找电话亭呢？

小伙子向一个行人比划了半天，对方也不理解。他情急之下，在自己衣服上画了一个电话，然后打了一个大大的问号。行人一看，便明白了，帮小伙子找到了电话亭。

接下来，小伙子又如法炮制，问到了厕所、餐厅等方位。由此，他获得了灵感：何不制作一批这类衣服，卖给和自己一样，在异国他乡语言不通的人呢？

于是，小伙子在当地完成了本职工作之后，赶制了一批“救急T恤”。在T恤上，画着不同的简易标识，代表不同的地方。比如信封代表邮局、红十字代表医院等等。在标识旁边，还有一个大大的问号，可谓一目了然。

此后几天，小伙子去摆摊卖T恤，果然大受欢迎。回国之后，小伙子继续制作T恤，并利用周末，去一些外国人聚集的地方贩卖，给更多人带来便利。

从解决自己的难题到解决别人的难题；从解决单项问题到解决共性问题；从解决眼前问题到解决持久问题。这便是智慧。

（**作者**：于士超；**推荐者**：沫　沫）

教授的青花瓷瓶

在上课前，心理学教授让学生到办公室，一人搬一个青花瓷瓶去教室。他告诉学生，瓷瓶每个才50块，放心搬。

学生们一听，每人抄起一个瓷瓶，向教室跑去。开始上课了，教授先问：“这些青花瓷瓶值多少钱？”

学生们抢答说，50块一个。

教授听了，笑着说："其实，这种青花瓷瓶，起码20000块一个。"

学生们都瞪大了双眼。他们还有点后怕，万一刚才一失手，那不惨了？

这时，教授的手机响了。挂了电话，教授无奈地说："看来还得请大家帮忙把瓷瓶搬回去。"然后，他扫视了一圈，问，"愿意帮忙的，举手！"教室里鸦雀无声，没有一个学生举手。

教授便问大家，为何不肯帮忙。

学生们都说，怕摔了，赔不起。

听完，教授在黑板上写下一行字：无知者无畏，心态决定成败。学生们若有所悟，纷纷点头。

令人意想不到的是，教授突然拿起一个瓷瓶，摔在地上，他说："这些瓷瓶呀，50块也不值！现在，有同学愿意搬吗？"这回，学生们又都举起手来。

（**作者**：邵火焰；**推荐者**：小　朱）

只捐一包花生

在一个偏僻的海滨小镇上，只有一所学校，是由当地首富艾莱特先生出资建造的。

然而，一场海啸突袭了小镇，几乎将这里夷为平地。师生们失去了学校，只得再次向艾莱特先生求助。但这次，艾莱特却拒绝再捐钱，他只捐了一包花生。

师生们都失望极了。一个叫约翰逊的学生建议说："花生虽然不多，但如果种到地里，不就可以长出更多花生吗？"

大家一听，都觉得这是个好主意。说干就干，大家一起动手，在空地上锄草翻土，把花生种了下去。

花生一天比一天长得好，约翰逊又提出来：既然我们能种花生，为什么不能重建学校呢？这个提议又受到了师生们的大力支持。于是，他们一起清废墟、捡石头、锯树木。他们的精神感动了镇上的居民，大家纷纷来帮忙。半年之后，学校的废墟边已经堆满了石头和木料。

不久，校长收到了一笔足以重建学校的汇款，和一封来自艾莱特先生的信，他写道：

一包花生不能填饱肚子，所以你们种植一片花生地；一砖一瓦重建校园，我看到你们在努力。真正改变命运的，永远都是自己的劳动！

（**作者**：陈亦权；**推荐者**：张　阳）

（**本栏插图**：刘斌昆）

土鸡专列

□覃 旭

王纯是农村来的学生，这次成了县里的中考状元，本来可以上当地最好的高中，但他却选择就读本县的职业学校。

为此，老师和同学都替王纯惋惜。

但王纯却毫不在意，说："没什么！就算我将来考取北大清华，家里也没钱供我去读啊！"

王纯进了职校，学的是最冷门的饲养专业。这又让老师感到遗憾，说："以你的底子学这个，太可惜了，以后出去打工也难。"

王纯淡淡笑了一下，说："干吗一定要出去打工？在家自己当老板不行啊？"

开学了，王纯对阉鸡产生了兴趣，除了认真学习书本知识，他还经常跟着阉鸡师傅走街串巷，看人家现场操作。

转眼过了三年，王纯毕业了。

一回到家，王纯的妈就把钥匙交出来，还说："现在你就是一家之主了。以后吃饭还是喝粥，全看你的！"

王纯假装不高兴地说："怎么这样说话？应该说是'吃肉还是吃鱼'！"

王纯当家后，看中了家里的五十根杉木，这是他爷爷年轻时，一根一根从山上扛回来的，根根有海碗口粗，是当时做新房上好的桁条。爷爷自己没本事造新房，打算留给儿子用。不料儿子比他还死得早，他就把希望寄托在孙子王纯身上。

王纯把一部分木头卖了套现，一部分用来做鸡舍。家里有四间平房，他清理出两间来做鸡舍。然后他又用卖木头的钱，进了一批小鸡，一共300只。

妈妈见了，有些担心地说："300只小鸡，至少要喂养半年才能出手，饲料钱从哪来？"

王纯胸有成竹地说："妈，您放心，我自有办法。"

王纯自己动手做了一架牛车，在车上放个木笼，笼里装着300只小鸡，他套上牛，驾！牛车就"咿咿呀呀"地开上了村边的二级公路。大大小小的机动车来来往往，与牛车相遇时，车里的人都好奇地打量王纯和他的牛车。

离村子十里远处有一个叫"牛滩大草滩"的地方，以前村里几百头牛都在那里放牧。等放牧结束，每头牛的肚子都饱得像大锣鼓似的。

现在，牛滩已多年没人来过，这里草密虫多。王纯把牛车赶到这里，把小鸡放出笼。

小鸡可高兴了，忙着捕吃小虫和鲜嫩的绿草。

王纯则惬意地坐在牛车上，晒着太阳，喝着妈妈煮的白米粥，那叫一个惬意！

晚上回家，小鸡都吃得饱饱的。王纯得意地对妈妈说："这下不用愁饲料钱了吧？"

妈妈乐了，摸摸小鸡，打趣地说："饭好也不能拼命吃呀，看把它们撑的！"

王纯累了一天，也饿极了，他大口大口吃着饭。

妈妈在一边看着看着，眼泪就掉了下来，她说："那么远那么闷的地方，老人都呆不住，你一个后生家，难为你了！"

王纯却说："要是你们知道那里有金子，保证不会说闷了。"

牛滩原来有个木棚，是放牛人

搭来遮风挡雨的。架子还在，也结实，王纯收拾了几天，又可以利用了。而且，他给自己的牛车取了名字，叫“土鸡专列”。

就这样，王纯驾着土鸡专列，每天早出晚归，风雨无阻。

很快，小公鸡应该阉割了。王纯学的饲养专业就派上了用场，他自己动手，不花一分钱就把鸡都料理好了。妈妈佩服地说：“儿子，你也太能干了吧，就凭你这手艺，今后肯定能挣大钱。”

两个月后，小鸡变成了中鸡。王纯又买了300只小鸡。自此，土鸡专列变成两个车厢，一个装小鸡，一个装中鸡。

土鸡专列出现在公路上，非常吸引眼球。有不少人停下车来，拦住王纯，想买他的鸡，有人愿交定金，跟他预订。

王纯却总是摇着头说：“还不到时候。”

又过了几个月，中鸡变成了大鸡。土鸡专列的车厢变成了三个，前面是大鸡的，中间是中鸡的，后面是小鸡的。土鸡专列招摇过市，一路驶向牛滩，成了最好的活广告。

当王纯宣布卖鸡的那天，他简陋的家简直就是门庭若市。不到半小时，300只鸡就被抢购一空。近千只在栏的未成年鸡也被几个大酒家抢订完毕。

王纯把一万多块钱交给妈妈，说：“妈，您总算放心了吧？其实，名牌大学也是我奋斗的目标，但不是唯一的目标。咱们家既然付不起学费，还不如找一条符合自己发展的路呢。”

妈妈含着泪，点点头，也说了一句时髦的话：“对，对，条条大道通罗马嘛。”

一周后，王纯买了手机，把老同学们留给他的号码一一输入，然后群发了信息：“亲爱的同学，我想请大家吃鸡，是我自己养的正宗土鸡！”

（题图、插图：谢　颖）

鸽哨，又名鸽铃，缚于鸽子的尾羽，随着它们的飞翔，发出奇妙的声响。但你知道吗，它不但能控制鸽子，还能操控人……

鸽哨传奇

□张正祥

奇 人

嘉庆年间，京城有个叫福铎的八旗子弟，为了玩鸽子，几乎散尽家财。不过，他也玩出了水平，尤其在鸽哨方面，造诣无人能及。

前些日子，福铎费了好大的劲，买到了一对好鸽子，凑足了一窝蛋，雌鸽子也抱窝了，却没想到一窝蛋都让老鼠给祸害了。养鸽子的最怕鼠患，既不能放药，也不能养猫。

正在福铎束手无策之际，管家报告说，最近，隆福寺的鸽市出现了一个捕鼠奇人，他不撒药、不下套，只要一吹哨子，老鼠便会自动出来受死。

福铎虽然半信半疑，但还是差管家去找这个奇人。

不久，奇人来了，是一个叫石清的中年男子，穿着粗布白褂，却透着一股子傲气。他见到福铎，只是抱拳行了个礼，便径直去了鸽舍。福铎紧随其后。

石清来到鸽舍前，掏出一只哨子吹了起来，哨声并无奇特之处，但鸽舍里却立刻骚动起来。只见几十只老鼠从角角落落里钻了出来，它们着了魔似的，互相撕咬，不多时便一一倒地死亡。

福铎见状，立刻两眼放光，倒不是因为“药到病除”，而是因为石清手中的哨子。当他一拿出哨子，

福铎就看出来，那不是一般的哨子，而是一个鸽哨。他见石清准备收工离开，便急切地向他讨哨子看。

石清听了，犹豫了一下，还是将哨子交给了福铎。福铎接过一看，更加吃惊了：天哪，这竟然是一只“惠”字哨！

原来，鸽哨上都会刻有作者的署名，如“惠”字，“永”字、“祥”字等。这其中又以“惠”字哨最为罕见，个个都乃珍品。现在，福铎手中拿的正是一个“惠”字哨，它看似乌黑，实则由犀角雕琢而成，“惠”字哨近几年几乎绝迹，因而被奉为至宝。

福铎料想这个石清未必识货，否则也不会如此暴殄天物，拿如此宝贝来捕鼠。于是，他又不动声色地问道：“你这个哨子卖吗？”

福铎原以为会费点周章。不料，石清竟爽快地说：“小小物件，您要是喜欢，送与您便是！”

一听这话，福铎心里顿时乐开了花，心说：今天真是走运，遇上个抱着金碗要饭的憨货，让我捡了个天大的漏……

福铎担心石清反悔，赶紧多给了他几两银子，想打发他走。没想到石清看穿了他的心思，说道：“您放心，我既然送出了此哨，便不会反悔。我想告诉你的是，你手上的那玩意儿叫‘黑玉金刚’，做鸽哨根本发不出任何声响！”说完，便向门口走去。

“等等！”福铎看了看手中的鸽哨，急忙叫住他，问道，“这到底是怎么回事？”

奇物

石清微微一笑，回头说道：“以您的眼光，应该早看出它是一个残缺品……”

其实，石清早就知道了这个鸽哨的价值。他说，制作鸽哨最起码的是把它做响，但“惠”字哨不同，它的制作者是个精通音律和乐理的人，最擅长的就是配音，所以，“惠”字哨不见得个个都能响，它们要与其他的鸽哨配合起来，才能发出悦耳的哨声。

福铎听了这一席话，明白了：石清绝非等闲之辈，也是一个鸽子玩家。于是，他又故作谦虚地问道：“那‘黑玉金刚’又该配哪种鸽哨呢？”

石清并不作答，而是问道：“您听过‘十八罗汉’吗？”接着，他又介绍起名叫“十八罗汉”的鸽哨。这是“惠”字哨中的一组象牙鸽哨，与“黑玉金刚”齐名，做工达到了登峰造极的地步。而且“黑玉金刚”只有配上“十八罗汉”，才能相得益彰。无奈，他耗费了几年没找到“十八

罗汉”，却意外地发现，“黑玉金刚”竟能被吹响，而且能捕鼠。

听石清说到“十八罗汉”，福铎竟皱起了眉头。他狐疑地盯着石清，问道：“石先生，看来你也是个行家，为何还将此哨送人？况且即便没有那十几罗汉，它不也是捕鼠神器吗？”

石清笑了笑，说：“是十八罗汉，没有它，一切都是枉然。至于我捕鼠也只是出于好玩，不可能干一辈子。如此，何不做个顺水人情，与您交个朋友呢？”

福铎一怔，抚掌大笑道：“江湖儿女，果然豪迈。你这个朋友我交定了……”

送走石清，福铎迫不及待地回到房中，从书柜后的暗格里取出一个木盒。他打开盒子，里面是三个由象牙精雕而成的鸽哨，每个鸽哨上都有六个“星眼”，加起来正好是十八个。没错，这正是传说中的“十八罗汉”！其实，早在三年前它就已经在福铎的手中了……

三天后的一个清晨，风和日丽，晴空万里，正是放鸽子的好天气。福铎想验证一下石清说的配音。他精心挑选了四只最好的鸽子，小心翼翼地将“黑玉金刚”和“十八罗汉”四个鸽哨，绑在它们尾羽上，然后又爬上屋顶将它们放飞。

鸽子一脱手，顿时响起了悦耳的哨声。石清所言不虚，两种鸽哨一搭配，果然不同凡响，那声音如箫如簧，此起彼伏，让人只觉心情开朗，无比舒畅。

玩鸽子的人都知道，鸽子听到美妙的哨声也会兴奋，飞得会远一点、久一点，所以那四只鸽子飞得不见了踪影，福铎也毫不在意。然而令他始料不及的是，那四只鸽子竟一去不返。

天都快黑了，福铎还失魂落魄地站在房顶上不肯下来。

管家上来劝说道：“老爷，我觉得咱是着了那姓石的小子的道了。都说‘不入虎穴焉得虎子’他给你送鸽哨，其实是冲着‘十八罗汉’来的啊！”

福铎听后恍然大悟，他先是点了点头，继而又摇摇头，说：“没那么简单，我担心他是为了三年前那件事而来……”

故事又要回到三年前，当时福铎和管家正在城郊游玩，突然只听得一阵清脆悦耳的鸽哨声，哨声有种魔力，吸引着福铎主仆俩追着鸽子，一路往前。

两人追着鸽子来到了一户人家。这户人家依山傍水，篱笆小院修得甚是别致。院中有个葡萄架，一个身怀六甲的少妇慵懒地躺在藤椅上看书。她见鸽子回巢，将书放在身旁的石桌上，慢慢起身，往地上撒了点鸽食，“咕咕咕”叫了几声，那几只鸽子便飞到地上，争相抢食。等鸽子吃饱了，又一只只飞到了少妇的肩头和手臂上。少妇便小心地取下鸽哨，装回锦盒中。

福铎将这一切看在眼中。等了片刻，他们见院中并无他人，便以讨水喝为借口进了小院。

少妇毫不设防，将盒中的鸽哨拿给福铎观赏。盒子里装的便是“十八罗汉”，福铎一看爱不释手，当即就问少妇是否愿意出手。然而，无论福铎开什么价，少妇都婉拒了。福铎只好忍痛割爱，取下拇指上的翡翠扳指交换，没想到少妇还是不为所动。最后，福铎见软的不行，便想硬抢。争抢之中，管家推了那少妇一把，她一个踉跄撞到石桌，额头顿时血流如注……

福铎手中的“十八罗汉”就是这样得到的。这事他自然不想让别人知道。所以，三年来，他一直将“十八罗汉”藏于家中。要不是得了“黑玉金刚”，恐怕这辈子他也不会拿出“十八罗汉”来。

如今“黑玉金刚”和“十八罗汉”都不见了，福铎相信这一定不是巧合。而且不怕一万，就怕万一，所以他决定：还是要先下手为强！

第二天，福铎便带人到鸽市去找石清。然而，石清却像是在人间蒸发了一样，再也没有在京城出现过。

奇 情

这事又过去了一个月，福铎已渐渐从丢失鸽子和鸽哨的伤痛中缓过劲儿来。这日，他正在府中歇息，隐隐听到远处传来鸽哨声，似有若无，断断续续。他又竖起耳朵，仔细听了一会儿，竟一跃而起，夺门而出。

福铎确信，自己听到的正是“十八罗汉”和“黑玉金刚”的哨声。果不其然，他爬到高高的屋脊上，只见几只鸽子在他头顶盘旋飞翔，正是一个月前丢失的那几只。

看到丢失的鸽子飞了回来，福铎激动得热泪盈眶，立即拿起鸽幡摇了起来。这些鸽子平时都训练有素，见到摇幡，全飞下来，落在福铎的身上。

福铎见鸽子和身上的鸽哨个个完好无损，欣喜地冲着它们说道：“心肝宝贝们，你们可算回来了！”这时，他远远地看见：除了他丢失的那四只，屋脊上竟还有一只鸽子。它身上也佩戴着一个鸽哨，绿油油的，不知是哪种哨子。

福铎小心地走过去蹲下，向那只鸽子慢慢地伸出了手。但就在此时，他的手僵在了半空。原来鸽子身上佩戴的并不是鸽哨，而是一枚翡翠扳指！

这枚扳指福铎再熟悉不过，正是三年前，他想要收买少妇的那一枚。当日，他与管家仓惶逃走，竟将这枚扳指落在了小院的石桌上。

福铎还没搞明白，扳指何以出现在这只鸽子身上。远处又传来“嘶嘶”的响声，屋顶上的鸽子听到响声，一下全飞了起来，齐刷刷地攻击着福铎。

倘若是在平地上，几只鸽子也许对人构不成威胁，但现在是在屋脊上，福铎站都站不稳，哪能招架得住？只听他发出一声惨叫，便从房顶上滚落了下来。他一落地，“嘶嘶”声竟戛然而止……

第二天，京城里便传开了：鸽子大玩家福铎摔死了，死在心爱的鸽子面前。

当日，一个中年男子出现在城郊的一座无碑孤坟前。他在坟头点上香烛、一边烧着纸钱，一边喃喃自语：“阿惠，我真后悔当年把你一个人留在家中，让你和腹中的孩子惨遭横祸……说来也是冥冥之中的安排，我用你做的鸽哨给你和孩子报了仇，你们终于可以安息了！”说罢，他掏出一节小竹筒，轻轻一吹，便响起了“嘶嘶”的声音。一群白鸽从不远处的小院“呼啦”一下飞了起来，在坟头久久盘旋，不肯离去……

（题图、插图：黄全昌）

延伸阅读

您想阅读这位作者的其他精选作品和创作感言吗？请扫描右边的二维码。更多精彩，立刻体验。

·阿P系列幽默故事·

阿P道歉

□鹰翔狼啸

有家“顺气公司”招聘员工，他们不看学历，只看能力，工资为底薪加提成。刚刚下岗的阿P决定去应聘。

阿P找到顺气公司。经胖经理的热情介绍，阿P才知道该公司专门从事道歉业务。胖经理说：“我们的宗旨就是拿人钱财，替人顺气。所以要做我们的业务员就必须要脾气好，说白了就是当顾客的出气筒。”

脾气好？阿P在老婆小兰的管教下，早就没了脾气，所以他拍着胸脯保证：“你找对人了，天下没有再比我脾气好的人了！只是——”

胖经理一听就明白了，说：“底薪1800元，每道一次歉还有30元提成……”

胖经理还在说，可阿P已经飘飘欲仙了，他在快速算账：凭我阿P这张嘴，一天做上六七单生意，比当个处长还强。干！阿P当即和胖经理签了合同。

第二天，阿P打扮一新，走上了工作岗位。胖经理很快给了他一单生意，让他按地址上门服务。

阿P雄赳赳气昂昂地上了路，可到客户家门口，不免有些紧张，毕竟是头一次干这样的活儿，他颤颤巍巍按响了门铃。好一会儿，屋里传来一个苍老的声音：“谁啊？”

门打开，出来一个老太太。她一见阿P就数落个没完：“你回来得太晚啦！怎么又忘带钥匙啦？”

阿P一开始是一头雾水，但回过神来，立刻明白老太太是患了老年痴呆症，拿他当儿子了！

要说阿P入戏就是快，他马上左一个“对不起”，右一个“我错了”说个不停，还一个劲儿地向老太太

鞠躬。

老太太火气消了点，嘟囔着："你说了那么多次改，可还不是一犯再犯？"阿P连忙向她保证这绝对是最后一次。

老太太这才露出了笑容，还张罗着要给阿P做饭。阿P深有感慨：可怜天下父母心啊！归根到底，还不是为儿女着想？

初战告捷，阿P信心倍增。他总结出一条工作经验：要想业绩上得去，就得受够窝囊气。果然，他的业绩就像芝麻开花节节高，甚至超过了好几个老员工，大家私下给阿P取了个绰号，叫"忍者神龟"。

这天晚上，阿P突然接到胖经理的电话，要他立即赶到尊荣府邸22号。阿P知道，那是一个高档住宅区，里面住的全是有钱人。阿P立刻满口答应，而且精心打扮了一番。

阿P来到客户家，按完门铃刚想喘口气。从里面冲出来一个少妇，如同饿狼般冲向了他，嘴里还骂着："你这个死鬼，还知道回来啊？"

阿P早就对此习以为常，他立即把头低下，嘴里连连向少妇道歉。少妇机关枪似的一阵扫射，末了还猛捶了阿P几拳，脸色才好看些。

第二天晚上，胖经理又打电话让阿P去尊荣府邸22号，他告诉阿P，那少妇名叫孟菲菲，她的老公是个大老板，由于忙于应酬，天天总是喝得酩酊大醉才回家。为此孟菲菲想吵架都没对象，于是她找到顺气公司，要求每天派人上门服务。可由于她脾气差，好几个业务员都无法完成任务。昨天孟菲菲接受了阿P的服务后，赞不绝口，今天特意点名要他。

阿P听了，自豪感油然而生，一路哼着小曲去了。

从此，阿P就成了孟菲菲的专用"出气筒"。虽然孟菲菲难伺候，但看在钱的份上，阿P还是乐在其中。这么半个月下来，阿P从她身上赚到了两千多块小费。她简直就是阿P的衣食父母啊！

这天，阿P又准时去孟菲菲家道歉。

但这一次，孟菲菲一改"母老虎"形象，幽怨地看了阿P一眼，喃喃地说："既然你不相信我，我再解释也没用了。你要离就离吧！"

阿P一听赶紧跪下，连说自己错了，并许诺永不再犯。

孟菲菲感动得"哇"的一声哭了，她一边哭，一边扑到阿P怀里："大哥，我知道你是好人，以前不该那样对你。可是我也不好受啊，如果我家那口子有你的十分之一，我也心满意足了。呜呜……"

阿P最怕女人哭了，一时不知如何安慰她才好，只好轻拍她的肩膀。

正在这时，外面突然窜进来一个男人，不由分说，冲着阿P脸上就是一拳。阿P只觉得头晕目眩，大脑一片空白。

倒是孟菲菲反应快，她死死抱住那男人，怒声说道：“你这死鬼，怎么平白无故乱打人呢？”

那男人破口大骂道：“我今天可是滴酒未沾，看得清清楚楚！你们这对狗男女都抱在一起了，还有什么话好说？”说着他奋力挣脱出来，对准阿P又是一拳。

阿P被打了个后滚翻，此时他已顾不得“道歉”了，保命要紧，赶紧掏出手机，拨打了“110”。

警察来了，还没等阿P开口，那男人恶人先告状，怒气冲冲地说：“警察同志，我是孟菲菲的老公。我

承认，我平时应酬多，经常很晚才回家。但这小子也不能乘虚而入啊！”

孟菲菲听了这话，又气又恼，在一旁大声叫屈道：“你血口喷人！你说这话，有什么证据？”她老公索性撕破脸，让邻居来作证。

邻居们确实经常见阿P来见孟菲菲，现在见事态如此，也不敢隐瞒，竹筒倒豆子一般，把自己看到的，都告诉了警察。

这下阿P和孟菲菲倒是有理说不清了，两人急得面红耳赤。

警察看这样子，就要带阿P去派出所说清楚。

阿P想起来，公司为每个员工配发了工作证，忙说：“我是顺气公司的员工，我有证件。”可是他低头一看，就傻了：原本挂在胸前的工作证竟不翼而飞了，想必是刚才和孟菲菲老公撕扯时弄丢了。

阿P忙趴到地上，四处寻找，却怎么也找不到。他这样子又引来一阵哄笑，孟菲菲老公更是怒不可遏：“好小子，什么顺气公司，全是胡说八道！”

这时忽然有个苍老的声音响起：“我来作证，这小伙子说的是真的！”人们循声看去，发现说话的是吴伯。这位吴伯是个退休老干部，在这个小区里声望极高。

这时阿P也认出了吴伯，激动地上前握住了他的手，说：“老人家，

亏您还认识我！”

吴伯笑着说：“刚才就觉得你很眼熟，你这一提顺气公司，我就认出你来了。”接着他指着阿P，向警察和邻居们大声说，“半个月前，我和儿子闹过一次矛盾，儿子便雇了个人给我道歉。因为那个员工服务态度很好，我对他印象很深。我证明，眼前这个小伙子就是顺气公司派来，给我道歉的那位。”他这么一说，很快又有一个阿P的老顾客认出了阿P，也站出来作证。

但孟菲菲的老公还是怒气未消，他质问道：“就算他的身份是真的，可他和我老婆相处这么久，难保不会日久生情，谁敢说他们就是清白的？”

吴伯正色道：“你这个做老公的，也该找找自身的问题！你忙于事业没错，可也不能不顾家呀！菲菲是什么样的女人，你应该很清楚，她要靠别人道歉来缓解压力，你不觉得难为情吗？”

这一席话说得孟菲菲老公低下了头。他头一低，忽然觉得袖子里有东西，翻过袖口一看，不由脸红了，对仍在地下摸索的阿P说：“大哥，别找了。你的东西在这呢。”说着他举起了阿P的工作证，周围人见了，又忍不住一阵哄笑。

事情水落石出，人们逐渐散去。孟菲菲的老公见错怪了阿P，一个劲儿地承认错误，还要送他去医院看病，并提出赔偿他的精神损失。

阿P大度地把手一甩，说：“这点小伤算啥？我不要什么赔偿，只要你以后对你老婆好点！”

孟菲菲的老公连声说“是”。

一边的孟菲菲也不断地向阿P又是道谢，又是道歉，她说：“大哥，对不住你啊！你可真是好人啊！如果没有你，我们这个家……真是谢谢你啊！”

阿P被捧得飘飘然，刚想再说几句场面话，却见菲菲含情脉脉地对她老公说：“老公，我一直以为，你不在乎我。没想到，你居然还会为我动手打人。我——我真的好感动！”

阿P听了，心里就不是滋味了：我挨了一拳，你倒感动了。不过，他再一想，人家再怎么说也是两口子呀。他也不愿再做“电灯泡”，便识趣地走了。

第二天，阿P的眼睛就肿成了熊猫眼，好几天没法上班，损失不小。可是，他一想到人家夫妻能冰释前嫌，自己负点小伤，又算啥？而且，自己一向都只有向人家道歉的份儿，昨天却听孟菲菲夫妻俩说了那么多“对不起”，也算是享受了一回当“上帝”的感觉啊！这两拳，挨得值！

（题图、插图：顾子易）

·法律知识故事·

停车场的官司

□刘寿堂

老王的女儿在国外读书，最近回国探亲。老王在高档酒店设宴，款待亲朋好友。

饭后，老王买单后准备离去，女儿开口了："等一下。"说完，她转身向服务员索要餐饮发票。服务员满脸堆笑地说："抱歉，发票用完了。"

老王劝女儿说："私人吃饭，又没人给报销，要发票干啥？"搞财务的妈妈也在旁边说："是呀，有奖发票的中奖机率很低，比中彩票还要难呢。"

女儿在国外是学法律的，她坚持要发票，而且理论一套一套的："餐饮发票既是咱们消费的证据，也是国家税收的依据。商家有义务提供发票！"大堂经理知道碰到较真儿的主了，赶紧让服务员开出了发票。

也真是没想到，老王拿过发票，随意刮开，竟然中奖了！虽然只是500元，但老王也眉开眼笑的。

一家人出了酒店，老王来到门口的停车位，倒抽一口凉气：自己的奔驰车像个病人一样，趴在地上，每个轮胎都被利器割开了大口子，瘪了。

老王心痛啊，这辆奔驰车刚刚交完首付，是他为提升自己的形象，做的"面子工程"，如今就这么破相了。

酒店大堂经理闻讯赶来，老王气愤地对他说："车停在你们酒店门口受损了，你们得负责。"

经理看了看被割破的轮胎，然后向老王赔着笑脸，说："我很同情您的遭遇。但是您停车的位置是公共人行道，不是我们酒店的专用停车位。我们对这一片空地没有管理支配权，所以您还是找派出所吧。"

老王急了，说："那我停车的时候，你们保安不是在旁边指挥吗？当时又怎么不说明呢？"

经理连忙反驳说："我们的保安指挥您倒车，是助人为乐。您看，因为人行道不是酒店的经营场所，所以我们也没有收取停车费啊。如今车出了问题，我们当然不负责。"

此时，酒店老板也赶来了，他了解了经过后，对老王说："我出500元，私了算了。"

女儿又开腔了："这事不能就这样了了。你们显然在推托责任。赔钱倒是小事，关键是酒店应当给消费者一个说法。"

老王怕女儿再闹下去，连500块都拿不到，便劝她说："算了，毕竟他们答应出点补偿费了，得饶人处且饶人。"

可女儿不答应，她说："有时候，就是因为大家不较真儿，结果形成了潜规则，真正的规则就被破坏了。再说了，警察还要破案呢！"说完，她掏出手机报了警，然后用手机拍照留证。

警察赶到，勘验了现场后，让拖车把奔驰运到4S店去维修。

老王的女儿跟酒店协商不成，最终将对方告上了法庭，要求酒店赔偿相关损失。老王非常紧张，他心里对这场官司没有把握。妻子也叮嘱女儿见好就收，别因小失大。可倔强的女儿却只是埋头准备相关资料。

半个月后，法庭受理了此案，审理后宣判：酒店管理不善，造成奔驰损坏，应承担相应的法律责任，赔付一部分维修及拖车费用，共计2000元。

判决书一下来，老王悬着的心终于放了下来。他不无感慨地对女儿说："你真棒！"

律师点评：在本案中，老王一家到饭店吃饭，双方已经形成了事实上的消费合同关系。其中，饭店的主要义务是提供餐饮服务。但是，按照民法的诚实信用原则，饭店还应当履行与之相关的附随义务，即保障消费者人身和财产安全。

本案的焦点在于饭店与停车位之间的关系问题。老王停车的人行道虽非饭店专有，但他是在饭店工作人员引导下停车的，这表明饭店对该停车位拥有事实上的控制权和管理权。由此而衍生出了饭店对车辆的看管义务。车辆受损，饭店自然要承担相应的赔偿责任。当然，老王本人也有过失。故应由双方分担损失。本案告诉消费者既要有权利意识与维权观念，也要注意保存证据、尊重程序，由法定途径来捍卫权益。

（题图：佐　夫）

·诙段子·

堵车也有好心情

摔倒了，顺便看下天空；堵车了，也要找点乐子。

◇ 晴天堵车，可以摇开车窗，沐浴阳光，心情会舒畅很多。

◇ 雨天堵车，权当免费洗车，节约环保，省钱有道。

◇ 堵在路中间，好比到了世外桃源，领导抓不着，逍遥自在。

◇ 堵车时，顺便研究一下周围的各款车，为将来换车做好准备。

◇ 堵车时，抽空欣赏街头的帅哥靓女，一饱眼福。

◇ 堵车时，可以暂时不用工作，忙中偷闲，不禁心喜。

◇ 堵车时，可以自己修修车上的小毛病，长此以往练出一技之长，便可以纵横职场，升迁有望。

◇ 堵车时，给朋友发条短信：我在街头，你在街尾，日日思君不见君，一起着急拍大腿。

◇ 忍无可忍时，考虑买架私人飞机，顿时充满动力，心情好得没有一丝阴霾。

（**作者**：水果色拉；**推荐者**：极品咖啡）　　（**本栏插图**：佐　夫）

女人的怕

◇ 一怕年纪大，

◇ 二怕腰围大，

◇ 三怕没钱花，

◇ 四怕衣服老掉牙，

◇ 五怕给人当后妈，

◇ 六怕孩子泡网吧，

◇ 最怕老公心太花不回家。

（**推荐者**：晴　晴）

China的各种发音

◇ 光棍念：妻哪？

◇ 恋人念：亲哪？

◇ 穷人念：钱哪？

◇ 医生念：切哪？

◇ 商人念：欺哪？

◇ 小偷念：窃哪？

◇ 开发商念：拆哪？

（**推荐者**：牛　奔）

“囧”人的美国各州法律条款

◇ 北卡罗来纳州：唱歌走音是非法的。

◇ 亚利桑那州：砍下一棵仙人球是非法的。

◇ 阿肯色州：把阿肯色州的名字念错是非法的。

◇ 加利福尼亚州：在澡盆里吃桔子是非法的。

◇ 科罗拉多州：将吸尘器借给邻居是非法的。

◇ 佐治亚州：给店前的人体模特儿换衣服时不遮挡，是非法的。

◇ 伊利诺伊州：带法国波特尔犬去歌剧院是非法的。

◇ 艾奥瓦州：单手弹钢琴者收费演出是非法的。

◇ 堪萨斯州：朝穿条纹西装的人扔小刀是非法的。

◇ 肯塔基州：每年不洗一次澡是非法的。

◇ 内布拉斯加州：酒吧卖酒是非法的，除非他们同时煮了一锅汤。

◇ 内华达州：留小胡子的男人亲吻妇女是非法的。

◇ 新泽西州：在渔汛期男人织网是非法的。

◇ 纽约州：步入电梯，必须交叠双手、直视门口，和人交谈是非法的。

◇ 北达科他州：穿鞋子躺倒睡觉是非法的。

◇ 俄克拉荷马州：咬另一个人的汉堡一口是非法的。

◇ 俄勒冈州：盘子滴水是非法的。

◇ 德克萨斯州：从旅馆的二楼射杀水牛是非法的。

◇ 犹他州：不喝牛奶是非法的。

（**作者**：安　平；**推荐者**：余长生）

爆笑口误

◇ 单位祝词，一位领导说：“祝大家身体愉快……”

◇ 秘书帮老板订酒店，想问问人家，有没有免费上网之类的服务，于是就问酒店：“请问，你们这里有什么特殊服务吗？”

◇ 总经理姓周，新员工报到，张口就喊他：“周总理……”

◇ 在食堂排队打饭，一个男生说：“师傅，来碗‘子弹菜花’汤（紫菜蛋花汤）！”

◇ 在米线店吃饭，女孩饿得拍桌咆哮，说：“老板，再不上米线我就把桌子吃了……”

◇ 小夫妻吵架，丈夫气得脱口而出：“我给你滚出去！”

（**推荐者**：王　萌）

盘点俏皮话

◇ 人生最可怕的不是美梦破碎，而是噩梦成真。

◇ 老师说过，世界上没有后悔药，只有老鼠药。

◇ 恋爱就像吃巧克力，就算不付巧克力钱，也得付减肥的钱。

◇ 说人命贱吧，可一进医院，就贵得不行。

◇ 生命始于吼叫，终于叹息。

◇ 生活就是兜圈子：老天把我们送给父母；父母把我们交给社会；社会把我们扔给子女；子女把我们还给老天。

◇ 我收拾不了你，就只能收拾自己的心情了。

◇ 什么是暗恋，就是喜欢，却不敢靠近；什么是热恋，就是旁边有美女，却视而不见；什么是失恋，就是眼泪横飞，鼻涕一脸。

◇ 如果有来生，我要当条被子，不是躺在床上就是在晒太阳。

◇ 我这几天忙得开始掉头发，朋友安慰我说是换季，我总觉得很可能是要停产。

◇ 现在亿万富翁越来越多，而我却只有一个亿，还是回忆！

◇ 最近拜读了一本教人如何遗忘的书，受益匪浅，书名忘了，内容也没记住。

（**推荐者**：余长生）

姓氏常常闹笑话

◇ 单位新来一个小姑娘，嘴甜，见到同事都叫“哥”、“姐”。这天，她见到姚姓女同事，张嘴就叫：“姚姐！”

◇ 赖姓同事，40 多岁，守门的大爷管他叫小赖，新来的同事管他叫老赖。

◇ 胡姓先生是个编辑，朋友都叫他老胡，调侃的时候，就简称“胡编”。

◇ 有户人家，妻子姓皮，丈夫姓毛，被戏称为“皮毛家庭”。朋友问他们家谁做主。妻子答说：“这还用问？皮之不存，毛将焉附？”

◇ 有位姓朱的机房管理员。有次同事打他电话，问说：“猪（朱）科长，你在鸡（机）房吗？”

◇ 一位服饰公司的董事长姓古。他总自我介绍说：“大家都叫我古董，但我的事业很新潮。”

（**推荐者**：李　想）

一场没有硝烟的战斗，一位不持兵刃的勇士，从虚无缥缈的历史中渐渐显形，缓缓走来……

舌尖上的剑影

□鲍 璐

1.大明食神

明熹宗年间，“京城四勺”声名鹊起。所谓“四勺”，说的其实是四个厨子：柴利牙、米为赋、尤坚和严世忠，他们也被称为“柴米尤严四大勺”。

这四把大勺中，柴利牙是皇宫御厨，米为赋是宦官魏忠贤的家厨，而严世忠则是京城里顶级酒楼“金玉楼”的主厨，只有尤坚是个行踪神秘的隐士，他浪迹江湖，不以烹饪为生，可名气却越来越大，甚至盖过了其他三勺。

其实，世上也没几个人尝过尤坚的厨艺。他这人淡泊名利、性格怪异，那些权臣富贾，三请五求，软硬兼施，也难以一饱口腹之欲。倒是民间流传了几个关于尤坚的段子……

有一天，菜市口的乞丐王六六正躺在太阳底下捉虱子。忽然，尤坚端着菜盘子，拎着酒葫芦，坐到王六六旁边的泥地上，两个人就着酒葫芦，你一口我一口，将尤坚端来的一只烧鸡撕得干干净净，王六六连鸡骨头都没舍得吐出来。此后的一个月，王六六整日以泪洗面，嘴里反反复复只有一句话：“那烧鸡，那味儿啊……是我们老王家哪辈子积的德啊！”

还有那凤阳龙兴寺的弘仁大师，自觉将不久于人世，不吃不喝，打坐整整二十一天，却仍有一丝气息迟迟不断。此时，尤坚赶到了龙兴寺，在厨房忙活了两三个时辰，用一整块豆腐，炖成了一盅豆腐汤，端到弘仁大师面前。大师不睁眼,也不拒绝，浅浅地尝了一口汤，便安详地与世长辞了。随后，汤碗里的一整块豆腐忽然一片片绽开，沉在盅底，众人一看，竟是一柄莲花的样子。

除了这两人，好像再没人吃过尤坚做的菜了。因此，尤坚的厨艺也就被传得神乎其神。

人就是这样，越是得不到的，越是心痒痒，那些王孙公子们，为了逼尤坚为他们烧菜，甚至烧掉了尤坚的房子。

可是，尤坚就是不肯就范，他的踪迹也随着烧毁的房子，灰飞烟灭了。

尤坚藏得越隐秘，人们就越好奇，坊间的传闻也就越玄乎。

这么一来，最为不爽的人便是魏忠贤的家厨米为赋了，他认为尤坚只会装神弄鬼，言过其实。于是，他公然向尤坚下了战书，还把战书贴在了金玉楼上，约尤坚一决厨艺、分个高下。

可是尤坚连个回音都没有。

但米为赋自有办法，他找到了菜市口的乞丐王六六，每天安排下人送上满满一钵美食，燕窝雪蛤、人参炖鸡、红烧牛头、驼峰象拔、鲍鱼排翅等，十天一轮，绝不重样。

王六六每次都吃得干干净净。等他吃完，米为赋的手下必定要问一句："这菜比起尤坚的烧鸡，味道如何？"

王六六傻傻地笑着，始终是一句话："米师傅烧的菜，简直是人间美味。但尤师傅那只烧鸡，根本不属于人间，而是上天的赏赐。"

米为赋听了这话，怒火中烧。他赌气一般，每天依旧烧制各种佳肴，逼着王六六享用。

王六六以前饿得要死，现在撑得要死，他深刻体会到：每天被逼着吃一堆山珍海味，也是一件非常痛苦的事情。这百般补品、千般滋味，直把王六六吃得鼻血横流。

这样下去，王六六就算没被撑死，也要被极旺的内火烧死！

这消息传到尤坚耳朵里，他便只好露面了。显然，他是不忍心王六六受这样的折磨。

尤坚赶到金玉楼，接下了米为赋的那张战书，还委托严世忠，约定了比赛的时间和地点。时间是八月初五，地点是金玉楼，担任评判人的就是金玉楼主厨严世忠。严世忠是个忠厚可靠的人，选他做评判人，米为赋和尤坚都很放心。

这一场厨艺大赛，立时在京城里掀起了轩然大波，甚至惊动了魏忠贤。

话说，当朝皇帝沉迷于木匠活，对宦官魏忠贤言听计从。以至于这位魏公公把持朝政、只手遮天，自称九千岁。民间甚至流传着“只知有忠贤，不知有皇上”的说法。

魏忠贤对这场比赛也产生了浓厚的兴趣，他不仅要到现场观赛，而且为了保证比赛公平、公正，他又增派了两位评判人，一位是他自己,还有一位是叫“木刀客”的隐士。据说这木刀客在美食方面颇有造诣，受魏忠贤力邀而来。

为了避嫌，魏忠贤还特别声明：他一定不会偏袒自己的家厨，公正不阿地评判厨艺。如果两人技艺相当，他甚至会站到尤坚这一边来。

后来，戏越唱越热闹了，魏忠贤竟特意去皇帝那里，请了一个玉牌，上面刻着“大明食神”四个字。这就意味着：比赛的获胜者也同时赢得了御赐“大明食神”的称号。魏忠贤原打算让“京城四勺”都参加比赛，但柴利牙碍于御厨身份不便参加，而严世忠则是自觉技艺不佳，一再婉拒。

一时间，街头巷尾都在议论纷纷，这场厨艺大赛被炒得火热。就连地下赌场的庄家，也特意开了盘口。人们可以为两人押上赌注，只要押中获胜方，就能赢上一笔。据说因为尤坚神奇的传说，所以更受青睐……

2.名琴乍现

八月初五很快就到了，金玉楼闭门谢客，东厂侍卫把整个酒楼围得水泄不通。

正午时分，魏忠贤、木刀客、严世忠和米为赋一干人都已到场，只有尤坚还没露面。魏忠贤等得已经很不耐烦，正想发火，忽然看到，一个人穿着灰褐色的长袍，趿拉着

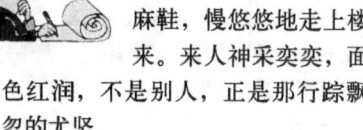

麻鞋，慢悠悠地走上楼来。来人神采奕奕，面色红润，不是别人，正是那行踪飘忽的尤坚。

只见，尤坚只身一人，胸前抱着一张古朴的七弦木琴，腰间悬着一柄奇异的无鞘短剑，不像是来烧菜的，反倒像来唱曲卖艺的。

侍卫们本来不准尤坚佩剑上楼的，但尤坚坚持说那是厨具，不带剑就不上楼。侍卫们看看那把匕首般的短剑，琢磨着也无大碍，就默许了。

比赛规则很是简单：限定两人在一个时辰之内，用自备的材料，烹制一道佳肴。一听到比赛开始的指示，米为赋便腆着大肚子，带着他的九个徒弟开始忙活了。他毕竟是魏忠贤的家厨，很有大家风范，九个徒弟分工合理，有条不紊。负责磨刀的就有三个人，一人执刀，一人托石，还有一人负责加油打气。

另一边的尤坚却坐了下来，端起一壶茶，自斟自饮。

魏忠贤见状，面露不悦之色。他用手指轻轻搓着眉毛，瓮声瓮气地说道：“尤坚，此等重大赛事，又非儿戏，还不速速烹制菜肴！”

尤坚品了一口茶，淡淡地说道：“请魏公公放心，我早已准备妥当，菜品一定会在一个时辰之内呈上。”

众人一听，全都大眼瞪小眼，上上下下打量着尤坚。他们全是一副狐疑的表情，心说：这个尤坚，浑身上下没有携带一丁半点儿食材，又不见任何厨具，如何能做出一道像样的菜来？

这时，木刀客在一旁忽然发话了：“尤坚，你可知道，今天魏公公在这里主持赛事，若你不能按时做出菜肴，可是要被问罪的！”

尤坚微微一笑，说：“我肯定不负各位期望。既然各位等着无聊，我就抚琴一曲，为各位解解闷儿吧！”

说罢，尤坚将怀中的古琴搁置到膝盖上，轻轻一拨琴弦，那琴声珠圆玉润、清越悠扬，拨动了每一个人的心弦。众人如同数九寒天喝了一杯喷香甘醇的热茶，每个毛孔都被熨得服服帖帖、舒畅无比。

木刀客听此天籁，立刻站了起来，有些结巴地说道：“这、这琴了不得！”

尤坚将琴举了起来，平静地说道：“各位请看，这张琴的尾部略呈黑色，有烟火灼烧的痕迹，没错，这就是著名的焦尾琴。相传此琴为东汉音乐家蔡邕所制，蔡邕在亡命江海、浪迹吴会时，曾于烈火中抢救出一段尚未烧完、声音优美的梧桐木。他依据木头的长短、形状，制成一张七弦琴，声音不凡。因琴尾尚留有焦痕，故取名为‘焦尾’。”

魏忠贤听了，满腹狐疑，开口

质问道：“据我所知，后来这焦尾琴被昆山王逢年收藏。曾有江南富商贾世道出价十万两白银买琴，但被其断然拒绝。王逢年视此琴如同身家性命一般，甚至不舍得让人观赏，他还教育子孙后代，要将此琴奉若至宝，代代相传。如今这琴又怎会在你手中呢？”

尤坚淡然地说道：“这琴正是王逢年的孙子赠与我的，我和他非亲非故，只是随手给他做了一道香煎桐花鱼，他就将这传家宝送给我了。”

众人闻听，都是一脸惊异。尤坚也不再说话，他将焦尾琴摆在桌上，双手翻飞，头发、胡须都飞扬了起来。顿时，美妙的琴音回旋在金玉楼里，时而慷慨激昂，时而婉转舒缓，众人都听得如痴如醉。

忽听一声裂帛之音，尤坚抚琴的动作戛然而止。

虽然尤坚停止了抚琴，但众人还觉得在云里雾里飘忽。金玉楼的各个角落里，似乎还萦绕着连绵不绝的琴音。

3.神器再现

此时，米为赋冷冷地发话了：“故弄玄虚，我们今天比的是烧菜，不是抚琴。尤坚，你赶紧忙你的正事——烧菜吧！”

见尤坚不做声，米为赋又指着案前的食材，洋洋得意地说道：“我先告诉诸位，我今天烧的这道菜，名叫‘玉镶金’，用银针将豆芽穿孔，再塞入牛肉丝进行烧煮，豆芽晶莹剔透，牛肉轻油煎至金黄，所以称之为‘玉镶金’。”

木刀客点头说道：“嗯，玉镶金，好想法！”

米为赋继续兴奋地说：“我的豆芽都是经峨眉山的梅花雪水滋养而成，而牛肉更是选用昆仑雪域的牦牛最嫩的里脊，十七头牦牛，总共才抽了999根牛肉丝。豆芽去头尾，牛肉穿入，就成了‘玉镶金’；再用鸡、鸭、龙骨、蹄膀、干贝、珍菇、海米、瑶柱、肉皮、火腿、鲍鱼等材料煨汤，

'玉镶金'过汤，淋上我独门配制的锦珍玉汁薄芡，才算是大功告成。”

说完，米为赋瞟了一眼尤坚，想看看这个什么东西都没带的对手，能搞出什么花样来。

尤坚爽朗地一笑，从腰间抽出了那柄造型奇特的短剑，这一个动作，可吓坏了侍卫，他们赶紧护住了魏忠贤和木刀客等人。

尤坚神态悠然地说："各位不用紧张，这只是我今天要用的一个厨具罢了。"

魏忠贤笑着说："这样的匕首，做把菜刀也很勉强。"

尤坚话锋一转道："说起这柄短剑，也是很不简单的。据传此剑是铸剑大师欧冶子所制。欧冶子使用了赤堇山之锡、若耶溪之铜，经雨洒雷击，得天地精华，制成了五柄剑，分别是湛卢、纯钧、胜邪、鱼肠和巨阙。这柄剑便是其中之一，因为专诸刺王僚时曾将此剑藏于鱼腹，所以此剑得名为'鱼肠剑'！"

这下子，众人又惊呆了。有个侍卫头领却满脸怀疑地问道："这柄剑真是鱼肠剑？"

木刀客瞟了他一眼，侍卫头领马上低下头去，这里确实没有他说话的份儿。

尤坚不以为然地说："这柄鱼肠剑，原本由虎丘神剑山庄所收藏，号称镇宅之剑。我前些日子拜访神剑山庄庄主谢又李，给他烤了最喜欢吃的椒盐酥排，他说，无以为报，只好用此剑答谢。正好今天烧菜没有趁手的刀具，就拿来用一用。"说着，尤坚轻轻一弹剑身，只听铮铮之声不绝于耳。

众人正在惊叹，忽然一道剑光闪过，尤坚已挥起鱼肠剑，猛的一下，斩在焦尾琴上。这果然是柄削铁如泥的宝剑，那梧桐木被鱼肠剑劈开，如同豆腐一般，竟没有发出一点声响。能听到的，只有弦断的声音……

众人一阵惊呼，木刀客更是喝道："真是暴殄天物啊！你怎么能把焦尾琴劈了？"

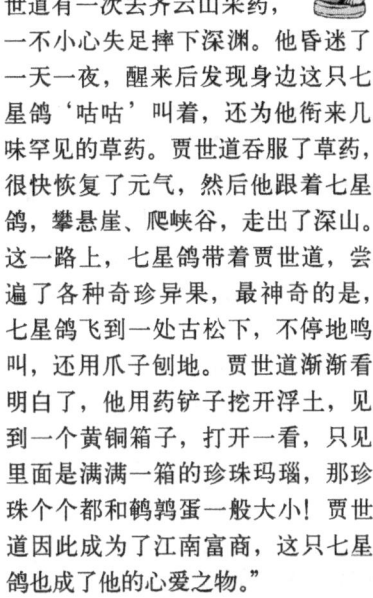

尤坚不答话，自顾自地说道："果然是好剑，据说鱼肠剑只能饮人血，用来劈柴切菜，确实太可惜了，而且会伤了神兵的剑气。"

但说归说，做归做。尤坚又挥起宝剑，将焦尾琴砍成数十块。看得出，这尤坚剑法不凡，被劈开的数十块木头，长短大小几乎一样。尤坚砍完焦尾琴，然后瞟了一眼金玉楼的雕花窗格，低声说了一句："应该差不多要到了吧？"

4.焚琴煮鹤

莫非尤坚在等什么人？众人正在奇怪，这时，窗外忽然传来一阵"咕咕咕"的鸟叫声。一只灰白色的鸽子扑腾着翅膀飞了进来。魏忠贤身边的侍卫又紧张起来，一个年轻的侍卫更是弯弓搭箭，对准了这位"不速之客"。尤坚一边朝侍卫们挥手，一边说："不妨事，这只鸽子是我的，没什么危险。"

果然，那只鸽子一个盘旋，稳稳地落在了尤坚的胳膊上。

尤坚托着鸽子，轻轻抚摸着它的羽毛，说："这只鸽子，名叫七星鸽，因为翅膀上长着七个褐色斑点而得名，它原本是江南富商贾世道所养。江南一带的百姓都很奇怪，贾世道年纪轻轻，原本靠经营一家小药店勉强糊口，然而不知何故，一夜暴富。我和贾家下人混熟之后，才打听出了一点门道——据说，贾世道有一次去齐云山采药，一不小心失足摔下深渊。他昏迷了一天一夜，醒来后发现身边这只七星鸽'咕咕'叫着，还为他衔来几味罕见的草药。贾世道吞服了草药，很快恢复了元气，然后他跟着七星鸽，攀悬崖、爬峡谷，走出了深山。这一路上，七星鸽带着贾世道，尝遍了各种奇珍异果，最神奇的是，七星鸽飞到一处古松下，不停地鸣叫，还用爪子刨地。贾世道渐渐看明白了，他用药铲子挖开浮土，见到一个黄铜箱子，打开一看，只见里面是满满一箱的珍珠玛瑙，那珍珠个个都和鹌鹑蛋一般大小！贾世道因此成为了江南富商，这只七星鸽也成了他的心爱之物。"

木刀客问道："难道你胳膊上这只鸽子，就是带贾世道发现宝藏的七星鸽？"

尤坚点点头说："没错，贾世道暴富之后，吃喝玩乐样样都追求极致，他买焦尾琴没买到，又三番五次央求我，为他做一道菜。于是，我提出要用这只七星鸽来交换，七星鸽虽然宝贵，但他为了满足肚子里的馋虫，也只好忍痛割爱了。"

众人听了焦尾琴、鱼肠剑、七星鸽这三件宝贝的故事，不由一阵惋惜，随即又更加好奇起来：这尤坚到底是何方神圣？他的厨艺到底如何神乎其神，竟让这么多人舍弃心中至爱，只为求取一餐美食？

就在众人好奇怀疑之时，尤坚继续说道：“这只七星鸽，在齐云山深处长大，常年以珍果为食，不仅奇巧通灵，肉质也是极其鲜嫩绝美，你们各位真是有口福啊！”

木刀客顿时脸色一变，他惊问道：“你不是想杀了这只七星鸽做菜吧？”

他话音未落，只见尤坚左手捏住七星鸽，右手挥起鱼肠剑，手起剑落。七星鸽已被割开了喉咙，鱼肠剑上滴血未见，鸽子的颈部则血如泉涌，喷溅到几尺开外。

众人又一次惊呆了，脸上除了惋惜，还带着无比的震撼。

尤坚一边捏着拼命挣扎的七星鸽放血，一边低声喊道：“取热水来！”

站在旁边没说话的严世忠一边喝令金玉楼的伙计，赶紧端热水；一边从金玉楼的屏风后搬来一面铜镜，他以娴熟的动作拆除了铜镜的木架，双手端着那面刻有精美花纹的铜镜，送到尤坚面前。

这时的尤坚，已经将鸽子抛入了热水盆，干净利落地拔毛、开膛清洗。可怜那把曾经叱咤风云、气吞山河的神剑利器，竟然沦落为一把菜刀，这让众人感到十分难过。

尤坚将鸽子洗净，看着严世忠拿来的铜镜，眼中闪过一丝光彩，他说：“想不到你严世忠是此中高手，失敬失敬！”

严世忠微微一笑，说道：“哪里哪里，我今天算是开了眼了。”说着，他将铜镜摆在地上，又退了回去。

这时，尤坚拿起几块木头——那可是被砍了的焦尾琴啊，放在铜镜上，码成宝塔的形状。然后他掏出火折子，点燃后扔在木块上。很快，火苗“噼里啪啦”地蹿了起来，尤坚又将洗好的鸽子穿在鱼肠剑上，放在火上烤了起来。

众人眼睁睁地看着尤坚以焦尾琴为柴火，鱼肠剑为劈柴切肉烧烤的工具，烹制传闻中采天地之灵气的七星鸽，都不知道该惊叹，还是惋惜好了！

目睹此情此景，木刀客似乎想起了什么，他转向严世忠，不解地问：“你为什么找一面铜镜，垫在柴火下面？”

严世忠立刻答道：“我看尤坚料理那只鸽子的手法，觉得今天他的菜应该是烧烤。烤这么好的鸽子，尤其是以珍果百草为食的七星鸽，一定不能沾染腥气。所以，我帮他找了面铜镜，铜镜阳面经常研磨，没有铜锈绿斑，用它来代替烧烤用的铁盆，那是最好不过了。”

众人又是一阵惊叹，没想到简

简简单单的一道菜中，居然暗藏这么多的玄机。

本来干得风生水起的米为赋，此时在气势上已落了下风，但他口中仍不愿认输：“哼，花拳绣腿，故作高深！烧菜，最重要的是用实实在在的材料，靠扎扎实实的手艺，搞这些云里雾里的名堂有什么用？”

尤坚没答话，只见他绷着身子，一手握着鱼肠剑不停翻动，一手拿起自带的小瓷瓶，轮番往鸽子上喷洒调料和油脂，那情景，就像是在为浴盆中的情人抛洒花瓣儿。此时的尤坚，像是进入了癫狂的状态，双眼死死盯住手中的鸽子和不停跳跃的火苗，双腿微微颤动。没一会儿，他早已大汗淋漓，浸湿了身上的长袍。

米为赋也来劲了，他使出浑身解数，想要将尤坚的风头盖下去。这个时候，米为赋已经在调薄芡了，那芡的名称叫“锦珍玉汁”，光这一点芡粉，就要用到七七四十九种辅料，其中做原料的玉米，必须从长满588颗籽粒的玉米棒子上选取，不能多也不能少。

不难看出，米为赋已经把他压箱底的本领都拿出来了，他是个大胖子，出的汗更多，好在他的徒弟也多，他一出汗，马上就有两个人，一左一右替他擦汗。

尤坚一个帮手也没有，连添柴这种事，也得自己来做，只见他用脚尖一拨，地上的梧桐木便被他挑了起来，稳稳地落在火堆之中。从这个小小的动作，就可看出他的武功底子了得。看来，尤坚不仅擅长烧菜，琴棋剑术也不在话下。

5.食神旁落

一个时辰未到，米为赋的菜已经做成了，他将菜分装在盘子里，让徒弟们分别给三位评判人端了上去。

只见晶莹剔透的豆芽整整齐齐

地排列在铮亮的银盘上。豆芽里镶嵌着呈金黄色的牛肉丝，豆芽上淋着莹润亮泽的芡汁，旁边还点缀着萝卜雕刻的雪山风景。这菜，仅仅是看着，就赏心悦目，令人食欲大开。米为赋的技艺，还真是非同一般。

三位评判人都细细品尝起来。严世忠率先惊呼出声：显然，这菜的美妙滋味已经超出了他的想象。

木刀客虽然没有出声，但从他脸上愉悦的表情来看，这道“玉镶金”也让他惊喜不已，瞧，他的眉毛都忍不住飞扬起来啰！

只有魏忠贤板起了脸，低声呵斥道：“米为赋，你该死啊！”

米为赋听了，“扑通”一声，跪倒在地，口中疾呼：“九千岁饶命！”

魏忠贤沉着脸说：“你为我做菜这些年了，居然从未给我做过这等佳肴，你说，你是不是该死？”

米为赋小鸡啄米一样地磕着头，战战兢兢地说：“九千岁饶命，这道菜是我刚刚才研制出来的，还没来得及献与九千岁，请九千岁明察啊……”

岂料，魏忠贤又哈哈大笑，说：“快起来吧，只是玩笑而已，我岂是小肚鸡肠之人？”明眼人都看得出来，魏忠贤此举是在为自己的家厨造势呢！

米为赋不敢怠慢，赶紧拜谢，又得了魏忠贤的首肯，方才诚惶诚恐地爬了起来。

这当口，尤坚的烤鸽子终于也完工了。

严世忠让人摆好银盘。尤坚才取下烤鸽子，挥动鱼肠剑，只见一片片薄薄的鸽肉如同雪花，漫天飞舞，然后稳稳地落入盘中，错落有致地排列在一起。

三个评判人漱口之后，烤鸽子便端到了他们面前，他们一一夹起鸽肉，小心翼翼地放入了口中，慢慢品味起来。

过了许久，三个评判人都是面色凝重，没有一人说话，也没有一人发出一点声响。

米为赋见状，心里乐开了花。他得意啊，因为无论是谁，吃着好吃的东西，表情都不会如此严肃，事情明摆着，三位评判人并不看好这道菜！

尤坚还是悠闲地坐在那里，好像整个比赛都和他无关似的。

又过了一盏茶的工夫，魏忠贤终于发话了：“味道真是不错……”

木刀客也说话了，可说来说去就是两个字：“好吃，好吃，好吃……”

和魏忠贤、木刀客不同，严世忠流泪了，他呆呆地站在那里，一言不发，只是唉声叹气。

众人又沉默了一会儿，魏忠贤

站了起来，以“主持者”的身份开了口：“好了，大家都尝过菜了，开始评比了，我先说几句。这道烤鸽子，确实不是凡间的菜肴，我以前从未吃过，估计以后也吃不到了。也许，是我吃多了米为赋做的菜，我真的感觉，尤坚的烤鸽子更胜一筹。”

米为赋一听，有些不高兴，他没想到：魏忠贤居然会站在尤坚那边，自己如果输了，他又有何光彩呢？但米为赋不敢把心情表现出来，只是苦着一张脸，低头聆听。

魏忠贤又问木刀客：“木先生，你怎么看？”

木刀客长长地出了一口气，有点忧伤地说：“米为赋这道‘玉镶金’，精巧绝妙，又融合了几百种食材的味道，调配得恰到好处，非常难得；而尤坚的烤鸽子，带着一种无法描述的奇异清香，这种香气已经超越了食物的极限，似乎能够渗透到人的骨髓里去。单从味道而论，应该是尤坚更为高明一些。”

米为赋低下了头，他的脸色已经黑得像块木炭了。

“但是，”木刀客沉吟了片刻，又有些为难地说，“尤坚为了烧这道菜，毁了宝琴焦尾，杀了七星宝鸽，又伤了神兵鱼肠。这些绝物虽然造就了绝味，但是我认为太不值得了，美食的意义在于品质和技艺，绝不是奢侈和挥霍，所以，我认为这一次的比试，应该是米为赋胜出。”

米为赋的脸色好看了一些，尤坚还是宠辱不惊地坐在那里。

接下来，该严世忠发表意见了，严世忠叹了口气，脸上出现的表情，竟然不是别的，而是痛苦。他说：“我也是个厨子，这二位的厨艺，都是我无法比拟的。关于这两道菜，我也认为木先生说得对，如果单论味道，尤坚的烤鸽子绝对是人间绝味；但从取材而言，米为赋虽然精挑细选，都还只是名贵的食材，而尤坚这些材料，已经超越了食物的范畴。我觉得这些物品是人间的宝贵财富，用它们来做菜，确实暴殄天物。所以，我也觉得优胜者应该是米为赋。”

如此一来，二比一，米为赋获得了厨艺大赛的胜利。他终于露出了笑容，故作谦虚道：“幸蒙各位错爱，我实在是承受不起啊！”

显然，魏忠贤对这结果很满意，他赶紧下令取来那块御赐“大明食神”的玉牌，赐给了米为赋。仪式虽然简单，但毕竟是御赐之物，分量非同小可。

米为赋跪伏在地，不停地叩谢皇帝和九千岁的隆恩。

而一旁的尤坚始终不说话，只是面无表情地看着魏忠贤为米为赋授奖。

忽然，木刀客干咳了两声，说道：

“尤坚，你也不用丧气，你做的菜很好吃，真的很好吃！”

尤坚还是不说话，只是猛的将桌上的鱼肠剑握在了手里。

6.刀光剑影

尤坚这么一个动作，让侍卫们魂飞魄散。他们又赶紧护住魏忠贤和木刀客等人，那个侍卫头领盯着尤坚手中那把剑，大声喝道：“尤坚，你既然来参赛，就当愿赌服输，难道还恼羞成怒，想伤人不成？”

尤坚笑道：“你太看轻我了，我来比赛，根本就不是冲着‘食神’这个称号，我只是不忍心看乞丐王六六被米为赋继续折磨而已！”

说话间，尤坚又拾起地上的铜镜，他挥起鱼肠剑，狠狠地朝铜镜上砍去，只听一声清脆的声音，铜镜未破，只是被砍出了一个小口子。但是，那柄鱼肠剑竟然断成了两截……

众人一阵惊呼，尤坚说道：“各位想必也看出来了，这确实是把利剑，但绝对不是鱼肠剑，否则不会连个铜镜也砍不破。同时，我还要告诉各位——那张琴也不是‘焦尾’，而是一张普通的七弦琴，只是琴尾被我用火烤了一下而已。至于那只鸽子，更不是贾世道养的七星鸽，而是我养的一只家鸽，否则它也不会乖乖地飞到我身边来。”

事态如此急转直下，众人全都惊呆了，他们面面相觑，难以置信。

尤坚接着说：“这鸽子要烤出人间绝味，就要将火候、调料、食材把握得恰到好处。烧烤的佐料是我独家秘制的，鸽子是我用中药材和谷物精心饲养的，烤制的方法更是我多年厨艺之大成。”

严世忠叹服道：“您用自己饲养的鸽子，就能烤出如此的味道，厨艺真乃登峰造极！”

尤坚进一步解释说：“烹调的奥秘不在于选用名贵食材，而是利用食材的属性，发掘出最适合的烹饪方法。另外，还需要掌控烧制的分寸，其间瞬息万变，一点马虎不得。”

米为赋听了这席话，也忍不住点头称是。真正的厨子，对于烹饪的技巧，都是认同的。

略一停顿，尤坚又正色道：“虽然各位觉得我用材过于奢侈，却全都认可这道烤鸽子的味道。其中还有一个重要原因，因为你们都觉得，我用了非常绝妙的食材。刚才这位侍卫大人质疑这把剑的真假，但你们没有给他说话的机会，只是听信了我的一家之言。俗话说——兼听则明，偏听则暗。所以，做决定的时候，一定不能听信一家之言，犯下谬误。”说完，尤坚死死地盯住了木刀客。

此时，魏忠贤现出一脸怒容，他一拍桌子，尖声呵斥道："大胆尤坚，在御赐的比赛中，信口雌黄，满口谎言，犯下欺君大罪。来人，将尤坚拿下！"

几个侍卫上前扭住了尤坚。尤坚却大笑道："各位，我虽然没有使用焦尾琴、鱼肠剑和七星鸽做菜。但是这几件神物确实都落到了我的手里，我前面说的话，并无半点虚假。"

侍卫头领抽出刀来，抵在尤坚的胸口，示意他不许再言。

但尤坚依然冲着木刀客呼喊着："那三个人虽然爱惜宝贝，但却更沉迷于美食，简直到了疯狂的地步。莫说我想要这三样宝贝，就算是要他们的身家财产，他们也会拱手相送的。所以，我还要告诉各位，任何事情都不能过度沉迷，否则定会付出代价。玩物丧志，这道理已经流传千年。玩物有害，尤其是拥有权势之人，不仅仅是害自己，也会害了别人。"

魏忠贤再也听不下去了，他猛地站了起来，喝道："押下去，打入天牢！"

米为赋、严世忠等人有些不知所措。他们不曾想到：一场厨艺大赛竟会发展至此。

很快，侍卫们将尤坚扭送走了。魏忠贤也气鼓鼓地打道回府。

而那位神秘的木刀客也在侍卫的护卫下，回到了宫中。其实他并不是什么隐士，而是当朝皇帝朱由校。当初，他听说了这场比赛后，产生了浓厚的兴趣。于是，他命魏公公安排自己微服私访，不仅观看了比赛，还当上了评判人。

回到宫中，皇帝端坐在龙椅之上，惬意地喝了一口茶，问那个侍卫头领："五弟，今天玩得开心吗？"

原来，这个侍卫头领也是乔装的，他其实是朱由校的弟弟朱由检。朱由检也很想看看厨艺大赛，便求皇帝把自己一起带去了现场。

此时，朱由检表情凝重地回答说：“陛下，您有没有觉得——那个尤坚早已知道您的真实身份，所以最后似乎有所指，故意说了那番话给您听？”

皇帝听了一愣，然后漫不经心地说：“是吗？朕怎么不觉得！”

朱由检看了皇帝一眼，小心翼翼地说：“尤坚说，偏听有害，是否指您太过信赖魏公公？尤坚还说，玩物丧志，是否指您在木工房里花太多时间……”

不等他说完，皇帝把茶碗摔到了地上，他喝道：“你胡说些什么？魏公公是国家栋梁。你看，这次他又帮了朕，他替朕在地下赌场为米为赋下注，让朕整整赢了四十万两白银啊！五弟，你莫再胡言乱语，速速给我退下！”

朱由检见此情形，也只好悻悻离去。

其实，魏忠贤操控了整场厨艺大赛。他先是差人在地下赌场下注，赌米为赋胜出；然后又威胁严世忠，并利用皇帝，让米为赋赢得比赛，由此便能狠捞一笔。而且，魏忠贤看出尤坚是借比赛之机，向皇帝进谏，暗喻自己把持朝政。于是，魏忠贤便当场将尤坚打入大牢。

大赛过去一年之后，尤坚屈死于牢中。赛场上，他怀疑木刀客就是当朝皇帝，因为银盘盛菜、侍卫如云，这些派头和排场，让他看出了端倪；魏忠贤号称九千岁，言行举止间却对木刀客礼让三分，这就让尤坚更确信不移了。

众人皆知，明熹宗沉迷木工活，不理朝政，满朝文武迫于魏忠贤势力，不敢劝阻，尤坚对此一直非常忧虑。可他一介草民，根本无缘进谏，正好赶上这场厨艺大赛，便想借机向明熹宗进谏。可以说，他始终不曾后悔自己冒死进言。可惜的是，明熹宗并没有将他的话听入耳中。

又过了一年，明熹宗服用“仙药”驾崩，他的弟弟朱由检继位，年号崇祯，史称明思宗。明思宗继位后，尤坚的后人向他敬献了三样东西：一张琴、一柄剑、一只鸽。没错，这三样东西正是焦尾琴、鱼肠剑和七星鸽！

明思宗睹物思人，想起了屈死的尤坚，他也牢牢记住了尤坚的那番话，不偏听，不玩物。此后他励精图治，奋发图强，铲除阉党，干掉了魏忠贤。

可惜的是，此时的明朝已是国力衰微、大厦将倾，年轻的明思宗也无力回天。最终他自缢于煤山，终年三十五岁。

而焦尾琴、鱼肠剑和七星鸽，也渐渐消失于历史的烟尘之中……

（题图、插图：杨宏富）

一拍即至 “码”上开始

——《故事会》微信开通，竞猜有奖

亲爱的读者朋友，在新的一年中，动感地带栏目再次升级：带来纸刊以外丰富的多媒体信息，让您听到更多故事和编辑的声音；延伸阅读内容，在欣赏每期精彩故事之余，读到作者创作感想和他们的历年代表作；开辟微信通道与读者进行互动。“码”上天地无限精彩，期待您的加入！

请用手机或电脑扫描下列二维码,开启全新的视听旅程！（推荐使用“快拍二维码”www.kuaipai.cn）

微信有奖竞猜

故事会正式开通微信官方账号！您有3种方法关注我们：1、用微信客户端扫描右侧二维码；2、查找微信号story63；3、通过QQ号码2652898766查找。通过微信，您将免费读到我们准备的精彩故事，了解《故事会》活动信息，还能获得动感地带有奖竞猜的特权，答题赢取精美奖品哦！

参与本期竞猜办法：请使用微信发送答案字母（题目见P82）给故事会，我们将从回答正确的读者中抽取5位幸运者，赠送故事会公司出版图书一册。（竞猜只限微信用户哦！）

微故事大赛

故事会·新浪微故事大赛正在如火如荼地进行中，扫描右边的二维码，即可进入本次大赛的新浪官方微博，最新作品、比赛详情，一码搞定！

听故事——中国传统童话故事

故扫描右边的二维码，您就可以收听到由台湾汉声出版社授权的中国传统童话故事。（不能使用二维码扫描的读者，也可直接登录www.storychina.cn收听）

本期（1月8日–1月21日）共有14篇故事，部分篇目：找太阳的母子、爬上天梯的伏羲、林则徐禁鸦片、葫芦郎等。

看视频

扫描右边的二维码，您将看到一组我们精心挑选的幽默视频，定会让您开怀惬意，捧腹不止！本组视频由sina新浪视频提供。

囧段子

是不是嫌一期《故事会》上的笑话不过瘾？我们为您搜集了网上流传的爆笑段子，每周更新，保证内容新鲜火热，让您看到合不拢嘴哦

您对于本栏目的设置有任何意见或建议，欢迎登录故事中国网www.storychina.cn 论坛反映。

友情提示：尽管《故事会》是免费向您提供以上增值服务，不过您如果用手机上网下载音频、视频文件，将产生额外的流量费，且速度较慢，建议您在wifi环境下使用。

音乐会上的阴谋

·神探夏洛克·

直到音乐会开幕的当晚，格雷对他的两个得意门生巴蒂和埃利谁将首次登台独奏小提琴犹豫不决。开幕前一刻钟，他告诉巴蒂准备出场演奏，然后将这个决定告知埃利，埃利感到很遗憾。

十分钟后，格雷去叫巴蒂准备出场，却发现巴蒂倒毙在小小的化妆间，头部中弹，血流满地，格雷慌忙将这一惨案告诉了观众席上的神探夏洛克。

夏洛克见开场时间已到，就极力劝格雷先别声张，继续演出，然后他走进埃利的化妆室。埃利听到最后决定让他登台，没有询问情由，便拉拉领带，拿起琴和弓，登台了。夏洛克当即通知警察前来逮捕这位初露头角的小提琴手。

您知道夏洛克为什么要逮捕埃利？

疯狂QA　巧夺王冠

一位才子应邀出席阿拉伯国王的晚宴。国王在五米见方的豪华地毯正中放了一顶金光闪闪的王冠，说道："各位，谁能不上地毯拿到这顶王冠，这王冠就归谁了。只能用手，不准用其他任何工具。"人们聚集在地毯周围争先恐后地伸出手，但谁也够不着。这时，一位才子微笑着说："我来试试。"于是轻而易举地拿到了王冠，你知道他用了什么方法吗？

超级视觉 男人还是女人

单独看A、B两张照片，你会发现A图女性化，而B图男性化。其实这只是一张照片的不同效果。

人们往往把对比更明显的脸看成女性化的标志，这也是为什么女人化妆之后，女人味更明显的原因。

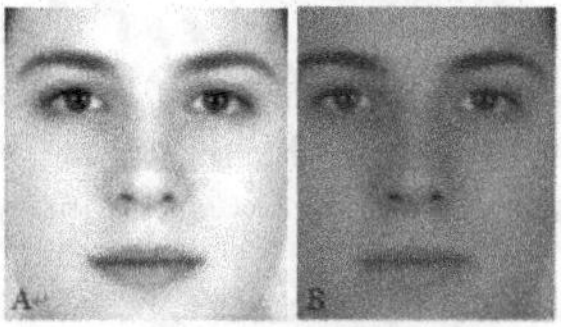

思维风暴　图形之谜

下列的图形中，哪一个是不属于这一序列当中的？

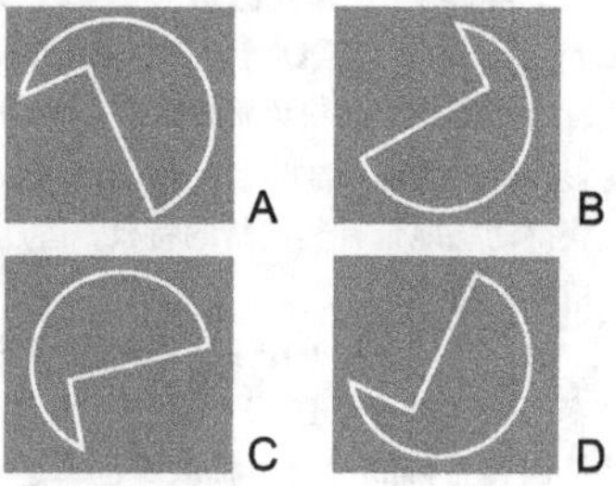

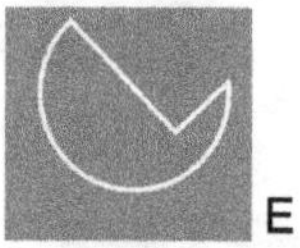

本题可加故事会微信，参与有奖竞猜哟！详情请见P81。

想知道答案吗？方法一，直接扫描二维码。方法二，登录http://t.cn/zjMnNcG，查询"动感地带"答案的同步更新。方法三，购买2013年2月上《故事会》！动感地带，与您不见不散。上期答案见本期P36。

古今中外有许多打赌故事，人们喜欢听，也喜欢传。特此收集几篇，博各位一看，一乐，一传……

夫妻赌饼

这天，一对夫妇以三块馅饼当晚餐。他们各自吃了一块，还留下一块。两人打赌说：“谁先开口，谁就不能吃这块饼。”话一说完，两人就坐下来赌了。

到了半夜，灯油耗尽了，灯灭了，两人就摸黑坐着。这时，来了一个小偷，他凿了个洞钻进屋里来，东摸西摸地偷起东西来。偷到餐厅，忽然发现有人，吓得他差点叫出声来。但他定下神来，又发现两个人坐着一动不动，他决定继续偷。偷到后来，小偷发现两人还是一动不动，以为他们是得了重病，便索性动手调戏起那个妻子来。

丈夫怕赌输了，眼睁睁看着小偷对妻子动手动脚。妻子躲闪不了，忍无可忍，才大叫起来：“来人呀，抓贼呀！”

丈夫一听，哈哈大笑说：“你先说话了，你赌输了！馅饼归我啦！”

重打四十

从前，三个酒鬼结伴喝酒。三人来到酒店，各打各的鬼主意，都想又喝酒又不出钱。

一落座，三个人说：以自己的胡子为题作诗，哪个赢了，哪个就不出酒钱；哪个输了，不但没有酒喝，而且还要出酒钱。

菜上齐后，三个酒鬼便开始作诗。长胡子酒鬼一马当先道：“我的胡子长，天下我为王。”说完，抓住酒杯要喝酒。短胡子酒鬼忙拦住他，清清嗓门道：“我的胡子短，天下归我管。”说毕，举起杯子欲一饮而尽。稀胡子酒鬼忙拦着他，说道：“我的胡子稀，天下我第一。”言罢，也举杯要饮。三个人都说自己赢了，乱成一团。最后他们闹到了衙门，请县太爷升堂秉公判断。

县太爷升堂一问，三人把作诗

打赌的事说了一遍。接着长胡子抢先说："我的胡子长，天下我为王。"

县太爷一听，喝道："大胆刁民，你敢自称为王，简直无法无天，来人，带他下去，掌嘴四十。"

短胡子的见了，忙改口道："我的胡子短，理应老爷管。"

县太爷听罢，高兴地笑了。

稀胡子站在一边，心说：既然县太爷喜欢听奉承话，我何不也拍拍马屁。想着，他跪下来说道："我的胡子稀，好比老爷茅厕里的蛆。"

县老爷听完，拍案大怒："茅厕里有你那么大的蛆，老爷我方便时，岂不要拱我下粪坑？你居心不良，来人，把这个谋害老爷的混蛋拉下去，重打四十大板。"

智赢赌局

秀才、财主、和尚三人是好朋友。那天他们碰面，决定打个赌，各夸各的东西大，输的人就得摆酒席请客。

和尚先说："俺院里有面大鼓，上头搭了四座戏台，还坐得下三千六百个看客。"

财主摇摇头说："你那鼓还没我的油缸大，前天俺的小伙计去取油，不小心掉到油缸里，我雇了九艘大船，找了三天三夜还没找到，现在还在找呢！"

秀才一听，没词了。人家的东西都那么大，自己家里除了一头小毛驴啥都没有，有啥好说的！这个赌是输定了。于是，他扭头就往家里跑。财主、和尚一见，在后面紧追不舍。

秀才气喘吁吁跑回家，跳上床捂上被子，对媳妇说："呆会儿那两人来了，就说我不在家。"

秀才媳妇还没问清是咋回事，外面"咚咚"有人敲门，开门一看，是财主和和尚。两人说道："你丈夫呢，快叫他出来！"

秀才媳妇反问两人找他何事。

财主就把三人打赌的事情说了一遍。秀才媳妇一听就笑了，说："原来是这么回事，你们请回吧！俺丈夫在床上起不来了！"

财主和和尚哈哈大笑，说："一桌酒席就把他吓病了，真是小气鬼。"

"不是这事把他吓病了！"秀才媳妇轻声说道，"是八个县的农民联名告他，把他吓坏了！"

"人家为啥告他？"

"为啥，还不是为了俺家那头贪吃的小毛驴！今早我没看住它，叫它一嘴吃光了八个县的庄稼，人家都告到京城去了。"

财主、和尚一听，妈呀，这女人真能吹。他们正要溜，却被秀才媳妇拦住了。两人只得乖乖给秀才夫妻俩置办了一桌上等的酒席。

张大帅赌驴

大帅张作霖虽是个大老粗，但是智力出众。日本侵华时，一个日本头目和大帅打赌：两人骑各自国家的驴赛跑，看哪头驴跑得快。赌注是500两黄金。

到了比赛这天，赛场上人山人海，一边日本人，一边中国人。

比赛开始，只见日本头目骑着一头膘肥体壮，大如马、肥如牛的上等驴。而大帅骑的一头驴则瘦骨嶙峋。大帅坐在驴背上，压得驴像一把弯刀似的。日本头目一看，哈哈大笑。但张大帅若无其事，悠哉游哉地骑驴到了起跑线，随着一声鼓响，只见日本头目一拍驴背，领先跃出，大帅则骑驴在后碎步向前。

但没过多久，日本头目的驴突然一声长叫后，调转头来，回到大帅骑的驴后面去。日本头目气得哇哇乱叫，拼命打驴，但他的驴就是跟在大帅的驴后面，这样一直到了终点。日本观众哭笑不得，中国观众则开怀大笑，掌声如雷。日本头目只好认输，双手奉上了500两黄金。

这是怎么一回事呢？原来大帅知道：日本人肯定会选一头高大强壮的公驴，所以他就选了一头处于发情期的瘦母驴，这种时期，公的都会跟在母的后头。这样一来，张大帅就赢了，同时也留下了一段趣话。

夫妻争先

有对夫妻，常常斗嘴打赌。这天，两人又为先有男人还是先有女人，争了起来。最后两人打赌道：“谁说得对方无法反驳，谁就是赢家！”

丈夫率先说：“天地乾坤，乾为男，坤为女，可见男人在先，女人在后。”

妻子听了，反驳道：“常言说，阴阳四时，可见女人在先，男人在后。”

丈夫又说：“俗话说，‘儿女孝当先’，男在前，女在后。”

两人争到后来，还是争不出输赢，就约定去找官府评理。两人出了门，丈夫抢先一步，走在了前面，妻子见了，便飞步赶到前头。两人你抢我夺，由走变成跑，越跑越快，不一会儿，便跑出十里地。两人都累得大汗淋漓，气喘吁吁。

两人正要继续斗嘴，突然看到路边的田里有一男一女，两人并肩锄地，有说有笑，让人羡慕。丈夫不禁说道：“看人家两口子。”妻子也若有所悟。

夫妻俩相视一笑，站起来，一瘸一拐互相搀扶着回家。进了家门，丈夫说：“我想到一个对子‘一扇门，两间房，关着你我’，你能对上吗？”

妻子想了想说：“这有啥难，‘两口子，一颗心，争啥先后’。”

·经典传递·

团长难剃头

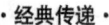

抗日战争时，有个姓王的团长，他心眼直，枪法好，但是长了个软包头。为此，他从小到大没怎么剃过头，你想，他这头，刀一按一道沟，哪敢使劲剃呢？没办法，他总是自己随便剪剪，好在有个军帽扣着，也不难看。

这一年，部队到了南京，王团长带着部下到夫子庙闲逛，突然被一家店铺前的对联吸引了，只见上联是：上剃太上老君，下联是：下剃五殿阎罗。横批：无头不剃。原来，

这是一家剃头铺。

王团长暗骂剃头匠猖狂，往里看去，只见那剃头匠把刀子往上扔七八尺高，等刀刃快挨着客人头皮时，他再接着刀把刮一下。虽说没失手，也吓得客人不敢乱动。王团长心说：这剃头匠锋芒太露，要煞煞他的狂劲儿。

等客人剃完，王团长便挤上前，说要剃头，但要和剃头匠打赌，赌他剃不了自己的头。如果剃得了，便给他一百块钱，反之，则要剃头匠给自己磕一百个头，再把剃头铺关了。

剃头匠想也不想就答应了。但当他摘下王团长的军帽，他就傻眼了，半天才说：“军爷，您这头我剃不了！”

于是，王团长逼着他实践赌约。

这剃头匠哪里肯干，他一咬牙，说：“要剃也可以，但您必须答应，不管我咋说咋摆弄你，你不能生气动武。”

王团长点头应允。

这下，剃头匠来了精神。只见他把袖子一挽，按住王团长的软包头一阵猛洗，然后把湿毛巾往地上一丢，用脚使劲踩踩，粘一层泥土、带头发茬子就往王团长脸上抹，然后托着他的下巴往镜子里瞅：“这脸好看吧？”

王团长心里那个气啊，但是当

众应了人家的规矩，也不好耍赖，只好说：“好看！”

剃头匠擦擦剃刀，又说：“敢说不好看，我一刀戳你个血窟窿。”

王团长忍着气，闭上眼不看。只听头上“哧哧啦啦”响，等他再睁眼，头已剃好了大半。

王团长心说：这人真有两下子，剃了我的头。这么想着，气也消了大半。不料，剃头匠又找茬，拍着他的头皮，说：“你这德性，还当兵呢，孬种一个！戴啥军帽，等老子剃好头，整顶绿帽给你戴戴！”

旁人听了哄堂大笑。王团长被气得头上直冒青筋，若不是有言在先，恐怕早已一枪崩了剃头匠了。剃头匠又是一通冷嘲热讽，随后才慢慢吞吞拿起剃刀，将王团长的头剃了个寸草不留。

王团长瞅瞅镜子，不敢置信，问剃头匠有何诀窍。剃头匠笑而不语，只是让他给钱。

王团长想想自己刚受的侮辱，又来气了，他摸出二十个大洋说：“你有你的规矩，我有我的给法。敢不敢继续打赌？”

剃头匠说：“你敢给，我还不敢接吗？赌！”

于是，王团长向众人抱拳作揖道：“大家做个证人，我把大洋放他头顶，一枪打一个，一回打不到罚十倍的钱；要是我失手打死他，我给他偿命；要是他自己害怕弄掉了大洋，我就一枪打死他！”

剃头匠吓懵了，但当着大家的面也只能硬充好汉。

只听王团长冷笑一声，把大洋放他头上，掏出手枪，“啪”就是一枪，“当啷”掉下一块大洋。再“啪啪啪”连放几枪，又连掉几块大洋……

好一会儿，枪声停了。剃头匠吁出一口气，弯腰去捡钱，不防头上还有一块大洋，“当啷”掉在地上。王团长马上将枪对准他的胸口。

剃头匠吓得跪地求饶。周围的人也赶紧帮着求情。

王团长这才收起枪，说：“饶你也可以，你先告诉我咋剃了我的头的。”

剃头匠一五一十地说：“我家祖传绝活，名叫‘气鼓头’，只要人气冲脑门，头皮就会发硬，不然我也不会那么作贱您啊！”

王团长想了想，又说道：“你也算有能耐。这么吓唬你，也只是想告诉你一个道理——三百六十行，行行出状元。人不能仗着自己的本事寻开心。我枪法再好，也难保不失手；你撂刀子剃头也难说哪天不出事。”剃头匠连说不敢。

王团长又指指门上的对联，剃头匠会意道：“马上扯掉！马上扯掉！”

（**推荐者**：晓　晴）

（**本栏插图**：安玉民　梁　丽）

老婆的调教

□孙静博

老王下岗后，整日闭门不出。虽然家里不缺钱花，但老婆怕他闷出毛病，还是一个劲儿催他去找工作。但不管她好说歹说，老王就是不找工作。

这天，老婆破例没提找工作的事情，而是神秘兮兮地对老王说：“送你一份礼物。”说完，便递给他一个大袋子。

老王接过袋子，挺沉，打开一看，一袋子都是烹饪书籍。老婆语重心长地说：“我也不逼你了，你喜欢呆在家也可以，但每天得为我做个菜。”

隔天一早，老婆在餐桌上留了个纸条，上边写着：麻辣豆腐。老王拿出老婆送的烹饪书，翻到“麻辣豆腐”这一页，一一照做。

等老王手忙脚乱做好这道菜，老婆也下班到家了。她迫不及待地尝了一口，愣了半天才说道：“第一次能做成这样，不错！”老王赶紧也尝了一口，顿时脸皱成了一团，好咸！

接下来几天，老王又一次次地挑战自己，鱼香肉丝、口水鸡等等，轮番登场。功夫不负有心人，他的厨艺日益精进。一个月后，老婆对他的厨艺已是赞不绝口。

又过了几天，老婆兴冲冲地回到家，对老王说：“我想通了，既然你不愿意出去工作，那就创业呗！我们开一家小餐馆，房子我租好了，店名也想好了，就叫‘王家餐馆’。”

老王瞅着老婆，额头上直冒冷汗。

老婆见状，便鼓励他说：“别担心，我吃过那么多餐馆，都没你做得好！”

老王听了，只好坦白道：“开始几天，我的确照着菜谱自己做，后来我就开始偷懒了，每天都点外卖，然后在家回个锅就好了。”

高乡长爱扶贫

□汪培君

逢年过节，山套乡的高乡长都要慰问贫困户，捎一袋面，送一桶油，东西不多，却感动了不少乡亲。

一个夏天的中午，高乡长有事出门，车子突然坏了。当时正是烈日当头，周围不仅没有一棵树，由于连日的大旱，连棵草也没有。正当高乡长酷热难耐之时，走来了一个老农。

老农急忙打招呼道："那不是高乡长吗？"高乡长问："你是？"老农说："你不记得我了？春节前你到我家去过，还给我送去一袋面。"高乡长没有记起他是谁，但仍连说："应该的，应该的。"

那老农一看高乡长晒着，忙摘下头上的草帽给他戴上，看看还不行，就解下披在背上的一块布，抖了抖说："这就是那个面袋子，如今还能披着它遮阳。"说着，老农把布搭在了草帽上，把高乡长的背也给遮住了。

高乡长好感动啊，他暗下决心：一定要把扶贫工作持久地开展下去，这可是民心工程啊。

年底，高乡长被调到了城关乡，由于已近年关，一到任他就让秘书买油、买面。

秘书不知道他的意思，就问有何用。

高乡长说："慰问贫困户啊。"

秘书笑了，实话实说道："城关乡早就消灭了贫困户，已经好几年不搞送面、送油这种活动了。"

高乡长听后，愣了半天，突然他发火道："这前任乡长是怎么搞的？连个贫困户也不留下，让后任怎么去感动乡亲们啊？"

绝对真迹

□王祥英

刘老板有钱没文化，但特别喜欢附庸风雅。这天他来到一家古玩店，看到了一幅署名齐白石的《虾戏图》。他忙问店主：“这是齐白石的真迹？”

店主回答说：“绝对真迹！”

刘老板反反复复看了好几遍，仍没看出个所以然，再一看价格：一万元。他心说：一万元怎么可能买到真迹，肯定是假货。

店主说：“我可以写保证书，如果不是齐白石真迹，假一赔十！”

刘老板一听，就让店主开了一张字据，上书：本店出售《虾戏图》系齐白石先生亲笔所画，假一赔十，特此证明。字据上,还有商店的印章。刘老板收好字据，便出一万元买下了这幅画。

其实，他买画也是“醉翁之意不在酒”。他认定这是假画，等着收那十万块的赔偿哩。于是，他兴冲冲带着这幅画，来到电视台鉴宝栏目，请专家鉴定。

专家只看了画一眼，就轻轻吐出两个字：“赝品！”

刘老板一听，乐呵呵地请专家也出了一个证明，然后立刻折返回了古玩店。他把专家证明往店主面前一摔，说:“你这画是假的，赔钱！”

店主不慌不忙地说：“这画绝对是齐白石画的！”

刘老板咄咄逼人地说：“再啰嗦，我打110，我打工商局……”

店主也是气势逼人，他说：“打到哪里，这都是我的真迹！”

刘老板听了，更为气愤地说:“你还敢冒充齐白石？”

店主似乎早有准备，他将一张身份证拍到了桌上。

刘老板拿起来一看，身份证上的确是店主的照片，旁边“姓名”一项是三个大字：齐白石。好嘛，原来店主也叫齐白石啊！

（**本栏插图**：包丰一　顾子易）

528 2013 SEMIMONTHLY 上半月刊 2月

STORIES

欢迎登录本刊主办的“故事中国网”（www.storychina.cn）

笑话14则 …………………… 聂　勇等　4
3分钟典藏故事 …………………… 8
情节聚焦
劝架 …………………… 黄　云　10
经典传递 …………………… 13
诙段子 …………………… 18
海外故事
精神病院的骚乱 …………………… 老　三　19
我的故事
手机买卖 …………………… 石高杰　21
新传说
三十五年一句话 …………………… 吴治江　24
这个女婿不简单 …………………… 向曙红　28
寻找老邻居 …………………… 曾宪涛　33
18888元的骨灰盒 …………………… 马少华　36
VIP父亲 …………………… 赵丽娟　39
民间故事金库
玉鸡蛋 …………………… 李兴春　42
法律知识故事
车顶上的脚印 …………………… 杨汉光　45
外国文学故事鉴赏
魔术之心 …………………… 48
情感故事
冬天里的第一场雪 …………………… 张　华　52
阿P系列幽默故事
阿P当演员 …………………… 刘晨晨　56
青春励志故事
南瓜饼和红枣糕 …………………… 方冠晴　61
中篇故事（精编版）
失去的本能 …………………… 李坤学　65
斗茶 …………………… 关中冷娃　75
微博故事 …………………… 85
幽默世界
止不住的嗝 …………………… 曾凡洪　86
边干边吃 …………………… 高国俊　87
爸爸是个大害虫 …………………… 姜　新　88
怎样鉴别狼和狗 …………………… 郑小亮　89
本刊信息传真
…………………… 17、60

故事会
STORIES
2013年2月
上半月刊·红版

社　长、主　编：何承伟
副社长：夏一鸣
常务副主编（兼绿版负责人）：吴　伦
副主编（兼红版负责人）：姚自豪
本期责任编辑：石莎莎
电子邮箱：ssasha@163.com
红版发稿编辑：
姚自豪　吕　佳　丁娴瑶　李　丹
美术编辑：王怡斐
电脑制作：郭瑾玮
本社办公室电话：021-64375030
上半月刊编辑部电话：021-64335114
下半月刊编辑部电话：021-64336469
（上海市绍兴路74号　邮编：200020）
主管、主办：上海文艺出版（集团）有限公司
出版单位：《故事会》编辑部
发行范围：公开

出版、发行总监：张　凯
电话：021-64313938
广告业务：上海故事会文化传媒有限公司
广告总监：张　淮
广告业务：021-34010383
广告投诉：021-64333738
广告经营许可证
沪工商广字310032008016号
发行：中国图书进出口上海公司

·笑话·

命中注定

有个男人是“妻管严”，这天，朋友问他：“为啥你心甘情愿被老婆管？”

男人说：“这是命中注定的。”

朋友奇怪了：“为啥？”

男人告诉他：“读大学的时候，我是理学院的，可你知道我老婆是什么学院的吗？”

朋友摇摇头，问：“啥学院？”

男人答道：“她是管理学院的。”

（聂 勇）

（本栏插图：包丰一）

恐怖算术

有个小男孩不爱学习，5以内的加减法都不会。他老爸很生气，就拿了把刀，比划起来：“你左手5个手指头，咔嚓一刀剁掉3个，还有几个？”

小男孩一听，“扑通”一声就跪下了，抱着他老爸的腿哭着说：“爸爸，别杀我……”

（兰 子）

净是胡说

老爸酒足饭饱之后，坐在沙发上看报纸，看着看着，他忽然“扑哧”一笑，说：“报纸上净胡说！”

儿子问：“说啥了？”

老爸答：“说喝剩的啤酒能浇花。”

儿子追问：“不对吗？”

老爸反问道：“酒还能剩？”

（于 娟）

训练口号

训练场上，教练对球员们的偷懒行为很不满意，训斥道：“我叫你们跑的时候，你们要问‘多远’；我叫你们跳的时候，你们要问‘多高’；那么，我叫你们休息的时候，你们该问什么呢？”

球员异口同声地回答：“多久。”

“错！”教练说，“你们这些懒鬼，你们应该大声地说——‘多余’！”

（董　行）

严重失实

前几天，一个记者的邻居家被盗了，老人丢了条金项链，幸运的是，警察很快破了案，东西也找回来了。

记者感叹现在警察的高效率，就写了篇新闻稿给报社。可新闻发出来后，他一读，非常生气，冲去对编辑说：“我原文写的是——‘老人紧握民警的手，热泪盈眶，久久无语’，谁让你把它改了，还改成‘老人热泪盈眶地说谢谢’！”

编辑诧异地问：“有什么问题吗？那样一改不是更生动感人了吗？”

记者大声埋怨道：“你改得严重失实了，这个老人是哑巴！”

（雁　翎）

公关能力

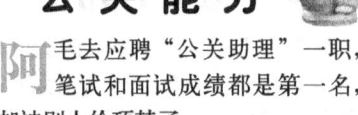

阿毛去应聘“公关助理”一职，笔试和面试成绩都是第一名，却被别人给顶替了。

阿毛找到那家公司，恼火地问：“你们既然是在公开招聘，为何又要暗箱操作？”

工作人员争辩道：“我们没有暗箱操作，而是更注重了应聘者的实际公关能力。”

阿毛追问道：“顶替我的那个人到底有啥实际公关能力？”

工作人员笑着说：“人家都把你顶替了，你说这还用解释吗？”

（心灵角落）

·笑话·

聪明的儿子

爸爸给儿子买了一本《西游记》连环画，带着儿子全部看完后，问儿子：“你最想成为里面哪个角色呀？”爸爸暗想，儿子肯定会想成为孙悟空。

哪知道儿子不假思索地说：“白龙马！”

爸爸问：“为啥？”

儿子说：“因为妖怪从来不抓马。”

爸爸低头一翻连环画，乐了！果然，每次唐僧被抓走后，白龙马都空荡荡地被画在页面上，安全第一呀……

（迎风花开）

什么人最合适

有个好吃懒做的姑娘，找了好几个对象都没有成功。她去问算命先生，自己该找个什么样的人。

算命先生说：“只要告诉我你的属相，我就能给你算出来。”

姑娘说：“我属猪。”

算命先生掐指算了一番，告诉她：“你找个会养猪的人最合适。”

（喜　乐）

分手原因

有个数学系的女生要跟男友分手，男友问原因，女生说：“你经济一穷二白，性格不三不四，在人面前总装得人五人六，好像多爱学习似的，可成绩却乱七八糟！”

男友不满地说：“你太夸张了！”

女生“哼”了一声，回他道：“我说的八九不离十！”

（太阳不下山）

漂亮

一次高考完，一家长打电话给某高校的招生办，问：“我女儿长得挺漂亮的，就是高考没考好，能进你们学校吗？”

工作人员回答：“我们的学校也挺漂亮的，就是分数要求有点高。”

（太阳不下山）

吮手指

两个妈妈在聊天，甲说："我们家小孩喜欢吮手指，怎么都改不过来，没办法，我一狠心，买了点辣椒油抹到他指头上了。"

乙好奇地问："这招儿有用吗？"

甲说："嗨！别提了，这孩子现在非川菜不吃！"

（刘泽斌）

上天的礼物

有个女同胞自从怀上宝宝，脾气大得不行。

有次，老公哄她开心，说："小宝宝是上天赐给我最好的礼物。"

女同胞听了，两眼一瞪："那我是啥？"

没想到，老公不慌不忙地回答："你是上天呀！"

（太阳树）

数学真好

老公新发了一笔奖金，喜滋滋地跟老婆说："6000块钱呢！你说咱俩怎么分？你要多少？"

老婆想让他留着自己花，就说："零。"

老公一听，不开心了："你把零拿走了，我岂不只剩下6块钱……"

（刘泽斌）

请说普通话

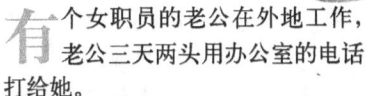

有个女职员的老公在外地工作，老公三天两头用办公室的电话打给她。

这天，两口子又在电话里聊开了，反正老公说的是家乡话，不怕办公室的同事听得懂。

可聊着聊着，老公突然说："请说普通话！"

老婆一怔，还没接腔，老公又说："请说普通话，你说的话我听不懂。"

老婆懵了，问："你咋回事？"

老公却说："好的，拜拜。"说完，"啪"的一声将电话挂了。

老婆正莫名其妙呢，收到老公一条短信，写着——"老板来了"。

（彦　凌）

把手还给我

在美国加州，有个4岁小女孩，她的爸爸很喜欢家里那辆大卡车，总是为车做全套的保养。

一天，小女孩拿着硬物，在卡车车门上划下了许多刮痕，爸爸非常生气，用铁丝把小女孩的手绑起来，让她在车库里罚站。

当爸爸再想起女儿时，已经是四个小时后了。小女孩的手由于被铁丝绑得太紧，血液早已不通，皮肤都发黑了，手掌部分必须被截去。

就这样，小女孩失去了双手，她却不懂到底发生了什么。

半年后，爸爸将卡车返厂烤漆，小女孩看到后说："卡车好漂亮，像是新的一样。"然后，又天真无邪地伸出她那断手，问："爸爸，你什么时候把手还给我？"爸爸听了女儿的话，羞愧难当，举枪自杀了。

惨痛的事实告诉我们——别在喜悦时许下承诺，别在忧伤时作出回答，更别在愤怒时作下决定！

（**推荐者**：望　春）

陶罐碎了也有用

兄弟俩用了10年时间，烧制出他们认为最好的陶罐，准备全部用船运到城里卖。

没想到，船在行驶途中遇到了强烈风暴，陶罐全部成了碎片，这让兄弟俩的心情沮丧到了极点。

这时，哥哥提议，来一趟城里不容易，去城里四处走走，见识见识。弟弟哭着说："你还有心思去闲逛，你就不心疼那些陶罐？"哥哥心平气和地说："我们够不幸的了，如果还因此而不快乐，那岂不是更加不幸？"

他们进了城，在闲逛中意外发现，城里人用来装饰墙面的东西，很像陶罐碎片。于是，他们索性将那些碎片再砸碎，做成马赛克出售给工地。结果，他们大赚了一笔。

当我们遇到不幸时，不妨冷静下来，让大脑转个弯，或许就会出现柳暗花明又一村的转机。

（**作者**：赵元波；**推荐者**：培　培）

四门大开表忠诚

郭将军位高权重，但他的府邸却四门大开，让人自由进出。

一次，皇帝派来太监找郭将军议事，当时他正在卧室里帮夫人梳妆，就让太监直接进到卧室。

郭将军的儿子看不过眼，说："这事传出去岂不有损名誉？而且府门随意大开，不成体统！"

郭将军听后，微微一笑："我问你，我若把府门都关上，不轻易与外人交往，你猜会发生什么？"儿子懵了，连连摇头表示不知。

郭将军替儿子答道："会带来灭九族之祸！"

儿子不解了，问："为什么？"

郭将军解释说："一旦那样，会有小人到皇上那打小报告，猜测和诬陷我，说我要密谋造反。这些话说得一多，皇上也难免会起疑心。但现在府内一切都明明白白，那些想诬陷我的人，便找不到借口了，皇上也会放心。"

这番话让儿子茅塞顿开，郭将军本人也因此做到了"权倾天下而朝不忌，功盖一代而主不疑"，在85岁高龄时善终。

身在风平浪静的江面上，也要未雨绸缪，想着如何智慧地避免恶浪的来袭。

(**作者**：徐立新；**推荐者**：雁 翎)

特别的礼物

有个男人要回老家过年，一个老乡知道后，托他带一大袋子东西回去，却都只是些味精、洗衣粉等。

男人很不解："咋不捎点儿钱呢？"要知道，从省城到老家有千里之遥呢！老乡有些不好意思，说："我没挣到多少钱。你跟我妈说，这都是单位发的，用不完。"

男人只得带着大袋子回去，一路上都在发牢骚。

回到老家，老乡的母亲很高兴，把东西摆了一炕，兴奋地说："我儿子说他找了个好单位，啥都发，让我别惦记着他。起初我还不信呢，看到这些，我就放心啦！"在她自豪的讲述中，充满了无尽的幸福。

男人的心不禁一颤——回家后，他塞给母亲2000元钱，母亲也只是淡淡一笑，钱带来的快乐，远远不如老乡那些不值钱的东西。

是的，爱的巧妙表达最重要。即使最简单的爱，因为慧心的选择，也会诞生许多难以形容的幸福啊！

(**作者**：崔修建；**推荐者**：元慕田)

(**本栏插图**：安玉民 梁 丽)

学写作文，从读故事开始

·情节聚焦·

劝架

□黄 云

眼看就要入冬了，火锅店的生意开始好起来了。这生意一好吧，人就多，很多客人吃得尽兴，喝得起劲，有时候不免会产生摩擦和纠纷。

这天晚上，天已经完全黑了，“高兴火锅城”还有两桌客人在喝酒划拳，没完没了。其中一桌有个光头客人，去了一趟卫生间，回来的时候，路过前面那一桌，不小心把一个胖子客人的一瓶啤酒给碰倒了。那瓶酒当场碎裂在地，啤酒洒了一地。

本来这样的事在聚会吃喝中也很常见，好言两句，一般也就不会有什么事。但是那个光头不知道是不是喝高了，回头看了一眼，醉醺醺没当回事，继续自顾自地往他的位子上走去。胖子当场大怒，喝了一声：“喂！”

光头完全没有听到，继续往前走。胖子火了，走上前把光头的衣领揪住：“你把我的酒给碰洒了！”

光头有点迷糊地掀开胖子的手：“你想干什么？知道哥是什么人吗？狗眼不识泰山！”说着，用力推了胖子一把。

胖子一个重心不稳，向后跌了个四仰八叉，恰好跌坐在刚才碎了的瓶渣上，坐了一屁股的酒水。

胖子火了，骂起来：“老子管你是什么泰山不泰山，敢跟老子叫嚣，谁怕谁啊！”他爬起来向光头扑过去，两人扭打起来。

这下事情就闹大了，光头的朋友们全围过来劝，一劝更糟，胖子的朋友们也都围过来，一来二去，半劝半拉中，老有人不小心受伤。于是两伙人借着酒劲，你骂一句，我推一把，没一会，就打起来了。

高兴火锅城的老板王高兴听到消息，连忙跟伙计跑来，想劝架，可是哪里劝得住啊？两伙人喝多了酒，一句话都听不进去，只顾着打架了。

就在这个时候，不知道从哪儿冒出一个看着有点斯文、还戴了副眼镜的年轻人。这“眼镜”二话不说，冲进人群里，先是对着光头抬腿一脚，把光头踢得跌了个狗吃屎。光头以为是对方的人，正大怒，想冲上去还手，不料那眼镜接着就转身，一拳头把胖子打得趴在桌子上，血都吐在了火锅盆里。

光头和胖子正纳闷之际，那眼镜好像疯了一样，见人就打或者踢，力气还不小。没有几分钟，两边的人都被他给打懵了。

在大家发呆的工夫，王高兴突然冲着伙计喊：“这疯子怎么又跑来了？还不快给我报警。”伙计马上拿出手机，打了110。那眼镜听到王高兴在嚷报警，拔腿就跑，一溜烟就没影子了，留下一大群人愣在那儿，你看我，我看你，不太明白怎么回事。

王高兴连忙向客人解释，说刚才那个眼镜是个疯子，家离这儿不远，自从女朋友嫌他没房没钱把他蹬了后，他寻死闹活了好几回，都让人救了过来，后来精神就有点不正常了。上次火锅店里有两个客人发生了争执，他莫名其妙冒了出来，把人家打得鼻青脸肿的，还没有等客人反应过来，他就跑了。那两个客人知道了真相，不但不觉得倒霉，还很庆幸呢！因为还好那疯子只是打了他们一顿，要是捅他们两刀，那可是杀了人都不偿命啊，谁让人家是疯子呢？

光头和胖子两边的人一听，也晕了。搞了半天，他们让一个疯子给打了啊？

·情节聚焦·

这时，警察也赶来了，问王高兴这是啥情况，王高兴就轻描淡写地解释，说是一点小矛盾，结果让一个疯子给闹大了。

那光头这下子酒全醒了，才知道是自己先把人家的酒给碰洒的，解释说刚才他喝高了，不知道自己有错在先。

胖子听了，想想自己也是经常喝酒的人，喝高了确实容易搞不清状况，既然对方不是有意的，不知者不怪罪嘛，就表示算了。

双方都对那个疯子义愤填膺，却又无可奈何。警察也因为肇事者是个疯子，又已经跑了，劝了两句以后要少喝酒之类的，就撤了。光头和胖子把账结了，打破的碗、盘、杯子等，一方赔了一半，也散了。

等火锅城的客人散尽后，王高兴这才让伙计把门关上。这时，眼镜也不知道又从哪里冒出来了，叫着王高兴：“哥，我刚才干得怎么样？”

王高兴拍了拍他的肩，夸他道：“老弟啊，到底是体育学院出来的，体力还真不赖！你没看到刚才警察来问话的时候，那光头不停地揉屁股，胖子也老是摸自己的脸。你这手，下得不轻啊，看样子他们都挺疼的！”

“那是，最近找不到工作，我正憋了一肚子的气呢！今天终于都发泄出来了，真解气！”

王高兴掏出几百块钱给了眼镜，安慰他道：“找不到工作，暂时就住在哥这里。再遇到这样的情况，你还得继续帮哥‘劝劝架’。”

眼镜接过钱，大大咧咧地说：“没问题，你是我堂哥，不帮你帮谁？”

（题图、插图：安玉民 梁 丽）

延伸阅读

您想阅读这位作者的其他精选作品和创作感言吗？请扫描右边的二维码。更多精彩，立刻体验。

本期主题：春节风俗故事

“糖瓜祭灶，新年来到；姑娘要花，小子要炮；老头儿要顶新毡帽，老太太要件新棉袄。”亲爱的读者朋友们，又是一年春节到，先给大家拜个早年！这次，咱们就讲讲春节风俗的故事……

春节的来历

有一年，世上大乱。玉帝得知后，降下御旨：要派一位大神去管理人间的衣食住行。可是，没有神仙肯接旨。

这时候，南天门外传来一声吆喝：“这差事我干啦！”抬头看时，是光头顶、胖乎乎、笑哈哈的弥勒佛。

却说这弥勒佛来到人间，第一件事就是让人们过一个痛快年，吃好的，穿好的，不干活。他还要大家把各路神仙都请到，香箔纸锞，准备齐全。到了初一，家家都要起五更，放鞭炮。

这样又过了几天，到了初五，天刚蒙蒙亮，忽然传来一阵吵闹声。吵闹者是姜太公的老婆（专管茅房、粪土的脏神），正在跟弥勒佛吵架呢。原来，人们请神仙时把她给忘了。弥勒佛只好说：“这样吧！今儿是初五，让人们再为你放几个炮，包一次饺子，破费一次吧！”——这就是“破五”的来历。

不想这几声炮响传到天宫，玉帝以为人间又出了什么事，便派财神去察看。财神来到人间一看，到处都是香箔纸锞，高兴得就忘了回去。

玉帝等啊等，财神还是没有回来，便亲自到人间察看。他一看，人们啥活都不干，非常生气，召来弥勒佛喝道：“你怎么尽让人们吃好的，穿好的，不干活？”

弥勒佛笑嘻嘻地说：“你要我管人们的衣食住行，可并没有叫我让人们干活呀！”玉帝一想，也对，既然已经这么办了，那一年只能有此一次，开春以后就要下地干活。

从那以后便留下了旧例，一年有一次春节。

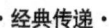

“二十三，祭罢灶，小孩拍手哈哈笑。再过五六天，大年就来到。辟邪盒，耍核桃，滴滴点点两声炮。五子登科乒乓响，起火升得比天高。”你知道人们为啥要过小年吗？

过小年的来历

有个叫阴子方的人，心地善良，却家境贫寒。有一年，大雪下了十几天，眼看春节将至，他却没钱办年货，只能望着大雪发呆。

腊月二十三日，灶神装作一个讨饭的老太婆来到阴子方家门口，求他给点饭吃。可阴子方哪有吃的？自己已经两天没有吃东西了。老太婆很生气，说：“你真没良心，我一个孤老太婆大雪天来要饭，你却啥也不给……”说着，就栽到了雪地里。

阴子方赶紧将她扶进屋里，急得不行，只得狠狠心把家里的小狗杀掉了。可等他做好狗肉，老太婆却不见了。桌上留下个包袱，里面是闪闪发光的金子，还有几行字：“我本灶神君，要饭知你心；狗肉我不吃，算作过年羹。赐金一两整，买地和娶亲。”

后来，阴子方买了地和牛，精心耕作，终于过上了好日子。

这事愈传愈远，每到腊月二十三，人们纷纷祭祀灶君，开始“过小年”。

饺子的来历

“初一饺子初二面，初三合子往家转，初四烙饼炒鸡蛋。初五初六捏面团，初七初八炸年糕，初九初十白米饭，十一十二八宝粥，十三十四氽汤丸，正月十五元宵圆。”你知道这些春节美食的来历吗？

从前，有位秀才日夜苦读，常常读得不知睡觉、忘了吃饭。

妻子王秀姣很为他担心，一天，她特意给丈夫炖了香喷喷的鸡肉，可秀才仍然边吃边读，一不留神，一小块鸡骨头卡在嗓子眼里，害得他吭吭咳咳了好一阵。秀才摇了摇头，连连说：“惜乎哉！惜乎哉！误

了好时光。”

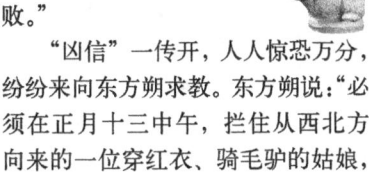

怎样才能既不费事又能好吃呢？妻子琢磨开了，吃面片吧，省事却没营养；吃肉吧，又太腻口。她突然想到了用面片包肉，立即去做。第一次，包的是肉末，味道不太好；第二次，包肉末和菜，味道不到家；第三次，包上了味料的肉末和菜，味道好极了！秀才也觉得清香可口，连连称赞：“真好吃，真好吃也。”

秀才由于吃好了，精力逐渐旺盛，进京赶考后，中了个状元。喜讯传来，有人问秀才读书的秘诀，秀才说：“吃得好，吃得好。”随后，把自己每天吃饭的经过跟众人说了。

众人迷惑了，我们咋没吃过？连忙问他那东西叫什么名字。秀才一时答不上来，转念一想，东西是贤妻做的，就叫它“姣子”吧。

大家听说吃“姣子”能中状元，都来学着做，慢慢的，“姣子”被改名为“饺子”。

元宵的来历

汉武帝时，有个叫元宵的宫女，做的汤圆又圆又甜。元宵姑娘三年没有出宫，常因思念家人落泪。

东方朔知道后，十分同情她。第二天，他化装成一个算卦的，走街串巷，散布一个凶信：“正月十五降天灾，熊熊烈焰四方来，弄得家家不安宁，搅得国家要衰败。”

“凶信”一传开，人人惊恐万分，纷纷来向东方朔求教。东方朔说：“必须在正月十三中午，拦住从西北方向来的一位穿红衣、骑毛驴的姑娘，那是火神娘娘，要苦苦哀求于她。”

果然，正月十三中午，一个红衣女子进城来，人们立刻叩头哀求。那女子说：“正月十五、十六两日晚上，玉帝要在南天门观赏地火，要火烧长安城。我怎敢抗旨？”说完，骑着毛驴就走了。

汉武帝知道后也吓坏了，这时，东方朔从容奏道：“微臣倒有一计。”汉武帝转忧为喜：“快快说来！”

东方朔说：“皇上可下旨三道，一道令元宵姑娘出宫教百姓赶制汤圆，以供奉火神娘娘。第二道令全城百姓做灯笼，到正月十五、十六两日晚上在全城点燃，可瞒过玉帝，火神娘娘也就能复旨了。第三道，那两日让所有宫女出宫观灯，必然解难消灾。”汉武帝点头答应了。

元宵姑娘终于全家欢聚，悲喜交加，一问，才知道火神娘娘是东方朔让她的家人扮的。

果然，正月十五、十六，长安城内，家家户户做汤圆，挂灯笼，放烟火。就这样，年复一年，流传至今。人们为纪念元宵姑娘，就把汤圆叫做元宵了。

"三星在南，家家拜年；小辈儿的磕头，老辈儿的给钱。要钱没有，扭脸儿就走。"接下来，讲讲压岁钱的传说。

压岁钱的来历

传说有个叫"祟"的小妖，每年除夕夜出来，专摸小孩子的脑门，小孩被摸过后就会变成傻子。

有一户姓管的人家，夫妻俩老年得子，十分珍爱。到了年三十，夫妻俩发愁了，害怕遇到"祟"！

孩子却一个人玩得很开心，拿来一张写对联剩下的红纸和八枚铜钱，玩起了红纸包铜钱的游戏。过了一阵子，他打个呵欠，睡着了。

夫妻俩不敢睡，点烛添灯，坐在床前，长夜守"祟"了。挨着挨着，忽然房外"呼啦啦"地刮起一阵大风，"嘎——"一声，门开了，一个小妖进了屋，径直向孩子的头盖摸去。

就在这时，枕边射出一道白光，"祟"像遭到电击似的缩回手，"吱呀，吱呀"地尖叫着，逃走了。

夫妻俩慌忙一看孩子，睡得挺香，非常平安。奇怪了，什么东西能把"祟"吓走呢？夫妻俩在孩子枕边找了又找，只找到了用红纸包着的八枚铜钱。原来，八枚铜钱是八仙变的，他们看到"祟"无恶不作，就暗中帮忙。

后来，大家纷纷效仿，在大年除夕夜里用红纸包上铜钱给孩子，并把这叫"压祟钱"，日久天长，就被称为"压岁钱"了。

"一时欢乐一时愁，想起千般不对头。如若想得千般到，自解忧来自解愁。"这首诗就是一个谜语，它的谜底正是"猜谜"。

猜灯谜的来历

胡财主家财万贯、横行乡里，人们叫他"笑面虎"。

春节将临，胡家一前一后来了两个人，前边的叫李才，后边的叫王少。

故事会·中国故事创作与讲演安亭培训基地

为你开启故事创作成功之门

第17期故事创作研讨班开始招生

为培养富有实力的骨干作者，加强作者队伍的建设，本刊与上海嘉定区安亭镇政府合作，成立“故事会·中国故事创作与讲演安亭培训基地”。今后，该基地将为全国有志于故事创作的作者提供优越的培训条件，聘请故事创作专家、讲述家讲授故事创作理论知识、实践经验以及讲演技能，组织各类富有针对性、实效性的创作和讲演活动，从而缩短作为一个故事作者的成熟周期，为你开启故事创作的成功之门。经过该基地讨论、加工的作品，将优先在《故事会》发表，并推荐参加年度评奖活动。

今年4月，“故事会·中国故事创作与讲演安亭培训基地”将正式开始活动，并在该基地举办第17期故事创作研讨班。

凡报名者，不论资历，公平竞争，以作品和创作潜力为衡量标准。须提供：1. 本人创作简历一份；2. 若干篇新创作的故事作品；3. 本人真实姓名及详细联系方式（包括电话）。

参加本期研讨班的差旅食宿等费用由“故事会·中国故事创作与讲演安亭培训基地”承担。

报名工作正在进行中，可通过电子邮件以及邮局投寄方式将作品和相关信息传发给我刊编辑，截止期为2013年4月10日。

笑面虎见李才衣帽华丽，就满脸堆笑。李才说要“借银十两”，笑面虎忙取来银两。王少也上前说：“老爷，我借点粮。”笑面虎瞟了他一眼，见他衣着破烂，就骂道：“滚！”这把王少气坏了，决定要斗斗笑面虎。

转眼到了元宵灯节，王少打出一顶花灯上了街。他来到笑面虎门前，把花灯挑得高高的，引得好多人围观。笑面虎一看，灯上题着四句诗：“头尖身细白如银，论秤没有半毫分，眼睛长到屁股上，光认衣裳不认人。”

笑面虎气得怒眼圆睁：“好小子，胆敢用打油诗来骂我！”

王少笑嘻嘻地说：“我没骂你呀！我这诗是个谜，谜底是‘针’，你想想是不是？”笑面虎一想：可不哩！只能干瞪眼，没啥说，转身狼狈地溜了。周围人都乐得大笑。

第二年灯节，不少人都将谜语写在花灯上，供观灯的人猜测取乐，就叫“灯谜”，一直传到现在。

（本栏插图：安玉民 梁 丽）

一句话逗笑你

◆ 宅，是一种很不稳定的状态。只要一停电，就会退化成山顶洞人。

◆ 蓝精灵陪伴着我们长大，就变成了阿凡达。

◆ 数学老师用粉笔头砸中一打瞌睡的男生，看见了吧，两点决定一条直线。

◆ 最滑稽的事情莫过于踩在"出入平安"的地毯上摔了一跤。

◆ 孩子咳嗽老不好，多半是不想去上学装的，打一顿就好了。

◆ 知道高考为什么在6月7、8号举行吗？意思就是，录取吧。

◆ QQ群里在讨论婚宴，有人建议：用支付宝交份子钱，然后婚宴外卖送上门，新人传视频答谢。

◆ 吵架吵到激烈的时候，人会出现耳聋耳鸣等症状，最常见的一种情况，就是一个人重复地对另一个人说："你再说一遍！"

◆ 三人行必有一师，三剑客必有一强，三角恋必有一伤。

◆ 突然想到一个问题，被门夹过的核桃还补脑吗？

（**推荐者**：曹绍明）

上班族心态

◆ 一打开电视总是会碰到广告，一打起瞌睡总是会遇到主管。

◆ 选老板和选老婆一样，和你当初的梦想差了十万八千里。

◆ 发财是每个上班族的梦想，发呆是每个上班族的心愿。

◆ 职员写日记，老板写传记。

◆ 下班后第一杯啤酒，消除你一天的紧张；下班后第二杯啤酒，消除你一天的不满；下班后第三杯啤酒，消除你一天的无奈；其余的啤酒，消除你一天的记忆。

（**推荐者**：邓长青）

男人是什么"鬼"

◆ 男人晚上九点钟回家，老婆骂："酒鬼！上哪儿喝酒去了？"

◆ 男人晚上十二点钟回家，老婆骂："赌鬼！上哪儿赌去了？"

◆ 男人凌晨五点钟回家，老婆骂："色鬼！上哪儿鬼混去了？"

◆ 男人下班就回家，老婆骂："死鬼！回来这么早，做了啥亏心事了？"

◆ 男人整天宅在家，老婆骂："懒鬼！就知道在家混吃！"

（**推荐者**：丁学明）

（**本栏插图**：安玉民 梁 丽）

·海外故事·

精神病院的骚乱

□老　三

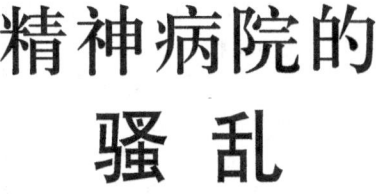

这天清晨，精神病院发生骚乱。带头闹事的患者叫阿尔弗雷德，在他的指挥下，几十名精神病人成功地将十几个医生、护士制服，强迫他们穿上病号服，把他们关进一间大病房里，而一群精神病人则换上了医生、护士的服装，充当起医生、护士来，阿尔弗雷德更是当起了精神病院的院长。

精神病院的院长是个大胡子，他也被关进了大病房。他立即召集手下开会，商量怎样才能脱逃出去。商量妥当后，他们按计划开始实施，首先由一名医生用力摇晃大病房的铁栅门——“咣当咣当”，铁栅门外上了锁，门口还有几个身强力壮的精神病人在站岗，其中一人厉声问：“干什么？”

医生说：“我要见你们的阿尔弗雷德院长！我的病好了，我要出院。”

“你的病好没好，你说了不算，阿尔弗雷德院长说了才算。”站岗的精神病人从外面开了锁，放这名医生出来，押着他去院长室。

十分钟后，这名医生回来了，他垂头丧气地说，刚才在院长室，他对那个疯子——“阿尔弗雷德院长”说，他的病好了，要出院，对方却说，越说自己病好了的，病越没好，就命人把他押回来了。

一计不成，再施一计。另一个医生又去晃动铁栅门，要见“阿尔弗雷德院长”。于是，站岗的精神病人又押着这名医生去院长室。没一会儿，这个医生也唉声叹气地回来了，他说，在院长室里，他和刚才

那个医生反着来，说他承认自己有精神病……但刚讲完这一句，“阿尔弗雷德院长”就说：“知道自己有病？那就安心住院治疗吧！”便叫人把他押回来了。

大家一筹莫展，不知如何是好。

大胡子院长转悠了几圈，计上心来。他见地上有一把链子锁，那是在骚乱中遗落下的，锁眼上还插着钥匙。他把钥匙放在衣兜里，用链子锁把铁栅门从里面锁上了。

这时，正巧到了服药的时间，外面一帮精神病人扮作医生、护士，用托盘托着一堆药片来大病房送药。他们从外面打开锁，却推不开铁栅门，这才发现铁栅门上还锁着一条链子锁，于是七嘴八舌地嚷嚷起来，让里边的人开锁。大胡子院长从衣兜里拿出钥匙，晃动着，显摆着，得意洋洋地说：“钥匙在我这，就不给你们开！”

有人急忙去报告，很快，“阿尔弗雷德院长”闻讯赶来了，他的手叉着腰，站在铁栅门外，质问大胡子院长：“为什么不给我们开门？”

大胡子院长说：“因为你们是病人，我们是医生，病人就要被锁在外面，不许进来。”

“你胡说！”“阿尔弗雷德院长”吼叫着，“我们才是医生，你们才是病人，被锁在外面的应该是你们！”

大胡子院长装模作样地问：“什么？我们是病人，你们才是医生？”

“阿尔弗雷德院长”哈哈大笑：“对，没错！你们是病人，我们是医生，因此你们才应该被锁在外面！”

“天哪，原来是这样！”大胡子院长夸张地叹息着，乖乖地打开了链子锁。“阿尔弗雷德院长”——那个真正的疯子带着穿了医生、护士服的精神病人们，有说有笑地进了大病房，同时朝外驱赶大胡子院长他们：“出去出去，你们这帮病人，你们应该被锁在外面，不许进来！”

大胡子院长他们十几个人，压抑住内心的狂喜，不慌不忙地走出病区，迅速从外面锁上了铁栅门……

（题图、插图：安玉民 梁 丽）

手机买卖

□ 石高杰

我这人，从小玩心就重，读书时没少逃课翻墙出去玩，结果高考结束，考了个“家里蹲大学屋里系”。在外面闲晃了快一年，眼看爹妈就要断我的粮草了，我一咬牙，打算去摆地摊。

卖什么呢？别看我手里没几个子儿，狐朋狗友倒是一大堆，正好有两个哥们儿有路子，可以向我提供二手手机。嘿，你还别说，这二手手机搭上山寨手机，我的生意还挺红火。

这天晚上，我像往常一样，在一个夜市摆摊卖手机。刚支好摊子，一个六十多岁的老大爷过来了，站到摊子前看了老半天，他胳膊上别着个袖章，看样子是附近路口的交通协管员。

甭管他是谁，只要不是城管就行！我看他黑黑瘦瘦的一副穷酸样儿，猜他不太可能掏钱买手机，顶多看一会就走了，就没搭理他。

谁知过了一会儿，老大爷蹲下来拿起一部旧手机，翻来覆去地看了几遍，问：“这手机能录像吗？”

我一听，感觉有戏，赶紧笑呵呵地道：“这部手机拍照录像效果都很棒，而且便宜，才一百八。”

老大爷倒是没急着讨价还价，而是让我教他怎么用它录像。

我打开录像功能，老大爷一看，手机屏幕里的影像一片模糊，急了：“不清楚啊！这咋行？”其实这只是一部二手的山寨手机，像素很低，我赶紧向他解释，说到了白天再录效果就会好一些。

老大爷摆摆手，有些窘迫地问：“有在几米之外录像也能看清人脸的吗？坏手机也行，能不能打电话都无所谓，只要价钱不是太高。”

我拿起另一部手机道：“这个就不错，价钱也不高，才三百多。”

老大爷听了，顿时面露难色，看样子这个价格对他来说高了。我有点好奇，便问：“大爷，你为啥非得要能录像的手机？”

老大爷只是淡然一笑，轻声说了一句：“我有用。”

他不肯说出实情，我也就没再追问，敷衍着说：“我帮你瞅着，有这样的手机就给你留着。”

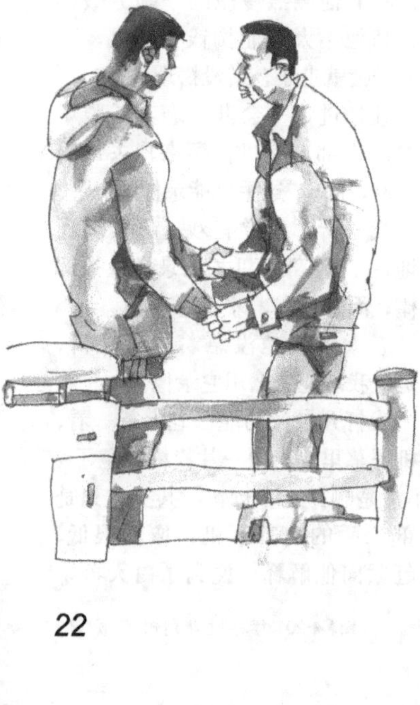

老大爷非常诚恳地说了声谢谢，这才离开。

随后几天，老大爷天天都会过来问我，有没有找到合适的手机。说实话，卖那样的手机我挣不到啥钱，就根本没怎么上心这事儿。

这天晚上，老大爷又来了，脸上、手上有许多擦伤，他默不作声地蹲下来，踌躇良久才开口问道：“这里面，录像功能最好的是哪一部？”

我帮他挑了一部，试完录像功能后，老大爷还算满意，便问我多少钱。我看着他脸上的伤，有点心酸，没忍心加钱，直接报出了入手价格，三百六十块钱。

老大爷没还价，从口袋里摸出一个裹成一小团的塑料袋，把里面的钱全掏了出来，数了数，共有三百九十七块六毛钱。“还能剩三十七块六，够我一个星期的饭钱了。”老大爷说着，数出三百六十块钱递给我。

一手交钱，一手交货。只是当我拿上这些钱的那一刻，心里竟然莫名地有些负罪感。

老大爷拿了手机，又让我教他怎么用录像功能，来回学了近二十遍，总算学会了。临走前，老大爷嗫嚅了半天，才问我，要是手机没有损坏，回头还能不能再卖给我。

我开玩笑地说：“可以是可以，

不过价格要比现在低一些。”

老大爷听了，心满意足地走了。

接下来的一个多星期里，我再也没有见到过这位老大爷，不过我倒是期待他能再次过来，高高兴兴地把手机再卖给我。钱一分不少还是他的钱，手机还是我的手机。

可是，我没等到老大爷出现，倒是先遇到了供货问题，给我提供二手手机的哥们出了点事儿，我的货源也就断了，只能先去批发一些便宜的山寨手机补充货品了。

又是一个晚上，我照例在老位置支起摊子，看到了一个熟悉的身影，那位老大爷又回来了。和上次相比，他脸上又多了一些瘀青和擦伤，但看上去却精神多了。

“我来卖手机了，它的任务已经完成了，还好没有摔坏。”老大爷开心地说着，把手机递给我，让我检查。

我接过手机，他又提醒道：“对了，这手机我只用了一次，录了一段视频，我不知道怎么删除，你给删了吧，不然耽误你下次卖手机。”

我装模作样地检查着手机，却没有直接删除视频，而是点开想看个究竟。抖动的镜头里，出现了两个小伙子的身影，他们挤在等绿灯的人群里，紧挨着一个女孩儿，悄悄地伸出了手……

我的心猛地一颤，手机差点摔到地上，那两个身影，对我来说，实在是熟悉得不能再熟悉了。

老大爷看我点开了视频，兴奋地解释道：“这两个小混混，经常在十字路口偷等绿灯人的钱包和手机，被我抓到过两次。可是他们太机灵了，一个人得手，另一个人立马就把东西转走了，我没抓着证据，冲上去还被他们打了一顿，警察来了也没招。这一回，他们偷东西的时候我先偷偷录了像，然后再冲过去，警察来了咱也有证据，看了录像直接就把他们抓走了。唉，才二十出头的小伙子，干啥不好干这个，这样下去真是毁了……”

我失魂落魄地看完了视频，掏出四百块钱塞给老大爷。

老大爷沉浸在兴奋中，并没有觉察出我的异样，他笑道：“小伙子，你记错了吧？我买手机时给你的是三百六，不是四百。”

我听了，心里更是五味杂陈，只是生硬地说了一句：“你是英雄，这是你应得的。”我没有勇气告诉他，视频里的两个小毛贼就是给我供货的那两位好哥们，这部手机就是他们偷来的。

我没有继续摆摊，回到家，收拾好东西返回了久违的校园，准备复读。我知道，在踏入社会之前，我还需要再去补补课……

（题图、插图：谭海彦）

三十五年一句话

□吴治江

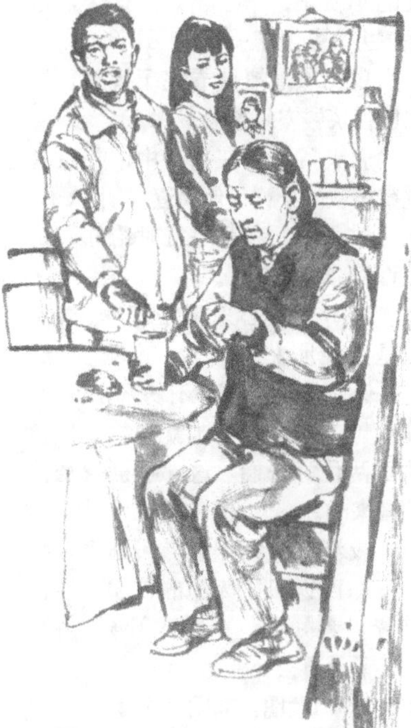

俗话说“一样的米养百样的人”，芸芸众生中，总有一些人与众不同。有一对老夫妇便是两个特别之人，被人称为“犟公犟婆”。

“犟婆”本来会说话，可她犟得三十五年不说一句话；“犟公”犟得三十五年努力干一件事——让老婆开口说话。

老两口这事，说来可话长。

1976年，两人的大名一个叫刘丰收，一个叫李元芬，夫妻俩都是镇上甜酱厂的工人，他们有一儿一女，儿子刘强八岁，女儿刘玲六岁。

一天上午，两个孩子嚷着要吃冰棍，李元芬舍不得，可经不住孩子缠还是一人给买了一根，但买了后又觉得两根冰棍钱如果买盐那要吃好久，于是唠唠叨叨说儿子刘强，说他把妹妹带成了馋猫。刘强赌气跑了出去，这一出去就到中午还没回来，刘丰收找儿子回家吃饭，哪里都找不到，孩子就这样失踪了。

刘丰收骂妻子：“就怪你！唠唠叨叨说个没完，儿子就是被你说丢的。”李元芬哭道：“我不说话了，我当哑巴行了吧？”

果然，李元芬变得沉默寡言，捧着儿子的照片可以看一天不说一句话。刘丰收劝她想开点，话还是要说的。她说：“是我话多说丢了儿子，我不再说话了，除非——”刘丰收问：“除非啥？”她说：“除非

儿子回来，或者太阳从西边出来，或者石头孵出小鸡。”

从此以后，李元芬真的一句话也不说了，对谁也不说。

慢慢地，所有人都把她当成了真正的哑巴，就只有刘丰收说她不是哑巴，他说他要实现她的条件，让她说话。可三条里，只有找回儿子这条有点道理，但他努力了三十五年，儿子依然杳无音信、生死不明，两人也老成了“犟公”、“犟婆”。

老两口这一犟就犟到了2011年，他们的女儿刘玲当了老板，常带父母旅游，在国内玩了不少地方。

这次，女儿又让他们随团出国游。犟婆一听要出国，坚决不去，犟公只好自己随团去了。

犟公旅游回来，直接到了刘玲家，兴奋地说：“我能让你妈开口说话了，我能让泥块孵出小鱼，这等于石头孵出小鸡。”说着，他从包里取出一个塑料袋，又掏出一个干泥块给刘玲看。刘玲不相信，犟公说：“你们就等着瞧吧！”

第二天，犟公把女儿女婿全叫到家里，他对犟婆说：“找到儿子，我还没办到。太阳从西边出来，谁也办不到。石头孵出小鸡不好办，可我能办到这个。”他把那干泥块递到犟婆手上，说：“我能让这泥块孵出小鱼，我要是办到了这事，你总该开口说话了吧？这跟石头孵小鸡是一样的。”

犟婆想了想，然后点了点头。

“好！”犟公盛来大半盆河水，把那泥块放进水里轻轻搅动，直到泥土全部散开。他说：“老太婆，你就好好守着这盆，免得你怀疑我从外面放鱼进去。”

第二天上午，盆里当真有小鱼在游动，犟公立即找来个放大镜，犟婆一看，惊得瞪大了双眼。

“说话呀老太婆，你说话呀！”犟公盯着犟婆，十分激动。

犟婆双唇剧烈地颤抖着，呼吸加速，话从肚里出来，仿佛已到了舌尖，可她突然一咬牙一闭嘴，生生又吞回肚里，然后紧闭嘴巴，似乎怕那话再冲出来。她用手语比划说：“这不是石头孵小鸡。”

女儿好一番劝说，犟婆就是一个字都不吐。无奈，女儿也不管她了，只问犟公这鱼是怎么回事，犟公这才说出这泥块孵鱼的秘密。

原来，犟公这次出国旅游去了非洲，那里有一种独特的鳉鱼，在东非热带草原气候中，随着旱季的到来，小水塘迅速干涸，其中的鳉鱼也走向了生命的尽头，但它们的鱼卵却完好保存在干燥的泥层中，经过几个月漫长的等待，当雨水再次降临大地时，幼鱼纷纷破土而出。

犟公特地学习了鳉鱼的孵化技

术，买回了几块含有鳉鱼卵的干泥块。他想这次可以让犟婆说话了，可没想到，努力还是白费了。

女儿女婿都流了泪，女儿用手机拍下那盆里的小鱼，她说："我受不了了，我要把这事发在微博上，让全天下的人帮助寻找我哥。"她果真把她哥失踪、母亲三十五年不说话以及这鳉鱼的事全发到了微博上。

犟公问："这管用吗？"女儿说："试试看吧，网络有时真能让太阳从西边出来。"

太阳当然没从西边出来，可不久，一件奇怪的事却发生了。

这天，犟公家的电话响了，他问是谁，对方却半天不说话，他就挂了电话。不久，电话又响了，对方还是不说话，犟公火了："我是刘丰收，你是哪个？"对方又挂了电话。十多分钟后，电话又来了，犟公大声说："再来烦我，老子报警抓你！"听筒里只有急促的喘气声，还是不说话，犟公"啪"一下掼下话筒。

刘玲知道这事后，到电信公司一查，那三个电话都是同一个手机号码打来的。

是不是我哥找来了？她马上怀疑，因为她在微博上也留了父亲的座机号。她马上打电话过去，对方是个男子，他说他不是她要找的刘强，他叫鲁亮，是个养鱼爱好者，看了她的微博，很感动，他打电话给老人是想买点带有鳉鱼卵的泥块，可他怕老人不相信他，一时不知怎么开口。

真要买泥块，有什么不好开口的？刘玲凭直觉断定，这鲁亮很可能就是刘强，她马上答应送一些泥块给他，要他留下地址。鲁亮犹豫了一下，告诉了她一个地址。

刘玲很快寄去了一块泥块，为了试探这人，她还寄了几张父母三十多年前的照片，还有一种名叫"核酸样品保存传送卡"的东西，把父母的几滴血样通过这卡寄给他。对方可以通过血样做亲子鉴定，刘玲只说请他帮忙找她哥。

可半年过去了，没有任何回音。刘玲多次打那个手机号码，都是关机，她完全失望了。犟公也说这办法要是灵，太阳都从西边出来了。

可太阳还真就从西边出来了。

这一天，是犟婆六十五岁生日，一大家人正热闹时，门被敲响了，开门一看，是个中年男子，犟公就问："你找谁？"男子不说话，目光寻找到了犟婆，愣愣地走过去，"扑通"一下就跪倒在地上，抱着犟婆的双膝号啕大哭道："妈——我回来了！"

一屋人全都震惊了。

犟公一把抓住男子的肩，颤抖着声问："你、你是我儿刘强？"男子起身点头说："我就是您儿子刘强，

三十五年前，我赌气离家，到了汽车站，被人贩子拐卖到了山东。半年前看了网上的寻人启事，我差不多肯定我就是你们要找的人。收到血样后，通过鉴定，你们确实就是我的亲生父母。为了不让养父母伤心，我一直在犹豫，可是——”说着从怀中掏出一个布包，打开，正是刘玲寄出的那泥块，他说，“可是我想念亲人的心就像这泥里的鱼卵一样，一直都没死啊！”

他再一次跪倒在母亲面前，泪如泉涌。

犟公说：“老太婆，儿子回来了，这下你总该说话了吧？”

犟婆抚摸着儿子的头，大口大口地喘着气，终于从肺腑之中爆发出一句话：“儿呀——妈对不起你啊！”

一屋的人全都呜咽起来。

“啪！”刘玲突然打了自己一巴掌，大哭道：“哥啊，当年要不是我怂恿你买冰棍，就不会有这事。你的冰棍只抿了一口就全给我吃了，这事三十多年我谁也不敢说啊！”

“啪，啪！”又是两声响，是犟公打了自己两耳光，他还要打，刘强忙抓住他的手说：“爸，您别这样，都是我的错。”

犟公双眼含泪，仰头望着天花板，说：“有一句话，三十五年我谁也不敢说。其实当年那天中午，开头我找到了儿子，我拉他回家，他不回，我生气了，打了他一耳光说：‘不回你就滚！’我就自己回家了，我想他玩玩就会自己回家的，可就是我这一耳光把他打到了汽车站，打到了人贩子那里，对不起！儿子，是我的错啊！”

（题图、插图：谢　颖）

延伸阅读

您想阅读这位作者的其他精选作品和创作感言吗？请扫描右边的二维码。更多精彩，立刻体验。

·新传说·

人生就像一场戏，不同的是：戏可以彩排，人生不能预演；戏可以暂停，人生却是现场直播；戏可以重演，人生不能重来。幸好，人生的剧本可以由自己来写……

这个女婿不简单

□向曙红

岳丈进城了

老张和村里的哥们老关一起去城里办事，临行前，他给在城里打工的女儿打了个电话。上次他们进城，是老关的女儿女婿接待的，现在也该轮到他的女儿秀秀了。

到了约定的地方，秀秀没来，倒是秀秀的男朋友小壮来了。小壮满脸堆笑，解释道："爸，秀秀在厂里请不动假，让我来接你们。"

老张脸一黑，没好口气："去去去，谁是你爸了，叫得这么亲热。"

也不怪老张不认这个准女婿，实在是小壮太不给他长脸。老关的女儿找的对象是包工头，一年能赚上百万，可小壮除了长了一张油壶嘴没啥能耐，油腔滑调、浮而不实，连房子都是全村最破旧的。

小壮碰了一鼻子灰，但热情不减，仍涎着脸，说："我在王朝酒店订了座，专门接待两位长辈，王朝酒店可是这儿档次最高的酒店哟！"

谁不知道王朝酒店是这儿档次最高的？上次来，老关的女儿就是在这里请的客。老张见不得小壮那张嘴，皱着眉，但还是招呼着老伙计一起去了。

在包间里坐定，小壮就张罗着让大家点菜，大家都知道他手头不

宽裕，没下狠劲，只随便点了几样。小壮不依了："这哪行？得点些像样的。这样，服务员，螃蟹多少钱一只？"服务员说："80。""那，来10只。"

大家一愣，这气派也太大了吧！小壮眼都不眨一下，又问服务员："鲍鱼多少钱一只？"服务员说："有120的，有160的。"小壮豪气地一挥手："160的，来10只。"

就这两样，就得2400块呀，老张不得不说话了："差不多行了，谁不知道你口袋里有几个子儿。"小壮说："爸，没事，反正也用不着我自己买单。"

老张心里没底了，你小子不买单还要老子买单呀？小壮看出了他的心思，说："这年头，谁自己掏钱买单呀？放心吧，我随便逮个朋友，就帮我将单给买了。"说完，又大手大脚地点了好几个菜。

老张心里一掐算，这一桌下来，没5000块钱打不住。面子是足了，老关的女儿女婿招待他们时也没这么排场过，可小壮是穷光蛋啊！

女婿摆阔气

老张提心吊胆的，生怕买单时小壮付不起账丢人现眼，所以吃得是没滋没味。这样吃到一半时，包间的门被人推开了，一个西装革履的年轻人走了进来，一进来就大呼小叫："小壮！我在外面听着像是你的声音，果然是你小子！"

"哟，李局。"小壮赶紧站起来，向大家介绍这位是市城建局的李副局长，又将老张他们作了介绍。李副局长赶紧操起酒瓶子，给老张他们敬酒。

城里的大局长来给他们两个乡下老汉敬酒，他们受宠若惊，一味地客气。李副局长说："甭客气，我和小壮什么关系？大家甭见外。"

敬完酒，李副局长问小壮："单还没买吧？"见小壮点头，他冲服务员说："这一桌我请，记我们城建局账上。"小壮装模作样地客气："这哪好意思？"李副局长一拳擂在他肩上："我帮你买的单还少吗？平时没见你客气，今天倒跟我假模假样了。好了，你们慢用，我那边还有应酬，就先告辞了。"

李副局长走了，大伙儿却都傻了眼，老关先反应过来，赶紧央求："小壮，咱也不是外人，我那女婿是当包工头的，这段时间正没活儿呢。你和城建局的局长关系这么好，可得帮帮忙啊！"

小壮很爽快："行，揽个工程什么的是吧？有机会我引见引见。"

大伙儿正说着话呢，一个中年人从包间门口经过，快走过去了，又回头冲里面望了望，然后叫了起来："哟，小壮！"

"哟，赵局长。"小壮闻声迎了上去，然后向大家介绍，这位是市工商局的局长。

赵局长听说在座的是小壮的岳丈，也赶紧敬酒，并吩咐服务员："这桌我请了，单子记在我们工商局账上。"服务员说："城建局的副局长已经买过单了。"赵局长一拍脑袋："被人家抢了头筹了，那怎么办？要不这样，大家在这住下，房间我开，晚饭我请。"

老张连连摆手，说他们下午得回去。赵局长挽留了几次都没成功，只得说："那咱们得说定了，下次我请。"赵局长也忙，他也是在这个酒店有应酬，出去了。小壮便也随赵局长一起离开了一会儿，他说，他也得去给赵局长那边的客人敬敬酒。

这一下，老关的眼都看直了，说了心里话："我以为我的女婿挺不错的，但跟小壮一比，差远了啊！小壮就一平头百姓，城建局、工商局的头头们争着帮着买单，这能量，厉害。小壮有这么厉害的关系网，终究会成大事。我看啊，秀秀很有眼光！"一席话，说得老张脸红扑扑的，眼睛笑成了一条缝。

掉进一个局

饭后，小壮亲自送两个老汉去车站。两个老汉都上了车，小壮正准备回呢，老张又从车上下来了。

小壮问："爸，还有事？"老张看着小壮，眯眯笑，说："小壮啊，我以前是看走眼了，你今天算是给我这老脸争光了。"小壮说："没事，您满意就行。"老张一迭声地说满意，然后说："你和李副局长关系那么铁，老关那事你可要上心啊，礼他送了，你可得多催催。"

"什么事？什么礼送了？"小壮脑子一时没转过弯来。

老张说："就是帮他女婿揽工程的事啊，你出去给赵局长的客人敬酒的那会儿，老关去洗手间，又碰着李副局长了，他就央求那事来着。我们都知道，这年头托人办事总得花费点，刚好，老关的女婿不是给了他一张银行卡嘛，卡里有10万块钱呢，老关就连卡带密码塞李副局长兜里了。李副局长答应了，你可得多去催催，别让人家一忙将这事儿给忘了，到时老关会怨我们。"

听到这话，小壮的脸一下子就白了。老张问："这事棘手？"小壮说："不棘手不棘手，您放心好了。"他将老张送上车，撒腿就往回跑。跑到王朝大酒店，哪里还有"李副局长"的人影，他一屁股就跌坐在大堂的沙发里。

其实，那两个"李副局长"、"赵局长"，都是他小壮临时找来的托，他连人家姓甚名谁都不知道。

小壮知道，老张一直瞧不上他，也是，人家的女婿都比他有出息。秀秀让他帮着接待老张他们，他就想到个鬼主意，打算借这个机会，改变人们对他的看法。他先放了几千块钱的就餐费在服务员那儿押着，又临时请了两个长得有点儿领导派头的“群众演员”，演了一场戏，以此证明，他在城里混得非常开。

但哪知道，演得太逼真，老关当了真，居然塞给那个“李副局长”10万块钱。那个“李副局长”平白得了10万块钱，还不一溜烟跑了？小壮知道，不可能再找得到他了。

没办法，小壮只得垂头丧气地去见秀秀，秀秀问他咋了，这事儿已经瞒不过去了，小壮只得照实说了。秀秀一听，气得跳起来：“你怎么干这种事？骗我爸和关大伯？”

小壮哭丧着脸，说：“我不就是为了个面子吗？”

“但关大伯损失了10万块钱呀，怎么办？”秀秀拿出手机，“报警吧，兴许警察能帮着将钱追回来。”

小壮一把夺下了秀秀的手机：“不能报警，报不得呀！”

“为什么？”

“你想想，报了警，警察就要找关大伯了解情况吧？这样，我找人骗他们的事不就全漏了吗？到时候，我还能抬起头来做人吗？”

小壮说的是，这事要是传出去，村里人还不笑掉大牙，爸爸更不会同意他们的婚事了。秀秀也没辙了，问：“报警不能报，关大伯那10万就这样打了水漂？”

小壮一咬牙：“大不了，我将那10万块钱还给关大伯，就说，事儿不好办，人家将钱退给他了。”

“说得轻巧，10万啊，你有吗？恐怕你连1万都拿不出吧。”

小壮还真拿不出1万块，他身上那点钱，几乎全在那一顿饭上花掉了。但除了还钱之外，他再无退路可走。

局外还有局

其实小壮也不是一无是处，他搞装修的手艺还是很精湛的，只是他平日里老梦想着发大财，小事不

愿做，大事又轮不上他，所以混来混去还是一副穷模样。现在10万块钱的债压在头上，而且，那像定时炸弹似的，不知道什么时候这事儿就引爆了。没办法，他不能再混日子了，赶紧挣钱吧。

他像变了个人，再小的装修活他也接，得攒钱呢。老张时不时地打电话来，催问事儿办得怎么样，小壮只能硬着头皮敷衍："爸，您放心。人家拿了钱，肯定会将事给办了，要是实在办不了，人家一定会退钱的。这是规矩。"

老张说："那我和老关等着。"

老张的每一通电话，都像催命符，逼得小壮只有下死力气挣钱。到快过年时，谢天谢地，10万块钱总算挣着了。当秀秀和他一起，将那一大摞钱用报纸包好，他俩有些不敢相信，小壮居然就以装修民工的手艺，一年挣了这么多钱！

两个人回秀秀家去了，小壮将那一摞钱交到老张的手上，还死要面子，说："爸，李副局长那边事儿有些难办，他干脆将钱退回来了。你将钱还给关大伯吧。"

老张并没接钱，笑眯眯地看着小壮，说："小壮啊，这一年你黑了，瘦了啊！这钱就不用交给关大伯了，你用这钱将你家的房子翻修一下，准备和秀秀将婚事办了吧。"

小壮急了："爸，这可不行。这钱是关大伯的，咱不能用。"

老张说："什么关大伯的？你真以为关大伯会傻到去给一个不相干的人送钱？还副局长呢，你以为我相信？"

小壮愣住了。老张这才正色道："你要真那么有能耐，早就发达了，还能让秀秀在服装厂里累死累活？你那天是给足了我面子，但我不会傻到真的相信。你要骗我是吧？那我索性骗骗你，看你小子怎么办！"

小壮这才醒悟过来，脸一下子红了，嗫嚅着问："关大伯给人家10万块钱的事，是假的？"

老张点了点头："我就想看看，你怎么收场。但你总算还不赖，死要面子活受罪，还是将这10万块钱挣着了，没让我失望。"

说到这里，老张语重心长起来："小壮啊，做人可不能嘴上跑火车，要脚踏实地啊！你往年都没挣着什么钱，今年这一逼你，你不简单啊，挣着10万了。你要是每年都能挣着10万，还愁没好日子吗？有谁会瞧不起你？也就是你这一年的表现，让我明白，你只要脚踏实地还是有能耐的，我这才同意你和秀秀的婚事。你今后可要改掉你那华而不实的毛病啊！"

一席话，说得小壮惭愧地低下了头。这个岳丈，厉害啊！

(题图、插图：顾子易)

寻找老邻居

□曾宪涛

马定宽是省里最年轻的厅级干部，这次回到阔别近二十年的故乡小城，真有点衣锦荣归的感觉。

下了车，马首长几乎认不出小城的样子了，他告诉县里的领导，自己的童年就是在这儿度过的。县领导听后大喜过望，问他以前住在什么地方。他说了那条街、那条巷的名字，县领导说："那里现在可是大变样了。"他说："肯定是啊，我还真想去看看。"县领导忙表示，一定亲自陪首长去。

处理完公事，马首长在县领导的陪同下，去了他童年生活的地方。他还记得原先的街道都是青石铺路，自己住在一个大院子里，里面有十多户人家。现在，眼前已完全是另一个世界了，拥挤的院落、老旧的瓦房都没了，取而代之的是高耸的住宅楼和柏油街道。

马首长问："不知道那些老邻居们还住不住在这儿？"县领导回答："当年拆迁，大多数拆迁户都搬到别处居住了，这里新建的住宅楼价格太高……"说着，见马首长脸上现出失望的表情，忙问，"那些老邻居都叫什么名字？我派人去找找看。"

马首长说了郭叔、张大爷等一串小时候对这些长辈的称呼，没有一个完整的名字。旁边立刻有人拿笔记了下来，交给县领导，县领导头疼地看着那份名单，叫下面人去打听打听。马首长说：“有可能的话，尽量找到他们，我是真想见见老邻居。”县领导连连点头。

工作人员到处寻找线索，最终在小城的各个角落，寻找到了马首长的九家老邻居，唯独郭叔没有找到。县领导觉得这已经很不错了，就在小城最好的酒店备了宴席，让马首长与老邻居叙旧。

马首长拒绝去那个豪华酒店的安排，说：“既然是要见我的老邻居，那就由我来请他们吃顿便饭吧。”

老邻居都被请到了招待所，当马首长与老邻居一一相认时，那些长辈们都叫他“小宽”。这个童年时的称呼，让马首长心里热乎极了。张大爷、薛大妈、李婶……认到最后，他才发现少了一个最想见到的人，就问：“郭叔怎么没来？”张大爷忙答：“你郭叔我多年没联系了，不知道他在什么地方。”马首长说：“我是真想见见郭叔，请各位都帮着打听打听吧。”

众邻居都没想到小宽这么念旧，印象中郭叔并不是太喜欢他，可他还那么惦记着郭叔，这是咋回事？

叙旧宴后不久，马首长要回省里了，又想起了郭叔。这回张大爷有消息了，说郭叔还住在一个棚户区，前些年在煤窑下井时出了事故，脑子被砸坏了，黑心的矿主只给了很少一点钱，现在还昏迷不醒。

马首长知道这些情况后，问：“郭叔还有没有治好的可能？有的话煤窑一定要负全责医治。”

有了马首长这番话，郭叔被送进了全城最好的医院，还从省城请来名医做了手术，郭叔终于醒来了。

马首长知道郭叔醒来后很高兴，特地赶去医院看他，这事在小城里引起了不小的轰动，来了不少媒体记者。

郭叔还在睡觉，马首长走到病床前，叫了声：“郭叔……”床上的人醒了，怔怔地看着他。马首长道：“我是小宽呀！”床上的人坐了起来，问：“你是省里来的那个马首长？”马首长疑惑了，仔细辨认着眼前的人，才发现这人并不是郭叔，忙问：“你不是郭叔？”床上

的人突然下床要跪下，说："我不是你的郭叔，可你是俺的大恩人。"这下，县领导的脸都变色了，急忙叫人去找张大爷。

张大爷到了后，把马首长叫到一边，小声说："你为啥非要见你郭叔不可？"马首长一愣，只说："我就是想把老邻居都见一见。"张大爷顿了好大一会儿，才说："可你郭叔他不愿见你。实话跟你说吧，他当年最不喜欢你，没想到你能当这么大的官，说你想见他，一准是想羞他说你没出息，你说是不是这样？"

马首长明白了，笑道："是郭叔找了这个矿工来骗我？"张大爷点点头，说："你郭叔叫我逼得没办法，才叫我把这个工友说成是他，说你知道他脑子被砸坏了，就不会再要见他了。还有，你郭叔之前为这个工友找了很多部门，可没人管，把他说成是你的邻居，也是想看看会不会有人帮他。没想到你竟做了件大好事，他替矿工全家谢谢你，叫我带话给你，小时候真看错你了，你比谁都有出息，他更没脸见你了。"

马首长听得出郭叔的话里有真话也有讽刺。的确，他知道小时候郭叔最讨厌自己。有一回大年初一，他把炮仗点燃放进郭婶的尿罐子里，尿罐子炸裂了，郭婶却没发现，晚上小便漏了一地。郭叔当然猜得出是谁干的，他私下找到小宽，虎着脸说："你不承认我也知道坏事是你干的。院子里的这帮孩子就数你脑子灵，可就是不用到正事上。你做了好事，人会记着你；你做了坏事，人也会记着你。你这样下去就是蹲监狱的料，将来这院子里的孩子谁都比你有出息……"那天小宽被骂哭了，他把郭叔的骂牢牢记在心里，从此像变了个人，他不愿人们只记得他做的那些坏事，也不愿做那个最没出息的人……直到他当了领导，每当遇到诱惑的时候，他都会想到郭叔的那顿骂，是郭叔的骂成就了他今天的出息。他那么想见郭叔，实则是想感谢他。

张大爷听完这一切，愣住了，半天才说："我这就去告诉你郭叔。"

马首长回到病房，对众人说："不管这位矿工是谁，老百姓的事就是我们的事，我们就要管。"说到这里，他看了一眼县里的那帮人，接着道，"郭叔带话替矿工全家谢谢我，可真正应该被感谢的是他。小时候郭叔对我说过，你做了好事，人会记着你；你做了坏事，人也会记着你。这句话我永远都记着，你对群众做了什么，好事还是坏事？老百姓心里会有一本账的。"

这一席话让大家都沉默了，这时，人群后面突然有人喊了声："小宽。"马首长一看，那人正是郭叔……

（**题图、插图**：张恩卫）

·新传说·

18888元的骨灰盒

□ 马少华

有个段子流传很广，是说——“人生在世屈指算，最多三万六千天；家有房屋千万间，睡觉就需三尺宽；房子修得再好那也是个临时住所，那个小盒才是你永久的家！”

“那个小盒”说的就是骨灰盒，还真有人把它看得很重要，这不，石碣村有两兄弟，他们的老父亲刚刚去世，大儿子陈玉龙就进了城，从最大的那家殡葬用品店带回一个骨灰盒，那标签上赫然写着：价格18888元。

这下整个村子都沸腾了，两兄弟孝顺呐！

过了几天，陈老头的骨灰装在标价18888元的小盒里，在唢呐声中被送去了坟地。

按照石碣村的规矩，老人的骨灰得先在坟地旁边的庙里放一晚上，第二天才能入土，这天晚上还得有一个人来守灵。小儿子陈玉虎自告奋勇地承担了守灵的任务。

到了晚上，忙活了一天的人们渐渐散去，坟地里一片寂静，只有蛐蛐的叫声此起彼伏。陈玉虎确定没人了，从一个隐蔽的地方提出来一个包，拉开拉链，一个一模一样的骨灰盒露了出来。陈玉虎把它跟父亲的骨灰盒放在一起，然后跪在地上，磕了三个头，说：“爹，这是我花了888块钱给您买的骨灰盒，看起来跟那个一模一样，您住着也挺好。那个贵的我要拿去换点钱，

您孙子要去城里读书，得交择校费，您不会不同意吧？我以后会给您多烧点纸钱，您就安息吧。”

说完，陈玉虎把骨灰换过来，把 18888 元的骨灰盒装进包里藏好。

第三天，陈玉虎来到城里一家殡葬用品店，捧出那个骨灰盒，对老板说：“这是我前几天刚给家里人买的，但老天爷保佑，人又没事了，留着这个放家里也不吉利，您看能不能回收？”

老板看了一眼，说：“你说个价吧，我看看合不合适。”

陈玉虎说：“买的时候花了 18888，您给我 15000 块钱就行了。”

老板瞪大眼睛看着他，说：“你没病吧，要 15000 块钱？”

陈玉虎忙说：“我买的 18888 块呢！”

老板又仔细看了看，说：“这样的货我这儿也有，不怕实话告诉你，我进价才 100 块钱，你竟然要我 15000？”

陈玉虎瞪大了眼睛叫道：“你说啥？ 100 块钱的东西你们卖 18888？太黑了吧！”

“谁说我卖 18888 了？”老板指着旁边架子上的一个骨灰盒，说，“就是这种，售价 888，这条街都是这个价儿，就是最大的那家店也一样。你再来看真正 18888 块的，这材料，这做工，能比吗？”

陈玉虎看看那个，又看看自己这个，简直天上地下！他暗骂一声，急吼吼地就冲出了店门。

回到家里，陈玉虎一脚踢开门，急冲冲地往里闯。

陈玉龙正在屋里算账，见状皱皱眉头，叫道：“你发什么疯！”

陈玉虎盯着哥哥，没好气地说：“我问你，你买那个骨灰盒到底花了多少钱？”

“18888 啊，你不也看见了吗？”

“刚才我去城里问了，一模一样的骨灰盒只卖 888 块钱，你怎么解释？”陈玉虎质问道。

陈玉龙一听，愣住了，问：“真的是一模一样的？卖 888？”

“我亲眼看见的，那还有假？”

陈玉龙站了起来，说：“走，跟我去城里，他娘的我被坑了！”

兄弟俩赶到买骨灰盒的那家店，一进门，陈玉龙就找到老板，一把抓住他的领子，叫道：“还认识我吗？”

老板没有生气，反而笑着说：“当然认识，有话好好说。”又对旁边的服务员说，“快去给客人倒杯水。”

陈玉龙满腔怒火，原想跟老板打一架，不料被老板这一弄反而有点不好意思了，便松开了手，说：“不用倒水了，你就告诉我，我那天买的骨灰盒到底多少钱？”

老板整了整衣领，说：“售价888，不过卖给你的是18888。”

两兄弟没想到老板这么快就承认了，都不知道该再问什么了。

老板把他们带到里面的房间，说：“想知道为什么吗？”

两人疑惑地看着他，连忙点头。

老板看着陈玉龙，说：“在你来的前一天，有一个人来找我，想让我帮忙做一件事，就是当一个叫陈玉龙的人来买骨灰盒的时候，让我把一个便宜点的换上最贵的标签，然后卖给他。”

陈玉龙一下子跳起来，叫道：“那个人是谁？敢这么骗我！”

老板示意他坐下，说：“按照行业规则，我不应该答应那个人，但等我听了那个人的一番话，我还是照着做了。”

老板喝了口水，接着说：“她说，她有两个儿子，都很孝顺，想一人出一半钱，在城里最大的殡葬用品店，买个最贵的骨灰盒，让老父亲风风光光地走。但她知道两个儿子都不富裕，就想出了这样一个办法，既花不了几个钱，又让儿子尽到了孝心，还能在村里落个好名声。”

陈玉龙和弟弟互相看了一眼，不禁道：“是咱妈？”

“对，就是你们的母亲。”老板说，“放心吧，多出来的钱我已经派人送给了令堂。”

陈玉龙叹了口气，说：“可怜天下父母心啊，谢谢你告诉我们这件事。刚才的事真是不好意思……”

老板笑着说：“那个骨灰盒不管是不是值18888，你们只要有这个心，它就值这个价钱。”

陈玉龙拍了拍弟弟的肩膀，说：“这都是他的主意，我这个当哥哥的想都没想过呢，我很惭愧啊！”

陈玉虎尴尬地笑笑，张了张嘴，但还是把话咽了回去。他决定，以后永远都不会跟人提给父亲换骨灰盒的事，说虚荣也好，说害怕也罢，有些事，就不必让它公开了。

回家的路上，两人去超市买了很多好东西。父亲走了，他们要更加孝顺老母亲，老人在世时好好照顾她，远比去世后再重视要好得多！

刚到家门口，两人的孩子就叫着笑着跳了出来，一人手里拿着一张银行卡，欢快地叫着：“爸爸，爸爸，看奶奶给我们的银行卡，她说拿着这个就能上个好学校了！”两兄弟对望了一眼，眼睛里都有泪光在闪动，他们没有理会孩子，提着东西直接往老母亲的屋子走去。

两个孩子愣在那里，都很奇怪：怎么爸爸买了好东西也不给我们？怎么他们看起来还有点不高兴？怎么他们都像哭过一样？大人也会哭吗？

（题图：谢　颖）

VIP父亲

□ 赵丽娟

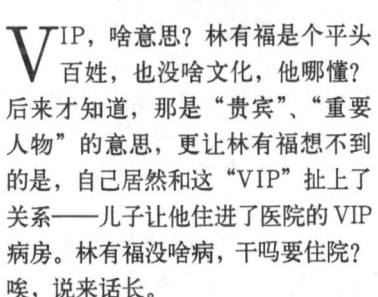

VIP，啥意思？林有福是个平头百姓，也没啥文化，他哪懂？后来才知道，那是“贵宾”、“重要人物”的意思，更让林有福想不到的是，自己居然和这“VIP”扯上了关系——儿子让他住进了医院的VIP病房。林有福没啥病，干吗要住院？唉，说来话长。

林有福的儿子叫林百山，是个三流演员，一直没啥名气，他三十多岁了，如果再不出名，以后恐怕就更没啥机会了。于是，林百山找人发布了一个假新闻，说什么自己现在的父母并非亲生，他是被领养的，生身父母最近找到了他，让他继承亿万家业。这其实就是炒作，炒的是人气，过一阵子后再出面澄清，到那时候，观众想不记住他都难，这就出名啦！可这么一来，记者肯定会削尖脑袋来“挖”新闻，自然会找林有福采访，儿子担心老子说漏嘴，这才把林有福送进了医院的VIP病房。你想啊，这里安全措施严格，记者进不来，再说谁好意思老追着一个病人刨根问底？

可是，这VIP病房什么都好，就有一样不好：单人单间，连个说话的人都没有。

就在林有福闲得难受的时候，有人敲门，开门一看，也是一个老头，那人一脸憨笑，说：“你好，我姓钱，大家都叫我钱老转，是隔壁病房的。我们想玩牌，少一人，你有没有兴趣一起玩？”

林有福打牌的瘾头很大，一听，

顿时眼睛放光，心头直痒痒：“啊？护士不会管吗？”

钱老转笑着说：“别处会管，这里不会，这可是 VIP 病房！”

VIP 病房好啊，把个林有福乐得屁颠屁颠的，他跟着钱老转走进隔壁病房，里面已经有两个老头正等着，一个叫老李，另一个叫老赵。

四人一桌，围坐着玩起了牌。几个老头，住在病房里，无聊得很，有牌玩，自然精神头十足，全都乐呵呵的。

玩着玩着，不知不觉的，林有福输了不少，脸上有些挂不住了，想说不玩又不好意思，怕别人说他输不起，想了想后，他找了一个理由：“玩这么久了，你们身体受得了吗？要不明天再玩吧？”

老李赢得最多，正在兴头上，一听这话，连忙说道：“我这身体，可是一点毛病都没有，健壮得像头牛。”

钱老转一脸的笑：“没毛病你怎么住院来了？”

“唉，还不都是因为我那儿子，他非逼着我住进来不可。”老李无奈地叹了口气，说起了他住院的缘由：老李的儿子是个副局长，这些年里，单位里的职工红白喜事、婚丧嫁娶，他都没少随礼。前些日子，他得到一个内部通知，他要调到另一个城市去，这一走，送出的人情债就打水漂了。于是，他就让父亲装病住院，副局长的爹病了，谁会不来探望呀？为了便于收礼，老李的儿子特意让父亲住进 VIP 病房，这里都是单间，方便得很。

老李说完，老赵说话了：“其实这人生就像抓牌一样，谁也不知道下一张是什么牌。要我说呀，老李你还算是有福气的，至少能经常看到儿子，我不如你呀，已经有半年多没见到儿子了。”

老赵的儿子是个商人，因为太忙了，这些年来，他能给老赵的，只能是逢年过节时打个电话问候问候，还有么，就是一张取之不尽的银行卡。

这人呀，越老越是渴望亲情，老赵想儿子，为

了能见到他，只得装病。谁知儿子没来，却等来了儿子的秘书。秘书把老赵送到VIP病房，交代医院让最好的医生用最好的方法和最好的药医治，钱，不是问题！

老赵讲完后，四个人都沉默了。钱老转看了看大家，起身给每个人倒了一杯水，突然问："林有福，你呢？看你满面红光，也不像个有病的人。"

"是的，我也没……"说到这儿，林有福猛然想起儿子的叮嘱，"没大病，小毛病而已。"

三人都说了，就剩钱老转了，可钱老转吞吞吐吐地不愿说，老李瞪了他一眼："老实说，我早就看出来了，你也没什么病！听说你住院这半个月里，天天拉着病友们玩牌，高深莫测啊……"

钱老转脸一红，不好意思地笑了笑："其实我还真有点不好意思说，我儿子既不是当官的，也不是有钱人，他只是一个整天摆弄电脑的小职员。我为什么能住这VIP病房，等过几天你们就会知道了。"

钱老转不愿说，大伙儿也没法，嘻嘻哈哈了几句，各自回了病房。可事情没完，钱老转看出林有福说了假话，第二天，没完没了地缠着他，林有福烦了，就说了实话。

过了一周，林有福的儿子打来电话，电话那头劈头就问："爸，有没有记者找过你？"林有福说："没啊，咋了？"儿子说，"真相网"的一个记者自称采访到了林有福，知道了真相，所谓"亲生父亲让他继承亿万家产"的新闻，全是编造的。

林有福一听，大惊失色，结结巴巴地解释说："我……我真没见过什么记者……"他嘴上这么说，心里隐隐觉得不安，到底是谁和记者说的？

当天下午，一个护士交给林有福一封信，说是钱老转出院了，临走前留下了这信。林有福打开信，上面写着——

林有福，首先我要说声对不起。你们不是一直想知道我为什么会住VIP病房吗？其实我也是为了儿子。他是真相网的记者，记者的工作不好干，找不到好的新闻，他就有可能被炒。我儿子认为能住进VIP病房的人，一定不是一般人，网民肯定对他们的事感兴趣。他托人让我住了进来，事实证明我没有白来。我替我儿子谢谢你，也谢谢老李、老赵……

林有福正看着信，忽然，老李和老赵怒气冲冲地赶来了，嚷嚷着："钱老转这老东西在哪儿？给我滚出来！每天叫我玩牌，原来是为了套我的话……"

（**题图、插图**：张恩卫）

玉鸡蛋

□ 李兴春

清朝时候，扬州有个富商夫人，姓刘，人们都叫她“刘寡妇”。她虽被称作寡妇，丈夫却并未亡故，原来这个“寡”的意思，不是寡妇的寡，而是指刻薄寡毒、寡廉鲜耻的寡。她生性贪婪又工于心计，常常替丈夫出谋划策，欺行霸市、重利盘剥，积聚了千万家产，所以，老百姓背后就叫她刘寡妇，以此出气。

总算老天开眼，刘寡妇遭了报应，突然不明不白生了一场大病。病好后，脸上结了一层厚厚的痂皮，而且越变越黑，就像掉在煤堆里似的，无论用什么药都除不掉。刘寡妇为此愁眉紧锁。

刘寡妇宅院的隔壁是一家玉器行，老板叫王得宝。两家都有祖上传下来的宅子，因为地界不清，刘寡妇昧了王得宝好多地，王得宝有苦无处诉，有冤无处申，只能是敢怒而不敢言。

这天，王得宝家张灯结彩，鼓乐班子吹吹打打的，原来是王得宝新娶了一房小老婆，在办喜事呢。过了几天，刘寡妇出门逛街，走进隔壁的玉器行，一看，王家的新媳妇也在店里。这新媳妇虽说眉眼也还端正，但皮肤粗糙，肤色黝黑，脸上还有很多暗斑。刘寡妇心里暗生快意，故意问王得宝：“新媳妇是哪里人？长得挺水灵的。”王得宝赔着笑说：“让夫人笑话了，乡下的丫

头，皮粗肉糙的，是我一直没有儿子，娶个小，指望传宗接代呢。”

隔了一段时日，刘寡妇又来到玉器行，本想随便看看玉器，突然之间，刘寡妇的眼睛直了，为啥？她看到了坐在一旁的王家新媳妇，几天不见，这女人一下子大变样啦，脸上的皮肤不再粗了、糙了、黑了，难看的暗斑也不见了，细皮嫩肉，白净得就像是煮熟后刚剥开来的鸡蛋一样！

太奇怪了，王得宝是用什么法子把小老婆调理成这个样子？刘寡妇回家后坐立不安，她立刻叫来了一个人，那人姓裴，常在刘寡妇家门下走动，是一个帮闲清客，刘寡妇让他到玉器行去探个究竟。

裴清客很快打探到了底细，原来王得宝家有一个“玉鸡蛋”，这宝贝非同小可，是用一种神奇的“养颜玉”雕琢而成，有除痂祛瘢、润肤驻颜的神奇功效，是王家的镇店之宝。如果经常用玉鸡蛋往脸上滚，时间长了，不要说是疤痕，就连皱纹都能碾平，皮粗肉糙的黑脸，也能碾成细皮嫩肉的“玉颜”。

刘寡妇一听，当机立断，派裴清客去找王得宝，借那玉鸡蛋用用。

那一天，裴清客去了玉器行，说了这事。王得宝起先不愿借，说是这玉鸡蛋出了道裂纹，正在修补，不好外借，但裴清客会说话，能办事，好说歹说，软磨硬缠，最后还是把玉鸡蛋借来了。那玉鸡蛋用一个紫檀盒子盛着，打开一看，个头比真鸡蛋略大，可外表看来，并不如想象中的那样莹润细腻，倒是略显粗糙，但不管怎么说，宝贝总算到手了。

从此，玉鸡蛋就成了刘寡妇不离手的玩意，她成天没事就拿着玉鸡蛋，在脸上滚来滚去。就这样滚了足足一年，这玉鸡蛋倒是越滚越莹润，可刘寡妇脸上的皮肤还是老样子。这一天，她找来裴清客问道：“这玉鸡蛋究竟是不是个宝贝？王得宝是不是骗了我们？”

裴清客赔着笑说：“谅他不敢，只是使用这玉鸡蛋就跟服药一样，同样的药，有些人服了很快见效，有些人则要时间长些，还请夫人耐心再碾一段时间。”

刘寡妇只好又碾了一年，一年后，脸上痂皮依然如故，她又把裴清客叫来盘问，裴清客又辩解说：“玉鸡蛋一定不会有假，当年王得宝的小老婆草鸡变凤凰，那可是夫人您亲眼看到的；再说，王得宝开玉器行靠的是名声、信誉，如果玉鸡蛋是假的，一旦传出去，这不是砸自己的招牌吗？还请夫人耐心再碾一段时间。”

刘寡妇一听倒也有理，于是又碾了一年，这已经是三年了，可刘寡妇的脸还是又黑又糙，满是瘢痕。这一回，刘寡妇可再也按捺不住了，她大发雷霆，让裴清客拿着玉鸡蛋找王得宝理论。

裴清客把玉鸡蛋还给了王得宝，呵斥了一番，王得宝再三赔罪，说尽了好话。说到天上，论到地下，这事你还不能拿王得宝怎么样，他把玉鸡蛋借给你，又不收费，你又没损失什么。

这事也就这样了结啦，王得宝以为自己做事天衣无缝，没料到这裴清客实在厉害，他竟然打探到了事情的真相：原来，王得宝小老婆的皮肤本来就是又白又嫩，是王得宝用了什么古怪法子，故意把她的脸弄得又黑又粗，让大家都看到，过一段时间再慢慢恢复本来模样，对外人则说是玉鸡蛋碾的，于是大家都相信玉鸡蛋是宝贝，连刘寡妇都上当了。

这个消息走漏后，王得宝的玉器行在本地混不下去了，没多久，他就卖掉房子搬走了。

一天，酒宴上，王得宝和几个好友喝得酩酊大醉，有人说起了玉鸡蛋的事，讥讽王得宝聪明一世，糊涂一时，做了一件赔了夫人又折兵的傻事。

王得宝“哈哈”大笑，说出了事情最终的真相：这个玉鸡蛋是世上极其珍罕的宝贝，表面看已经很圆润了，其实它还是一块没有经过太多雕琢的璞玉，上面还有一层极薄的“玉皮”。要把这层玉皮磨去，才能露出真正的玉质，而这层玉皮，即使是艺高胆大又心细如发的玉工，也无法把它剔除，因为只要稍加雕琢就会穿透玉皮，损伤玉质。于是，王得宝便精心设了一个局，让刘寡妇亲眼看着自己小老婆的“变化”，自愿将玉鸡蛋借去，用自己的这张脸，把玉鸡蛋表层的“玉皮”去除。

朋友们听了拍手叫绝，连声称“妙”，但也有人仍有疑惑，问道：“既然靠着人的脸就能磨掉玉皮，全城这么多人，为什么只有刘寡妇的脸才有用呢？”

王得宝微微一笑，说：“这层玉皮不是三下两下就能磨掉的，正常人脸皮薄，磨多了就会把脸磨伤，而刘寡妇的脸上长了一层痂皮，整个扬州城，再也没有比她脸皮厚的人了，只有她这张脸，才磨得掉这层玉皮；还有一个原因，这么多年来，她占了我三丈宅基地，我就让她用自己的脸皮给我磨三年，也算是一报还一报吧！”

（题图：黄全昌）

延伸阅读

您想阅读这位作者的其他精选作品和创作感言吗？请扫描右边的二维码。更多精彩，立刻体验。

车顶上的脚印

□杨汉光

张海丰买了辆小货车，这天晚上随便停在小区里老李家的阳台下。第二天早上，张海丰正要开车去拉货，就听到老李在阳台上喊：“张师傅，等一等。”

张海丰从驾驶室里探头出来，问有什么事。老李说：“你的车顶上有个脚印。”

张海丰以为老李故意逗他，就没好气地说：“我要去拉货，没工夫跟你闲扯。”

老李急忙解释：“你车上的脚印是小偷留下的，可不能弄坏。”

原来昨晚有人到老李家偷东西，小偷是先爬上张海丰的货车，再翻过阳台进屋的。张海丰听说出了小毛贼，赶紧爬上车厢去察看，一看，驾驶室的顶盖上果然有一个脚印，非常清晰，可以看出脚掌上的一条条纹路。

张海丰问老李丢了什么东西，老李气愤地说：“那家伙不知哪根神经搭错，他吃光了厨房里的剩饭剩菜，还拉了一泡屎。这倒没什么，关键是我摆在客厅的青花瓶也不见了，那是几年前我花10万元买的。”

那瓶是老李几年前买的，听说现在已经涨到20多万。张海丰听说对方丢了这么贵重的东西，忙劝老李赶紧报警，老李说：“已经报了，警察叫我保护好现场，所以你的车暂时不能开了。”

不能开车，就不能去送货，不能送货，就得赔雇主损失，张海丰心里不愿意，但牵涉到案子，他不敢不听警察的。于是他只好打电话给货主，说暂时不能去拉货了。老李有点过意不去，就招呼张海丰到家里喝茶抽烟。

一会儿，警察到了。几个警察仔细勘察现场，又是提取证据，又是询问邻居，还召开现场会，分析小偷怎么进来，怎么出去，足足忙了一个钟头。

回家后，张海丰大叫倒霉，第一天出车就遇到这种事。妻子提醒说："是因为老李耽误，你才拉不成货的，照理，老李应该赔偿我们的损失。"

张海丰说："话是这么说，可邻里之间，怎么好意思开口？"

妻子说："你不好意思开口，我去跟老李说。"

张海丰拗不过妻子，只好叮嘱她："你可不能狮子大开口啊！看在邻居的分上，我们要老李赔一半损失就行了。"

妻子走后，张海丰忐忑不安，生怕妻子惹恼老李。没多久，妻子就回来了。张海丰问她跟老李谈得怎么样，妻子说："老李叫你到他家去，说有非常重要的事跟你商量。"

张海丰来到老李家，问有什么要紧事。老李说："昨晚进我家那个小偷已经抓到了。"

张海丰关心地问："青花瓶追回来没有？"

老李说："追回来了。"

"这就好。"张海丰替老李高兴。

老李却皱起眉头说："可惜那青花瓶只剩半截了。"

老李把追回的青花瓶捧出来给张海丰看，原本精美的青花瓶已经被砸掉上半截，只剩下半截。

张海丰疑惑地问："小偷干吗要砸坏青花瓶？难道他不知道价值？"

老李叹了口气，说："小偷是个疯子，就是天天光着屁股在街上捡东西吃的那个。警察在桥底下找到那疯子的时候，他正往半截青花

瓶里撒尿。这可怎么办？你拿疯子怎么办啊！”

这事可真够棘手的。不过，张海丰脑子转得快，他给老李出主意，找疯子的家里人，让他的父母或监护人来赔偿损失。

“警察都找不到疯子的家人，我怎么找得到？”老李说到这里不说了，只是望着张海丰。张海丰被看得发毛，问：“你有什么事，说呀！”

老李鼓起勇气，说：“我现在只能找你了。”

张海丰吃了一惊：“找我干什么？”

老李分析说：“那疯子在我们小区有两年多了，这两年多里，我的青花瓶一直放在客厅里，什么事也没有。就因为你把车停在我家的阳台下，给疯子提供了便利，疯子才踏着你的车，爬进我的家，偷了我的青花瓶。所以，你应该赔偿我的损失。按如今的市场价，这只青花瓶最少值 30 万元，看在邻居的分上，我只要你赔 15 万，不过分吧？”

张海丰一听这话，一开始没回过神来，后来回过神来，就像杀猪般的叫起来：“你一定是疯了，我连碰都没碰过你的青花瓶，干吗要赔你钱？再说了，你得赔我的一车运输费！”说完，转身把门一甩，气呼呼地走了。

此后，老李找过张海丰几次，都没有结果，他只好把张海丰告上法庭。法官认真审理后，认定：老李家的阳台下面不是停车的地方，张海丰把车停在那里是一种错误。就因为张海丰错误停车，客观上给小偷作案提供了便利条件，使得老李家的财产处于危险之中，导致青花瓶被盗。根据《中华人民共和国民法通则》第一百三十条，张海丰对老李家的青花瓶被盗应负连带责任，鉴于他没有侵权的主观意图，可从轻处罚。最后，法庭判张海丰赔偿老李 5 万元。

律师点评：

《车顶上的脚印》故事涉及的法律问题：即“过错责任”原则。法律规定，公民、法人在民事活动中，要对自己的过错行为负责。而要对自己的过错行为负责，前提是能够预见或者应当预见到其行为的后果。如无法预见，则不应该让他对自己的行为负责。

故事中的张海丰一方面因为停车不当，有一定过错；另一方面车身较高又恰好停在老李家阳台下，为小偷盗窃提供了有利条件。从事物表面分析，他应当有所预见，但因一时疏忽最终导致了老李家的失窃事件发生，因此，张海丰就应当为他的过错买单，付出一定的赔偿。

（**题图、插图**：佐　夫）

·外国文学故事鉴赏·

本篇改编自芥川龙之介的小说。芥川龙之介（1892—1927），日本短篇小说巨擘，被誉为“鬼才”作家。其代表作有《罗生门》、《竹林中》等。

魔术之心

□ 韦忠纯 改编

真城最高是一名魔术师，在当地小有名气。他非常好学，常常暗访名门，拜师学艺。这不，最近东京来了一位印度魔术师，名叫米斯拉，相传他可以驱使“金”精灵，有一身点石成金的神奇本领。最高自然不肯错过这个机会，决定亲自登门拜访。

一个秋雨潇潇的夜晚，最高雇了一辆车子，前去拜访。车子几度爬上爬下，终于停在了一栋绿竹环绕的小洋房前。大门狭窄，油漆已渐近剥落，只见钉在门上的牌子用日文写道：印度人马蒂拉姆·米斯拉。

最高按响了门铃。不一会儿，一个身材矮小的日本老婆婆探出头来，这是米斯拉家的老女仆。

最高有礼貌地问：“您好，米斯拉先生在家吗？”

老女仆点点头说：“在……在，一直在恭候您呢。”一边说着一边带最高朝米斯拉的房间走去。

两人寒暄了一会儿，最高便急着开口问道：“听说供您驱使的那个精灵，好像是叫‘金’吧，那么等会儿我要见识的魔术，也是借助‘金’的力量吗？”

米斯拉微微地笑了笑，说：“认为有‘金’这类精灵的存在，是数百年的想法，也可以说是天方夜谈的神话。我的魔术，您如想学，也

不难掌握。其实呢，不外乎是一种进步了的催眠术而已。您看，只要手这么一比划就行了。”

米斯拉举起手，在最高眼前比划了两下，然后把手放在桌上，竟然摘起一朵绣在桌布上的红花。最高大吃一惊，不由得把眼睛挪近，仔细端详那朵花，果然不错，这的的确确是一朵真实的花。米斯拉将花送到最高的鼻子跟前，最高立刻就闻到了一股浓浓的花香。这实在是太不可思议了，最高惊叹不已。米斯拉依然微微笑着，信手又把花放回了桌布。不用说，花一落到桌布上，又还原为原先绣成的图案，别说摘下了，就连一片花瓣也休想动一动。

米斯拉继续说：“怎么样，很简单吧？骗骗小孩子的玩意儿罢了。您如有兴趣，就请再看点别的。”说着，米斯拉回过头去，望了一眼靠墙的书架，接着，把手伸向书架，像使唤人那样，动了动手指头。于是，书架上的书便一册一册地动起来，自动飞到桌子上。而且那飞法，像蝴蝶一样，展开两侧的书皮，在空中翩翩起舞。最高嘴里衔着雪茄，看得目瞪口呆。一本本书井然有序地在桌子上堆成了金字塔。更为神奇的是，等到书架上的书一本不留地全部飞过来之后，先飞来的那本又动了起来，依次飞回了书架上。

这下，最高不得不暗自佩服，称赞道：“您变魔术的本领，虽说我早有耳闻，却实在没料到会这么神奇。您方才说，像我这样的人，要学也能学会，该不会是戏言吧？”

“当然能学会。无论是谁，不费吹灰之力都能学会，但唯有一点……”米斯拉说到一半，两眼直勾勾地盯着最高，用认真的口吻说，“唯有一点，有私欲贪念的人是学不会的。要想学，首先要去除一切欲望，您能办到吗？”

米斯拉肯教，最高心里是乐开了花，拍拍胸脯说：“我能办到，我一定能办到。”可是米斯拉对此并不在意，神秘地笑了笑，转身对一旁的老婆婆说：“阿婆，阿婆，今晚这位客人要留宿一晚，请准备一下床铺。”

一晃一个月过去了，最高学会魔术，告别了米斯拉。这天，也是一个秋雨潇潇的夜晚，最高和几个朋友相聚在银座的一间俱乐部里，大家围坐在火炉前聊天。

其中的一位朋友忽然来了兴致，问最高：“听说你最近师从米斯拉学魔术，怎么样？今晚给我们变一个看看，如何？”

“当然可以。”最高说着，俨然一副魔术大师的派头。

然后，最高卷起袖子，从火炉里捞起一块炽热的炭火，放在手心上。这点小把戏，早已把围在一旁的朋友吓坏了。最高反倒愈发的镇定，慢慢把掌心上的炭火在所有人面前挨个展示了一番。紧接着，他猛地把炭火抛向地板，炭火激散开来。神奇的一幕出现了，通红的炭火在离开掌心的同时，竟然变成了无数个金光闪闪的金币，雨点似的砸向地板。

几个朋友都看得傻了眼，竟忘了喝彩。

最高面露得意之色，说："暂且就先献丑来这么两下吧。"

朋友们简直不敢相信自己的眼睛，问道："这……这些，是真的金币吗？"

最高得意地说："这些可都是地地道道的金币。"

"不管怎么说，你学的这手魔术可真了不起呀，顷刻之间，黑煤就变成了金币。""这样下去，用不着一个星期，你就可以变成一个百万富翁了。"几个朋友围着桌子，你一言我一语，对最高的魔术赞不绝口。

最高慢条斯理地坐回椅子上，悠闲地吐着烟圈，说："哪儿的话。我这手魔术，一旦利欲熏心，就不灵验了。所以，尽管是一堆货真价实的金币，既然诸位已经看过了，那我就应该马上把它抛回原来的炉子里去。"

几个朋友一听，急了，把这么一大堆钱变为黑煤，岂不可惜了？但最高和米斯拉先生有约在先，非要把金币抛回炉子里不可。这时，有一位朋友不屑地说："依我之见，不妨用这堆金币打个赌，咱们来玩把纸牌。要是你赢了，这堆金币随你处置。但是，要是我们赢了，这堆金币就得乖乖地全部归我们。你看怎么样？"

最高见这架势，左右为难，只得答应。但不知道是怎么回事，最高平时玩牌的手气一向不佳，唯独那天晚上，却大赢特赢。而且，更加奇怪的是，最高开头并无兴致，却渐渐觉得有意思起来，没过几分钟的工夫，就忘乎所以，竟然玩得

着了迷。

话说这群朋友原本打算把那堆金币瓜分个精光，才故意安排了这么一场牌局，可如今这么一来，一个个都急得变了脸，不顾一切也要争个输赢。刚才那位朋友，像疯子一样，气势汹汹地把牌伸到最高面前，嚷道："来吧，抽一张。这回我拿全部的财产做赌注。房产、地产、马匹、汽车，同你赌一把。而你，除了那堆金币，还有赢的这些钱，统统都押上！"

这话一出，最高的心里顿时起了贪念，心想：这次要是不走运，不但桌上堆积如山的金币，甚至连刚才好不容易赢到手的钱，最后都得叫这几个家伙悉数掠走。但是，要是这一把能赢，对方的全部财产，便统统归我所有。此时，若不借学来的魔术一用，那苦学魔术还有什么意思？这样一想，最高便迫不及待，暗中使了一下魔术，以决一死战的语气说："好吧，你先请。"

"九点。"

"老K！"最高得胜，大叫一声，把抽出的牌送到对方的跟前。

然而，就在这个时候，神奇的是，纸牌上的老K竟抬起戴王冠的头，忽然从牌里探出了身子，挥舞着宝剑，咧开嘴，露出瘆人的微笑，用一种很耳熟的声音说："阿婆，阿婆，这位客人得走啦，不必准备床铺啦！"

话音刚落，最高猛然间清醒过来，环视了一下四周，发现自己竟然身处米斯拉的房间，依然和米斯拉相对而坐，不过对方的脸上露出宛如纸牌上老K一样的微笑。

怎么回事？最高看看自己夹在指间的雪茄，长长的烟灰仍未落掉，这才恍然大悟。原来所谓的一个月之后，只不过是刚才两三分钟的一场幻觉，这其实是米斯拉之前所说过的催眠术。他只不过用催眠术略施小计，便把最高的贪念看穿了。

意识到这一点，最高明白自己已经没有资格学习米斯拉的魔术了。他羞愧地低下头，不知该说些什么，有一阵儿开不了口。

"要想学魔术，首先得学会做人。有贪念和欲望的人是学不好魔术的，这是学魔术的心。记住了，年轻人。"米斯拉露出遗憾的目光，胳膊支在绣有红花图案的桌布上，心平气和地看着最高。

（题图、插图：佐　夫）

冬天里的第一场雪

□张　华

晓静的秘密

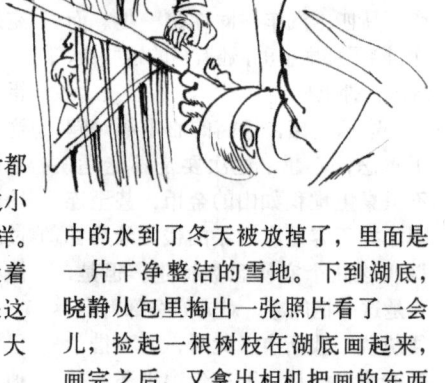

大军和晓静结婚三年，是一对都市小夫妻。在外人看来，这小两口的感情真好，就跟热恋时一样。可只有大军明白，这恩爱里埋伏着一颗随时会爆炸的炸弹，尤其是这几天，眼看着天气一天天变冷，大军的心也越发不安。

这事说起来还得回到一年前。那是入冬的第一场雪，去上班的大军刚出门不远就闹肚子，他急忙掉头回家，谁知还没走到楼下，就看见妻子晓静打扮得漂漂亮亮出门了。疑惑一下涌上大军的脑子，因为晓静一般都是大军出发半小时后才离家的。大军起了好奇心，也忘了自己肚子疼，就悄悄跟在晓静后面。

大军跟着晓静，不一会竟到了附近的一座公园。晓静毫不迟疑地顺着台阶走到了一个人工湖里，湖中的水到了冬天被放掉了，里面是一片干净整洁的雪地。下到湖底，晓静从包里掏出一张照片看了一会儿，捡起一根树枝在湖底画起来，画完之后，又拿出相机把画的东西拍了下来。

大军看着晓静离开了，也走到湖底。雪地上画着一只大大的狗，是晓静最喜欢的漫画形象，叫“史努比”。不过大军还是不解，这么大冷的天，晓静一个人到这里画史努比干什么？

这个答案大军当天晚上就知道了，因为他在晓静的包里找到了一张照片，照片的正面是晓静和前男友开心地在雪地里的合影，雪地上正画着大大的史努比，照片的背面

则是一行字："我们相约，每年的第一场雪，画一只史努比，见证我们的幸福。"

这张照片让大军深受刺激，更让他想起了一直都假装不知道的一件事，那就是晓静在认识自己前是有个男朋友的，只是后来不知为什么分开了，晓静也从不与大军说前男友的事情。就在那一天，大军第一次夜不归宿，以加班为由在网吧度过了一晚。

大军的秘密

那个晚上，大军把这个故事发在一个知名论坛上。帖子立刻引来了大量围观，网友的反应都非常强烈，有唯恐天下不乱，要大军马上和晓静离婚的；有要大军和晓静摊牌，让晓静做出选择的；也有说这不是什么大事，大军应该男子汉大丈夫宽宏大量的。

看着网上的种种回复，大军的心情也跟着一阵阵变化。天明的时候，大军终于下定了决心，他决定用自己的方式来解决这件事，并且让网友们等着他在来年第一场雪时再向大家汇报。

这一天过后，大军好像彻底忘记了这件事，和晓静依旧恩恩爱爱。

转眼间就是一年，入冬的第一场雪又来了。

大军一大早就出门守在楼下，果然没多久晓静就出门了。还是像一年前一样，她又来到了那个人工湖，画了一只大大的史努比。晓静走后，大军就走到了湖底，拿出相机把晓静的画照了下来，然后他也捡起一根树枝画了起来。不一会，大军就画完了，他看了一眼自己的画，满意地笑了，又拿出相机拍了张照片，这才去上班。

进办公室不久，大军就翻出自己一年前在论坛发过的帖子，以"一年前的约定"为由请版主将帖子置顶，并把晓静画的史努比传到了网上。这个帖子又红火起来，网友的情绪更激烈了,甚至有人说要"人肉"出这个公园、再"人肉"出晓静这个坏女人。

果然，没过多久，大军就看见又一张照片也被传到了网上，令大军吃惊的是，这张照片上居然有两只史努比，很显然其中一只是晓静画的，而另一只却是大军在晓静走了之后才画上的。难道真的已经被人肉出来了吗？大军的心一下就悬了起来，那晓静就危险了，现在的网友可都见风就是雨啊，一想到这，大军被吓出了一身冷汗。

意外的第三者

快下班了，大军赶紧请了假去接晓静，在他俩快到家的时候，大军突然提议说去附近的公园转转，晓静也很爽快地答应了。

转到了人工湖边，大军假装不经意看见了湖底的画，大声喊起来：“晓静，你看那里有两只史努比！”一边说一边拉着晓静来到了湖底。

晓静并没有表现出大军想象中的尴尬，反倒大方地和大军讨论起来：“大军，你看这两只史努比这么像，一定是一对爱人画的。”她又捡起树枝画了一只史努比，说：“大军，两只史努比太孤单了，三只最好。”

晓静的话刚说完，大军就像小孩一样大喊起来：“是！你就是不喜欢两只史努比，你就是喜欢三只史努比！那你是不是也不喜欢两个人的生活，非要有个第三者你才满意？”说完这话，大军就气鼓鼓地蹲下了。

“你总算说出来啦？”晓静也蹲了下来，用手碰了碰大军的胳膊，笑眯眯地说，“你以为你翻我包我不知道？你以为你跟踪我我不知道？我还反跟踪你了，并且把咱俩画的史努比放到网上去了呢。”

大军一下懵了，晓静用手点了一下大军的鼻子：“傻瓜，你发帖子的论坛我也常去。”晓静从包里拿出了一年前大军看到的那张照片，缓缓说道，“大军，不要因为这张照片难过，一场大病让他永远离开了我。但他走之前对我说，如果我以后生活得幸福，就在每年的第一场雪画一只史努比，见证我的幸福。我知道，他在天堂会看见。”

事情的变化让大军措手不及，他慌忙说：“对不起……以后我们每年都来画史努比，画三只，永远把他画上。”

晓静摇摇头：“过去的都已经过去了。我这么做只是想告诉他，我现在很幸福。但是，以后我们还是要画三只。”她含着泪笑了，“傻瓜，你的小史努比已经有了，咱们一家三口不好吗？你要当爸爸了。”

大军一下张大了嘴，猛地抱起晓静在湖底转起圈来。

陌生来客

“喂！放她下来！”就在这当口，一个炸雷似的声音突然响起来，一个中年男人拿着木棍凶神恶煞地站在他们面前。

遇见抢劫的了？大军心里一慌，这会儿天已经黑了，附近都没人走动了。

那中年男人盯着晓静，喃喃自语：“是有几分姿色，难怪啊！”晓静吓得脸色煞白，大军赶紧护住她，壮着胆子喝道：“你要是求财我认了，要是敢伤害我老婆，我跟你拼了！”

中年男人这才将视线转向大军，脸色也缓和了些，过了一会才说：“听这话你也是个负责任的人，今天我冲你这话放过你们，你们回去之后要马上分手！否则休怪我不客气！”说完，他扔掉手里的木棍，拿出相机，不由分说“咔嚓咔嚓”就给大军夫妻俩拍了几张照片。

大军松了口气，赶紧问道：“大哥，是不是有什么误会，我们是夫妻，为什么要分手？”

中年男人的脸色又暗沉起来，说：“别以为我不知道！你是她前男友，背着现在的家庭在这里厮混，还说什么画史努比见证爱情……”

中年男人还没说完，大军已经明白了，这个人一定是看了他发的帖子，认出了这个公园找到这里来的。大军忙解释自己是晓静的丈夫，可来人不信，质问大军为什么也会画史努比。大军红了眼眶，说：“一年前我就决定了，既然画史努比是晓静的幸福，那么我就要把陪她画史努比变成我们共同的幸福，所以我练习画了一年。”

中年男人沉默了，过了一会儿，才说了另一个故事。

原来，自从一年前大军发布帖子后，就有一群人在关注事情的发展，而这些人都是因为“第三者”的介入被毁了家庭。他们约定要找出晓静和前男友，好好教训他们。今天两只史努比的照片发到网上后，大家就进行了分工，有人负责找出这个公园，有人负责“人肉”出晓静……中年男人就是负责在公园蹲点、拍照的。

可是中年男人没想到，陪在晓静身边画史努比的，却是她的丈夫。

也就在当晚，大军的帖子下又上传了一张照片，正是中年男人拍的晓静和大军的合影，背后是三只相依相偎的史努比。照片被命名为“选择幸福”，在照片的下方，写着几行字：“恭喜你们最终选择了包容、关爱和珍惜，也选择了幸福！而对于我们广大网民而言，网络有风险，跟风须谨慎！”

这一次，网上更热闹了……

（**题图**、**插图**：佐　夫）

阿P当演员

□ 刘晨晨

最近，阿P两口子很郁闷，单位解体，职工下岗，虽说每人发放了一笔数额不小的补偿，但坐吃山空啊，于是，两口子每天去练摊，贴补家用。

可这练摊也是技术活儿，不仅要嗓门亮，还要眼睛亮、腿脚利索。那城管队员，跑起来个个都跟刘翔似的。阿P两口子没经验，这不刚摆了三天，就已经被抓了两回。小兰好说歹说，人家城管铁面无私，非要将“货”拉回去“处置”不可。阿P不干了，咧开嘴就哭了：“城管同志啊，我们两口子下岗在家，上有八十老母，下有三岁小儿，为了不给国家添乱，只能出来摆摊，你们要是处置这些东西，这可咋办？求求你们放我们一条生路吧！”

阿P声泪俱下、情真意切，实在是感人肺腑！城管也是血肉之躯，被他感动了，便将东西又还给了阿P。

城管走了，阿P向小兰挤眉弄眼，得意不已。突然，一个瘦瘦的男人凑了过来，跷起大拇指说道：“兄弟，演技不错啊！”

阿P不好意思地笑了。这个瘦男人递上一张名片，原来他竟然是一个制片人，姓胡，“胡制片”偶然看见阿P绝佳的表演，突发奇想让阿P去跑跑龙套。

阿P当然乐意了，他正是缺钱的时候呢，于是便被胡制片领上道了，像模像样地当起了“演员”。

跑了几回龙套后，阿P觉得自

己很有表演天赋，常常有出彩的表现，所以自我感觉良好。这天，胡制片又告诉阿P：“来新戏了，这次是个大龙套。”阿P一听来劲了，赶紧央求胡制片为他争取这个角色，于是胡制片就带着他去见了一个“龙导演”。

据龙导介绍，他的这部电影叫《自投罗网》，讲述的是一个男人自我救赎的故事。其中有个情节是一位配角为了避仇，通过抢银行的方式，故意被抓捕入狱，而阿P极有希望扮演这个配角。

看样子，龙导是个很正派的导演，他将几个镜头的剧本递给了阿P，口中还嘱咐道：“阿P啊，回去好好练练，后天下午过来试镜。”

这一下，阿P可乐坏了，揣着剧本，屁颠屁颠地回到了家。

到家后，小兰正准备出去练摊，听阿P一说，也是欣喜若狂。阿P认真地研读了剧本，剧情是这样的：阿P冲到一家银行的柜台前，大喊一声“抢劫”，然后保安就会冲过来，阿P开枪射击，保安配合倒地，大家纷纷抱头蹲地，阿P对着银行职员吼“把钱装起来”，突然一个职员偷偷按响了警铃，接着警察到场，阿P不拒捕，顺利被抓。

这天小兰也没出去摆摊，陪着阿P一起演练起来，夫唱妇随，戏份十足，小兰扮作保安，被阿P结结实实地“枪毙”了三十多次。

第三天中午，阿P赶到了剧组，龙导、胡制片，还有一个摄影师已经在等他了。龙导认真地跟阿P说：“你一定要表现出人物的张力，通过表情和动作突出激烈的内心冲突。也不用过于拘泥于剧本，演员在表演过程中可能会有少量即兴发挥，你要学着适应变化。”

阿P信心满满，说：“龙导，我这两天不仅好好研究了剧本，还看了《一个演员的自我修养》这本书，学习了很多知识，我一定能演好的。”

龙导说：“这次拍摄我做了些尝试，采用了隐蔽拍摄的方式，这样，那些群众演员就会表现得更加自然。阿P啊，你要全心投入，演好这场戏啊！”

阿P不停地点头，龙导接着说：“银行里的职员都会配合演出，你别给我演砸了。”

随后，龙导、胡制片、阿P便去了拍摄现场，地点选的是闹市区的一家银行。摄影师已经先去了银行，因为是隐蔽拍摄，他要事先安排合适的机位。

他们三人在银行附近等候着，过了一会儿，龙导接到了摄影师的电话，说一切准备就绪。龙导挂了电话，掏出一把道具枪，递给阿P，说：“好了，阿P，该你上场了。”

阿P便揣着武器向银行走去，心里像揣了个兔子。他忍不住朝地上开了一枪："砰——"地上爆开了鲜艳的红色颜料，果然只是道具。这下阿P心里踏实了些，这枪打不死人，在银行又不把钱拿走，也不用丝袜套头，最后还要等着警察来……这绝对不是真的抢劫，而是拍片子而已，没事，加油！

阿P长长地出了一口气，大步向银行走去。而龙导这边，阿P刚走，摄影师就露面了，他不是要拍摄的吗？怎么如此不负责任？

原来，龙导这伙人根本不是拍电影的，而是一伙黑社会混混。几天前，这伙混混的老大在夜总会消遣时，因为别人告密而被刑警抓获。龙导等人得到准确消息，这天刑警队要将老大押运转移，而这家银行所在地，就在押运的必经路线上。为了营救老大，他们就想出了一个绝妙的点子——

他们计划扮作剧组工作人员，并安排阿P跑了几个龙套，先赢取阿P的信任。当押运车快到银行门口的时候，就让阿P前去抢劫。当阿P拿枪向保安射击时，别人发现他用的是假枪，必然会报警，银行也会警铃大作，这时路过的押运刑警绝对不会袖手旁观，肯定会派出一两个人前去处置，而龙导一伙人就趁押运力量薄弱的时候，前去解救老大。而刚才冒充摄影师的那人，其实不是去设置机位的，而是去联络的，问问布置在前方的人员："押运车辆到哪里了？"

可怜的阿P，还飘飘然地幻想着自己以后领取奥斯卡小金人呢！他不知道，自己马上就要变成抢劫犯了！

龙导、胡制片、摄影师躲在街头一个角落里，兜里都插着武器，等待着银行警铃的响起，等待着押运车的到来……

五分钟过去了，十分钟过去了，二十分钟过去了，眼看着那辆押运车已经从前方的十字路口拐了过来，可是银行里依旧静悄悄的，没有任何动静。龙导吐了一口唾沫，恶狠狠地骂了一句："妈的，这该死的阿P！算了，不能等了，我们自己动手吧！"

于是，摄影师便坐上停在人行道上的皮卡车，发动了汽车，不停地轰着油门，等待着那辆押运车过来。

押运车终于开过来了，银行里还是井然有序。摄影师便挂上挡，松开离合器，一脚油门踩到底，车子猛地从人行道上冲出。只听一声巨响，押运车被撞得滑行了好长一段时间，直接抵到了护栏上，旁边几辆车躲闪不及，也纷纷撞到了一

起，场面一时非常混乱。

龙导和胡制片拔出枪——那可是真家伙呀，冲了上去，摄影师也拿着一根大撬棍从车里冲出来，押运车里的刑警被撞得七荤八素，显然没有缓过劲来。这时，车门已经变形了，龙导用枪指着车里的刑警，指挥着胡制片和摄影师开始撬车门。

突然，龙导、胡制片、摄影师三人都猛地被人从背后重重地打了一下。龙导顿时觉得天旋地转，他扭头一看，他的两个哥们儿——胡制片、摄影师，也像被人抽去筋骨一样倒了下去，而他们每个人身后，都站着一两个穿着制服、如狼似虎的彪形大汉！

龙导昏过去时头晕乎乎的，可他还在想：怎么回事？怎么突然冒出这么多穿制服的？

是呀，怎么回事呢？好，让我们回头再来说说阿P吧。刚才，他昂首阔步地走进银行，直奔柜台，没想到却被保安挡了驾，那个胖胖的保安说：“先取号。”

阿P说道：“我、我是来弄钱的……”

胖保安眼睛一翻，打断了阿P的话：“我当然知道你是来弄钱的，不弄钱来银行干吗？不过，哪怕你是天王老子，哪怕你是来抢钱的，你都要给我先取个号排队！”

阿P愣住了，想起导演的话，保安也会配合演出的，可能还有即兴发挥的成分，心想着这大概也是演出的一部分吧？于是，他就听从保安的话，乖乖取了号，坐在那里等着叫号。其实，龙导以为阿P冲进银行、走到柜台前就会喊“抢劫”的，然后射击保安，这是几个很简单的动作。但是，龙导万万没想到阿P根本不像个劫匪，所以被大义凛然的保安给拦截了；他也没想到阿P竟然是个如此循规蹈矩的人，居然连抢银行也乖乖地等着排队——这其实也不怪阿P，平时，家里的钱都是小兰攥着的，上银行这类事，哪里轮得到他阿P？阿P根本不知道银行里的规矩，他演砸了……

·阿P系列幽默故事·

这个时候，阿P看了手中的号牌，吓了一跳，奶奶的，上面写着前面还有87人在等待。他不耐烦地坐了下来，看着周围的人也都是无聊得很，阿P这人太会耍小聪明了，他忽然心头冒出一个点子，赶紧打电话给老婆：“小兰，你赶紧到我们家附近这家银行来，带上家里的杂志和饮料，一定会卖得很好。”阿P是天才啊，他竟然想让小兰带些杂志和饮料，卖给在银行里等着办业务的人，他们正闲得发慌呢，生意肯定比在街头摆摊红火。

小兰五分钟内就赶到了这里，果然，杂志和矿泉水卖得很好，但保安很快不乐意了，把小兰轰了出去，小兰舍不得离开这块风水宝地，便把摊子摆在银行门口。

没想到她这样违规摆摊，很快被人举报了，城管立刻蜂拥而至，你想啊，城管，谁赶得上他们的速度？谁赶得上他们的战斗力？到了现场，正赶上龙导他们劫车作案，于是，很快将匪徒轻而易举地制服了。

事后，阿P被传唤到了派出所，接受调查，弄清事实后，所长非正式地表扬了他几句。阿P暗自得意：戏，我虽然演砸了，但也阴差阳错地挫败了歹徒的阴谋，我阿P实在是太有范儿了！

（**题图、插图**：顾子易）

·本刊信息传真·

故事会·新浪 微故事大赛

2月征集主题：童话故事

篇幅最短、含“金”量最高的故事，等待你的挑战！

《故事会》杂志和新浪微博（weibo.com）联合主办微故事大赛继续进行，邀请各路故事名家、草根英雄和世外高人展开较量！

本次大赛所有作品通过**新浪微博**平台征集（搜索#微故事大赛#），每月一个主题，当月设金奖1名，奖金1字10元（字数低于120的按120字计），银奖2名，奖金1字5元，另设年度奖项。优秀作品将在每月的《故事会》上刊登，并结集出版。12月“意外事件”微故事结果已经揭晓，详情请登录故事中国网（**www.storychina.cn**）查看。

2月微故事征集主题：童话故事。想象让生活变得精彩生动，不仅孩子需要童话，成人的世界也需要童话……正文字数在130字以下，力求情节出人意表，立意隽永深远，文字鲜明生动。本月的微故事达人或许就是你！截稿日期：2月21日。（本期刊物特别选登12月微故事大赛优秀作品，详见P81）

·青春励志故事·

南瓜饼和红枣糕

□ 方冠晴

夏薇刚刚大学毕业，正在找工作，可她读的是普通大学，专业又偏，转悠了两个月,工作还没着落。夏薇急啊，她家的日子挺难的，母女俩租住在小区一户人家的车库里，她是靠妈妈当清洁工供她念完的大学，心想等自己毕业后参加工作了，也好帮妈妈分担一点，可现在工作都没着落，还怎么分担？

小区里住着一位张老板，开着一家挺大的公司，正在招人。夏薇也去试过了，但人家嫌她读的学校太次，拒绝了。夏大妈也上门去求过人家，人家还是没答允。

人微言轻，关键是她们和张老板攀不上交情，人家是大老板，自己是穷百姓，天上飞的，地上爬的，哪里攀得上什么交情呀！

这一天，夏薇无意中看到，张老板从外面回来时手里提着一袋南瓜饼，她的眼睛一下子亮堂起来：妈妈做南瓜饼最拿手了！她赶紧回家，将这个消息告诉了妈妈。夏大妈一听，也觉得这是一个能和张老板搭上话的机会。

夏大妈赶紧去菜市场买回一个大南瓜，又提回两袋糯米粉、面粉，母女俩就忙活起来。等做好了，尝一口，脆香生津，比外面卖的南瓜饼强多啦！夏大妈赶紧找来干净的食品袋装了，亲自给张老板送去。

这南瓜饼连续送了七天，张老板那边还没动静。

第七天，夏薇出门，正碰见张老板匆匆从家里出来，他下了楼，经过身边的一个垃圾桶时，将一个沉甸甸的食品袋扔进垃圾桶里。夏薇眼尖，一下认了出来，那食品袋就是她妈妈用来装南瓜饼送给张老板的。等张老板走远，夏薇走过去，冲垃圾桶里望了望，只见头天晚上妈妈送给张老板的南瓜饼，全原封不动地扔在垃圾桶里呢！夏薇赶紧取出来，因为有食品袋裹着，还是干净的，打开袋子，香气扑鼻。

就在这时，一个小伙子跑了过来，从夏薇手里接过那只袋子，笑嘻嘻地说：“暴殄天物啊，这么好吃的东西给扔了，多可惜。给我吧，咱可别浪费了。”说着，小伙子拎着袋子上楼去了。

傍晚，夏薇回到家里，妈妈又在那里忙活着做南瓜饼，忙得满头大汗。夏薇看着，眼里发酸，走上前将东西都收了，说：“别做了，人家根本不吃，全扔了。”

夏大妈知道情况后，想了好久，说：“再好吃的东西也架不住天天吃，他们是不是吃腻了？咱得换换花样。有一次我看到张老板买红枣糕呢，也许……红枣糕人家爱吃？”夏大妈说完，又匆匆跑出门，去市场上买红枣去了。夏薇真想拦住妈妈，但她知道，拦不住。

打那之后，夏大妈又开始给张老板做红枣糕了。夏薇多了个心眼，每天早晨留意观察，看张老板会不会又将红枣糕给扔了。还好，一连三天过去，没见张老板扔。夏薇和妈妈很高兴，也许做红枣糕，对路了。

第四天，夏薇刚出门，迎面碰上那个曾经拿走过南瓜饼的小伙子，小伙子迟疑了好半天，然后跟夏薇说话了：“别让你妈给张老板送东西了，人家不吃的。他们现在没好意思白天扔，都改在晚上扔了。”

夏薇愣住了：“为什么？”

小伙子说：“有一次，我听见他们夫妻俩说话，其实呀，不是东西不好吃，是他们不敢吃。”小伙子吞吞吐吐的，最终还是说了原因：“你妈是扫地的，他们怕……怕东西不干净。”

夏薇脑子里“嗡”地响了，这真是莫大的侮辱啊！她和妈妈做南瓜饼和红枣糕的时候，真的比做贡品都要讲究，每一次都是将案板抹得一尘不染，手洗了又洗、净了又净，人家居然嫌她们做出的东西脏，就因为妈妈的地位卑微、身份低贱！

看见夏薇眼里湿漉漉的，小伙子解释说：“其实也怨不得人家，我就租住在张老板家的楼下，每次都听到了，他是坚决不让你妈妈给他送东西的，是你妈妈太想给你找份工作，执意要送的。”

这一天，夏薇非常伤心，她躺在床上蒙头大睡，整个情绪沮丧到了极点。就在她自怨自艾的时候，那个小伙子不请自来，他主动介绍了自己的情况，说他叫程凯，也是个刚刚大学毕业的学生，想找工作，可找了两个月，还没着落。

相同的经历让两个年轻人有了共同语言，夏薇这才坐起来与人家聊开了。一谈起找工作的艰难，两个人都唉声叹气。

聊着聊着，程凯突然产生了个想法：“既然找工作这么艰难，我们不如自己创业好了。你妈妈做的南瓜饼和红枣糕那么好吃，我们干脆卖南瓜饼和红枣糕。”

一提到南瓜饼和红枣糕，刚刚振作起来的夏薇顿时就没了精神头，她连连摇头。

程凯问：“你是嫌卖南瓜饼和红枣糕丢人？你要是嫌丢人，由我出去卖，你和你妈妈负责在家里做。”

夏薇叹了一口气：“我不是嫌丢人，我是想，我们那么上心地做出来的东西，张老板都嫌不干净，现在上街去卖，还不会招人嫌弃？”

程凯的双眼放起光来：“这倒给了我们一个很好的创意，我们干脆做个玻璃房子，透明的，让人家从外面都看得到我们是怎么做糕点的。大家不都担心食品安全问题吗？我们就明明白白地经营，眼见为实，顾客会信任我们的，我们的生意会好的。”

程凯的话让夏薇有了信心，两个年轻人热火朝天地规划起来。

一个月后，夏薇和程凯通过创业贷款建起了一个流动玻璃房，他们的糕点店开张了，可别说，这样透明的经营还真被顾客认可了，他们的生意火爆得不得了。两个人忙不过来，夏大妈也辞了清洁工的工作，来搭手了。才短短两年的时间，

夏薇和程凯已经开了三家分店，成了小老板。朝夕相处，两个人也相爱了，已经登记结婚了。

结婚的前夕，两个人将各自的东西搬到了一处。夏薇在为程凯整理东西的时候，无意间看到了一张聘用通知书，那是一家大公司寄给程凯的，时间正是两年前他们计划着创业的那个夏天。

夏薇愣住了，她扬着那张通知书，问程凯："你那时候不是说你没找到工作吗？这张聘用书又是怎么回事？那时候已经有公司要聘请你了！"

程凯笑了笑："是的，那时候我是找到工作了，但你没找到工作呀！我不能撇下你，一个人去上班，我有工作了，你咋办？"

夏薇打趣起来："可那时候我俩并不熟呀，难道那时候你就暗恋上了我，所以不愿撇下我？"

程凯的头摇得像拨浪鼓："别臭美了，我那时候会暗恋你？你那么消沉，还真入不了我的法眼。"

夏薇不相信："你说谎，你要是没爱上我，干吗放弃好好的工作不干，跑来帮我？"

程凯解释说："因为南瓜饼和红枣糕。"那时候，他租了房子找工作，但两个月过去了，工作没着落，钱却花光了，到后来，连吃的东西都买不起，只能饿肚子。就在他饿得眼冒金星、认为自己快撑不过去的时候，他无意中发现张老板将夏大妈送的南瓜饼全扔进了垃圾桶。这以后很长一段时间，他就是靠那些南瓜饼和红枣糕度日的。张老板前脚将那些东西扔进垃圾桶，他后脚立马从里面拿出来，当食物。

程凯动情地说："我听到过张老板夫妻间的谈话，知道他俩嫌弃你们做的食物，但我一直没有说破，因为我需要那些食物。直到我接到聘用书了，我才告诉你。那时候我是真的打算去公司上班的，但看到你那么消沉，我有些不忍心，毕竟咱俩境遇差不多，更何况是你们让我挨过了最难挨的日子。没有你们的南瓜饼和红枣糕，我只怕真的会饿死，我不能不知道感恩……"

听着，听着，夏薇哭了，她紧紧地抱住了程凯，哽咽着说："你……是好人。"

"我们都是好人，懂得不依赖，懂得自立自强的，都是好人。"程凯俯下身来，深情地吻着夏薇，她已经成了他真心的爱人。

（题图、插图：谭海彦）

延伸阅读

您想阅读这位作者的其他精选作品和创作感言吗？请扫描右边的二维码。更多精彩，立刻体验。

鸟翼上若系上黄金，它就飞不起来了……

失去的本能

□ 李坤学

1.失忆的一砖头

这天晚上，周杰一个人在酒吧喝了不少闷酒，一直到十点多才离开。俗话说，“借酒消愁愁更愁”，来到冷清的大街上，周杰的心情更糟糕了，他跌跌撞撞地往前走着。

就这样走着走着，他突然觉得衣领一紧被人揪住，一个凶恶的声音低喝道：“别他妈动，把钱包拿出来。”

周杰的酒一下子醒了大半，睁大眼睛一看，自己在一个小巷子里，面前站着一个头发染得焦黄的小伙子，他手上的匕首正顶在自己肚子上。周杰顿时勃然大怒，这人要倒霉，连个小混混都敢欺负到头上来！他不顾一切地伸出右手，攥住黄头发的手腕用力一扭，可刀子离自己的身体太近了，锋利的刀尖瞬间划破了衣服。而黄头发也发出“哎哟”一声惨叫，不由自主地跪在了地上，匕首落在周杰手里。

周杰对着黄头发就是一顿乱踹，踹得黄头发鬼哭狼嚎，不住地求饶。周杰一会儿便踹得累了，看看肚子上的伤没什么大碍，便一扬手把匕首远远扔掉，狠唾了一口，掉头往小巷子外走去。可刚走了两步，他便听到身后一阵风声袭来，只觉得脑袋上像被一柄千斤重锤砸中一样，一阵剧痛，然后就什么都不知道了。

也不知过了多久，周杰听见有人轻唤：“大哥，你怎么了？醒醒啊！”

周杰蓦地惊醒，只觉得头痛欲裂，而刚才发生过的事情，他什么都不记得了。一个中年妇女蹲在面前，见他醒来，中年妇女长舒了口气，说："你没事儿吧？跟人打架了？"

周杰愣了愣，是啊，自己怎么会无缘无故躺在这里？伸手摸了摸脑袋，上面肿了一个鸽子蛋大小的包，疼得钻心。难道自己真跟人打架了？为什么自己一点也想不起来？

周杰睁大眼睛想了半天，苦恼地说："我好像把所有的事情都忘了，你知道我是谁吗？"

中年妇女愣了，问："失忆？大哥，你几十岁的人了，别开这种玩笑好吗？"

这时一阵冷风吹过，在小巷子里卷起一阵似有若无的呜咽声，中年妇女打了个寒噤，扭头就走，边走边说："对不起，这事我帮不了你，你报警吧，往东走六七百米就是公安局。"

周杰呆呆地看着她远去，脑子里空空荡荡的。他定了定神，开始检查衣服各个口袋，可是，除了腰带上挂着的一串钥匙外，身上什么都没有。他不禁一阵茫然，难道自己真的失忆了？

周杰跌跌撞撞地来到公安局，向值班的警察冯警官诉说了情况。冯警官勘查了现场后，说："我估计你是遇到抢劫的了，或许你抢下了他的刀，所以他捡起块砖头砸了你脑袋，趁你昏倒时，抢了你的钱包啊、手机什么的跑了。"

这推断几乎就是事情真相，可是这对周杰没用，他可怜巴巴地说："冯警官，我连自己是谁都不知道，现在可怎么办啊？"

冯警官也替他头疼，想了想说："听你说话的口音，不是我们这儿的。我暂时把你送到救济站吧？"

救济站？周杰脑子里突然闪过一幅画面：自己微笑着，缓缓地走过一群衣着褴褛的人，从随行人员手里接过一些东西发给他们。这个画面虽然一闪即逝，却带给周杰强烈的震撼，莫非自己以前是个大人物，曾经救济过那些穷人？

周杰摇着头对冯警官说："我不去那儿，我相信你们很快能帮我找出我的来历，我坚持一下，怎么也对付过去了。"

冯警官没办法，掏出一百块钱给他，说让他先用着。周杰硬着头皮接过钱，说一旦找到了家，就把钱加倍还给冯警官。

因为没有身份证，冯警官打电话给一家小旅店说明了情况，然后让周杰去住。

2.意外签名

第二天一大早，周杰便来到附

近的一家医院，向大夫请教自己这种情况该怎么办。大夫说，失忆的原因其实有好几种，但像他这种情况，十有八九是因为颅内出血压迫记忆神经造成的。运气好的话，脑内积血渐渐被吸收，记忆自然就恢复了，否则就得进行开颅手术，但是手术费用至少得十来万。

自己哪有那么多钱啊！周杰垂头丧气地从医院出来，漫无目的地四处溜达。不知不觉，他来到市里的文化广场，这儿的人很多，干什么的都有，居然还有人摆了个画摊，画摊主人正和一个四五十岁的男人吵架。

周杰凑了上去，听了一会儿明白了。原来，画摊主人是个大学生，给人画素描像，一张十五块钱。那个四五十岁的男人是个民工，他让大学生给他画张漫画，大学生画完后，民工不满意，说画得一点都不像，于是就拒绝付钱。大学生当然不干，所以两人吵了起来。

民工举着那张漫画，对围观的人大声说："这画得像我吗？"

周杰看看画，再看看民工本人，觉得人家民工说得没错。这民工脸相较老，颧骨很高，特征极为明显，按理说很容易画出效果来，可是大学生连这种简单的画都没画好，难怪人家不付钱。

周杰看见大学生的画板和纸都摆在一边，不知为什么，他心里突然升起一股强烈的画画欲望，他坐到画板前，根本用不着思索，手上的铅笔好像自己会动一样，几分钟后，一张惟妙惟肖而且滑稽效果十足的漫画就画好了。

他把画塞到民工手里，说："别吵了，你看看这张画行不行？"

民工疑惑地看了看他，再一瞅画，呆住了，好半天才一拍大腿狂笑起来，说："谢谢，谢谢！你画得真是太好了，我老婆要看到肯定得笑死。"说完，又把画往大学生面前

一展，不屑地说："看见没？这才叫画，你那叫垃圾。"

说完，民工爽快地掏出十五块钱，塞进周杰手里，然后坐上伙伴的摩托扬长而去。

周杰只觉得神清气爽，心情愉快极了，打算继续去溜达。突然，他脑子里灵光一闪，猛地想起刚才他如有神助一般，将整幅漫画一挥而就，画完之后，好像还在下面龙飞凤舞地签了个名，那肯定是他的名字，可是，他怎么也记不起来是什么了！

周杰脑子里一片混乱，自己虽然忘记了所有的一切，但是本能还在，甚至在潜意识里，他还记得自己的名字，并习惯性地写了下来；可刻意地去回忆时，却无论如何也想不起来了。

他一把抓住那个大学生，急切地问："刚才我在那幅漫画上面签了名，你记得是什么吗？"

大学生吓了一跳，说："你自己的签名，当然是你的名字了，还能是什么？"

周杰几乎喊了起来："可那名字到底是什么啊？"

大学生的眼神里多了些警惕，说："我没看清。"

周杰脑子里只有一个念头：找到那个民工，拿回那幅画，弄清楚自己到底叫什么。他撒腿就跑，朝着民工离开的方向追去。可是，民工当时是坐着伙伴的摩托走的，周杰一直追到气喘吁吁，连民工的影子都没看见。

他停下脚步，头脑渐渐恢复了冷静，买了铅笔和白纸，凭着记忆画出了那个民工的模样。然后，他从广场附近的工地开始，举着画像打听这个民工的消息。

这寻人的工作无异于大海捞针，直到第二天下午五点多钟，终于有个工地上的人认出了画上的民工，说这人是他们工地上的瓦匠老王。

见周杰找上门来，老王很是惊讶。听完周杰的遭遇，老王一拍大腿，说："哎呀，你怎么不早说呀？我实在是太喜欢那张画了，所以我昨天把那张画给我老婆寄回去了。"

3.谋生手段

这下周杰傻了眼，老王一个劲地安慰，说别急，等他老婆收到信后，叫她再把信寄回来，到时候不就知道名字了吗？

周杰长叹一声："大哥，就算你想让嫂子看你的漫画，可以用手机把画拍下来，发回去不就行了？这都什么年代了？"

老王理直气壮地说："我手机没照相功能，就算是有，我也不会用。"

周杰没了脾气，无奈地说，等

画寄到老王家里后，千万请嫂子找人把画的电子版发过来，到时候他会提供手机或者电子邮箱的。

告别老王，周杰无精打采地回到旅店，坐在床上，发了会儿呆，他突然想起，如果自己再次进入那种投入画画的状态，是不是也能签下自己的名字？

想到这里，他兴奋起来，拿出纸笔再次画了起来，可是不知为什么，他脑子里总是提醒自己：签名签名签名……于是，每当一幅画完成的时候，他就不知道该签什么好。

一直到所有的纸都画没了，他终于颓然地扔下笔，无奈地放弃了。

不过，他还是有收获的，因为他发现了谋生的技能：画画。

第二天，周杰买了很多纸，来到文化广场，支了个画摊，既然自己的绘画水平相当好，那就多收点钱吧，每张画收三十块钱。他把事先对着镜子给自己画的素描像和漫画像放在地上当广告，很快就吸引了不少人来光顾他的生意。就这样一天下来，居然赚了六七百块。

转眼一个星期过去了，周杰的记忆还是一点好转都没有，可是画画生意却一天比一天好，已经赚了几千块钱。为了接收老王老婆的彩信，他特地买了个可以收发彩信的手机。

这天，他揣着钱再次去了医院，拍了张片子，在他的后脑部位，有一个葡萄大小的瘀血压迫着神经。现在他手里的钱不够做手术，只好耐心地等下去了。

文化广场的人每天都很多，有老人有孩子，有穷人有大款，有散步的有做买卖的，正是标准的众生百态图。这天上午，居然有一个满脸皱纹的老农民，牵着头牛慢吞吞地从公园门前走过。那个苍老瘦削有些驼背的农民，和那头体格健壮的牛形成了一幅绝佳的画面，强烈诱惑着周杰的创作欲望，他忍不住拿起铅笔，一边瞄着农民和牛，一边飞快地勾勒着。

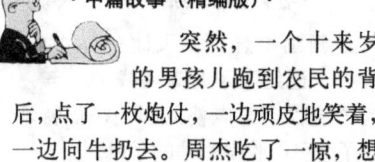

突然，一个十来岁的男孩儿跑到农民的背后，点了一枚炮仗，一边顽皮地笑着，一边向牛扔去。周杰吃了一惊，想阻止却已经晚了，炮仗在牛身上“轰”的一声炸响，牛吓得激灵一下，随即发了狂一般向广场内冲来。

4.本能反应

刹那间广场大乱，人们尖声惊叫争相躲避，可就在牛奔过来的路上，一个四五岁拿着棒棒糖的小女孩，傻傻地站在那里不知所措。周杰霍地站起身来，拼尽全力冲到小女孩的旁边，一把抱起她闪在了一边。就在那一瞬间，一阵强风从他身边掠过，只要躲得再晚半秒，那头一千多斤的疯牛就会将他和孩子撞得粉碎。

就在他惊魂未定的时候，那头牛居然转了个弯，红着眼睛又向他冲了过来。周杰又惊又怕，撒开两条腿拼命奔逃，这时他才反应过来，时值深秋，小女孩穿了件红色的风衣，牛对红色极其敏感，所以才紧追不舍。或许，唯一的生路就是抛下小女孩。

一个充满诱惑的声音在周杰脑子里回响：“扔下她，扔下她你就安全了。”可是，如果他那样做了，他还有什么资格活在这个世界上？

这时四散奔逃的人们都已经远远地躲开了，周杰感觉到自己连半分钟都撑不下去了。就在这关键时刻，他看到广场中心那根巨大的灯柱，用尽最后的力气向灯柱奔去。在他即将撞到灯柱的那一刹那，突然侧转绕了过去，而紧随其后的那头牛则来不及转弯，只听得“砰”的一声巨响，疯牛狠狠撞在灯柱上，倒在地上不住地抽搐，显然受了重伤。

周杰一屁股跌坐在地上，剧烈地喘息着，小女孩咧开嘴大哭起来。一个中年女人冲了上来，先死死地抱住小女孩，然后“扑通”一声跪倒在地，哽咽着说：“大哥，你救了我女儿的命，救了我们全家的命啊！”

周围的人们都七嘴八舌地议论着，纷纷赞扬周杰。一个人挤了上来，将麦克风递到周杰面前，满脸兴奋地说：“先生，我是本市电视台的记者，本来准备做个文化广场的专题，没想到遇到这么个爆炸性新闻。这小孩儿跟你非亲非故的，你怎么就能不要命地冲上去救她呢？”

另一个拿着摄像机的人也凑了上来，摄像机对准了周杰。不知道为什么，他脑子里突然冒出几幅奇怪的画面：自己被很多人围着，无数的摄像机对着自己。他的心里突然升起一股强烈的恐惧，不由自主地拼命摆手：“别拍我，别拍我。”

可能是他的态度实在太激烈了，记者被吓了一跳，急忙叫摄像的停下来，然后诚恳地说：“先生，我真是电视台的记者，不信你看我的工作证。”他一边手忙脚乱地掏出证件，一边继续说，“你冒着生命危险勇救儿童，是值得大力宣扬的好人好事，难道你不想让所有的人都认识你吗？”

周杰强迫自己镇定下来，自己这是怎么了？就像记者说的那样，自己做的是好事，又不是见不得人的丑事，有什么好怕的呢？现在他正愁不知怎样才能找回自己，如果真上了电视，岂不等于给自己做一个寻人启事吗？

想到这里，他老老实实地说：“这孩子当时危在旦夕，如果我不冲上去，她就会被牛撞死。非亲非故怎么了？我冲上去是本能反应啊！”

“你真是太伟大了，那么，你叫什么名字？”记者继续追问。

周杰露出茫然之色，低声说：“我不知道，前些日子我被一个抢劫的打伤了脑袋，失忆了。如果谁能提供我的身份信息，我将感激不尽。”

记者吃惊地张大了嘴，简直不敢相信自己的好运气，冒着生命危险勇救儿童已经是一个了不起的新闻，救人者居然还失去了所有的记忆，这件事实在太有嚎头了！在随后的几天里，周杰成了媒体的热门话题，不但他的事迹广为传播，而且媒体还帮忙报道了他的经历，呼吁社会帮忙寻找他的家人。

5.找到个假身份

这铺天盖地的宣传终于收效了，这天冯警官打来电话，兴奋地告诉周杰，刚才有个捡破烂的老头，在垃圾箱里找到了一个钱包，里面有一张身份证，觉得上面的照片眼熟，想起来这人就是电视上报道的周杰，就把钱包送到了公安局。

周杰精神一振，立刻赶到公安

局。钱包里除了身份证，其他什么都没有，估计都被劫匪拿走了。但有身份证已经足够，他终于知道了自己的名字叫周杰，知道了自己的家在北方某市。捧着身份证，周杰的泪水潸潸而下。

冯警官高兴地说："刚才我们已经请求当地警方，按身份证上的地址帮忙联系你的家人，你的身份之谜马上就要揭开了。"

周杰连连点头，兴奋得不知道说什么好。就在这时，记者打来电话，说一个女人在电视上认出了周杰，这女人是一个房屋中介，半个多月前，周杰刚通过她买了房子，价值三百多万，这女人赚了一大笔佣金，所以对他记忆十分深刻。冯警官开车，带周杰按照女人提供的地址来到那座楼房，周杰将身上的钥匙插进锁孔轻轻一转，门"咯嗒"一声打开了。

屋子的装饰极为豪华，冯警官情不自禁地感叹说："周杰，你真是个有钱人啊！"

周杰呆呆地望着这一切，努力想回忆起在这屋子里的一切，但脑子依旧混乱不堪，偶尔闪过几幅画面，却是比这里还要宽敞的房间、还要豪华的装修，房间里有一个巧笑嫣然的美丽女人，还有一个跑来跑去的可爱男孩儿。可是当他想细看的时候，那些画面又倏忽而逝。

他在屋子里细细地搜索，找到了几万元现金和几张银行卡，但是能证明自己身份的东西却什么都没有。自己这个年纪，应该有老婆有孩子，脑海里闪过的画面也说明了这一点，可为什么这房子里连张他们的照片都没有？

见周杰一副痛苦不堪的样子，冯警官安慰他说："别发愁了，等你家人跟你联系后，你就赶紧去医院做手术，到时候所有的记忆就都能找回来了。"

正说着，局里的同事给冯警官打来电话，接起来之后，他的脸色一点点变得严峻起来。放下手机，他盯着周杰，冷冷地说："你家乡那边传来消息，他们的资料库里根本没有你这个人。警察去你身份证上的地址核实过了，那户人家在那儿住了二十多年，姓张不姓周。我的同事找专家鉴定了你的身份证，才发现身份证是假的。"

周杰大吃一惊，自己到底是什么人？为什么会使用假的身份证？难道自己是一个见不得光的人？无数的念头纷至沓来，令他头痛欲裂，眼前突然掠过一个清晰的画面：他躺在一张床上，一个戴着白口罩、披着白大褂的医生，拿着亮闪闪的手术刀……

周杰大叫了一声，双手用力地搓着脸上的皮肤，他想起来了，自己曾经做过整容手术，怪不得脸上总有点痒痒的感觉呢。可是，一个四五十岁的老男人，整什么容呢？难道是怕警察认出自己？反正不可能是什么好事儿，周杰悲哀地叹了口气，有种万念俱灰的感觉。

通过银行部门的配合，警察查出了周杰的银行卡里居然有六千多万存款，这样一笔巨额金钱，不是一个普通人能够拥有的。他们希望能通过指纹，在罪犯的档案库中找到线索，但他们再次失望了。

就在这时，事情出现了意外的转机。这天，民工老王给周杰打来电话，说他老婆收到了那张漫画，求人用手机拍下来准备传给他，让他注意查收。周杰对自己的命运已经不抱任何希望，打开彩信，平静地对警察说："这张漫画是我画的，画完后下意识地签了个名字，应该就是我的原名，你们从签名应该能查出我的事情。"

签名出来了，是——袁延峰。

警察经过对这个名字的层层筛选，最后确定了袁延峰的身份，不过得到的资料却令他们目瞪口呆。

6.消失的本能

袁延峰从国内一所有名的画院毕业后，抛弃了自己的专业下海经商，凭着聪明才智，创下了亿万家财，他在三十五岁那年娶了个贤惠美丽的妻子，第二年又有了个大胖儿子，他沉浸在幸福之中。

但是一场意外的车祸毁了这一切。三个月前，他和妻子、儿子从一家酒店出来时，碰到一个生意伙伴，就停下来聊了几句，当他们握手告别时，一扭头，发现四岁的儿子不知道什么时候跑到了街上，更令人惊恐的是，一辆车正以高速直冲过来，眼看着就要撞到孩子。

袁延峰大叫一声，向儿子跑过去，本来以他的速度，是可以及时将儿子救离险境的，可突然之间，他心里升起一股巨大的恐惧，如果他被车撞到的话，就死定了。这个念头一升起来，他的脚步不由自主

地停了下来，这一耽搁，儿子便如纸片一样被车撞飞出去，当场就咽了气。

从酒店门前的监控录像可以看出，以当时那辆车的车速、车与孩子的距离，只要袁延峰不停下来，他完全有机会救回四、五米外的儿子，从某种程度上来讲，是他的怯懦害死了他的亲生儿子。

监控录像的视频被好事者发到了网上，一时间引起轩然大波，人们口诛笔伐，把袁延峰抨击得禽兽不如。而亲眼目睹这一切的妻子悲痛欲绝，她无法原谅丈夫，在留下一封措辞激烈的遗书后，自杀了。

袁延峰无数次回忆起当时的情景，假如他能够勇敢一点、果断一点，儿子就不会惨死，妻子就不会弃他而去了。巨大的压力让他几乎崩溃，没多久，他低价处理了所有的产业，然后在人们的视线里消失了。

他使用了假身份证整了容，是为了逃避世人的关注；他远走他乡隐姓埋名，家里没有一丝过去的影子，是极力想让自己从那不堪回首的往事中脱离出来，忘掉那一切。

看完了这些资料，袁延峰深深地埋下头，把脸埋进手掌里，无声地哭泣起来。冯警官说：“我搞不懂，既然你是这样一个懦夫，为何会冒着被疯牛撞死的危险，去救小女孩呢？”

“我不知道，我真不知道。”袁延峰蓦然哭声大作，发狂似的喊道，“我去救她，是出于我的本能，哪怕她和我非亲非故；可是当我的亲生儿子面临生命危险的时候，我怎么就不能冲上去呢？这到底是为了什么？”

这时，一个警察点开了袁延峰事件的相关链接，那里有一篇点击率惊人的网友评论，他情不自禁地念了出来：

“在地震来临时，老师用瘦弱的脊背，撑起孩子生命的希望；当孩子从七楼坠下时，陌生人毫不犹豫地冲上去，不计后果地伸手相救……平凡的人们谱写了那么多不平凡的故事，而身为社会精英的袁延峰，却为了自己活命不顾儿子的生死，这反差引人深思。

我查过袁延峰的履历，在他二十八岁那年，曾经勇救落水儿童，自己却险些被淹死，这证明他曾经是一个有勇气、有血性的男人。可是十几年后，他为什么会从勇者沦落为懦夫？

我相信这与岁月无关，但或许与财富有关。金钱成了他的枷锁，使他在大难来临时束手束脚、瞻前顾后，他不愿意失去所拥有的一切，所以他失去了最心爱的儿子、妻子。”

一时间，所有的人都沉默了……

（题图、插图：杨宏富）

“人有万相，茶有千面；品茶如品人，人品如茶品。”这人啊，跟杯中的茶叶一样，在沉浮之间，总会分出好坏的……

斗茶

□关中冷娃

1.白面猴

清朝初年，江湖上有位老倌，人称侯老三，常年带着一只白面猴，走南闯北，以耍猴为生。

这年春天，侯老三来到了武夷山中的茶乡下梅镇，不知是旅途劳顿还是怎地，竟晕倒在码头边。他这一倒，可把身边的猴子给急坏了，只见它眼珠滴溜一转，偷偷地溜到附近一家茶行，抱起一篓茶叶就往主人身边跑。

这猴子的一举一动，恰好被一个人给瞧见了，这人姓耿，名友德，正是这家盈春号茶行的老板，他见猴子偷了茶叶，赶忙大喊着让伙计们去追。

白面猴跑到主人身边，开始用爪子猛摇昏睡的主人。这时，侯老三醒了，见猴子递给他一篓茶叶，又发现有人向这边追来，顿觉情况不妙。

几个伙计追到侯老三身边，扑打着要抓猴子，这猴子倒也机灵，见有人要抓它，将竹篓往地上一扔，“嗖”地蹿到一旁的大树上去了。侯老三赶忙跪在地上乞求说："各位爷，你们就饶了它吧！它是个畜生，什么都不懂！"

"什么都不懂，怎么就知道偷我的茶叶呢？"追上来的耿老板气急败坏地质问道，接着说，"那个畜生跑到树上去了，老子够不着，那就先教训教训你这个老不死的。"说着就对侯老三拳打脚踢。

"住手！"听见这一声大喊，耿老板一惊，停手回头一看，来人是满春堂茶行的老板邹满春。这邹家是下梅数一数二的大户，经营着镇上最大的茶行。在下梅历年的斗茶大会中，邹家已经连续多年夺得了茶王称号。邹家茶园里有丛叫"铁罗汉"的茶树，相传是御茶园遗留下来的，据说邹家之所以屡屡夺得茶王，靠的就是那丛铁罗汉。

邹老板关切地看了一眼躺在地上的侯老三，正色问道："耿老兄，这究竟是怎么回事？"

耿老板指着地上的茶叶，愤怒地说："这个老不死的，居然指使他的猴子到我的茶行里偷茶叶。"

"冤枉啊！这实在是冤枉啊！"侯老三哭诉着说出了其中的原委。原来，这侯老三平日里嗜茶如命，只要没茶喝了，他就没了精神，常常会昏睡不醒。今天他晕倒在这里，猴子可能以为他的老毛病又犯了，碰巧他身边的茶叶喝完了，猴子没找见，这才冒险跑去给主人偷了一箩茶叶回来。

邹老板被这白面猴的忠义感动了，忙赔着笑脸对耿老板说："难得这猴子对主人如此忠义，这些茶叶都算我的，我全赔了，你看如何？"

见邹老板横插这一杠，耿老板心里很不高兴，故意刁难说："邹老弟，这可不是钱的问题。你有所不知，这箩茶叶是我亲手采摘，精心炒制，专门为参加今年的斗茶大会准备的，可现在倒好，全让这该死的畜生给毁了。要不然我至于发这么大火吗？"

邹老板听出来这话里的意思，这明显是借机勒索，他面露不悦地说："听你这意思，难道要我赔你一个茶王，你才肯放了他们？"

耿老板见邹老板脸色不好，知道这小子今天是铁了心要跟自己过不去了。他突然哈哈一笑，说："看你这话说的，我可没那意思。今天你要我放过他们，我就依你，你这茶王的面子我还是要给的嘛！"说完，便招呼伙计们离开。

邹老板赶忙上前搀扶侯老三，摸出一锭银子，硬塞给侯老三，说："老伯，这些银子你先拿着去买点药，把病看好，以后有什么困难，可以到满春堂茶行来找我。"

侯老三感激涕零地接了银子，

连连道谢，带着猴子离开了。

这时，从围观的人群里走出一位书生，面露敬意地对邹老板说：“我在路上早就听说下梅邹家，德高重义，今日一见，果然名不虚传！”

邹老板自谦地说：“举手之劳，何足道也？敢问这位兄弟怎么称呼？”

“小弟李光地，安溪人，乃北上赴京赶考的书生。”书生微笑着抱拳行了一礼。

邹老板一听，惊喜不已：“原来兄弟就是名震闽南的安溪才子李光地，久仰！久仰！”

邹老板是爱慕诗书之人，当即便邀李光地到家中，待为上宾，两人品茶论道，相谈甚欢，一连数日。

2. 争大井

这天，正当邹老板准备为李光地摆宴饯行时，茶行里的伙计急匆匆地跑来说：“掌柜的，不好了，耿老板今儿叫人把大井给围了起来，说大井是他家的，以后不准大伙在井里打水了。”

说起这大井，还是跟斗茶有关系。这大井的水清洌甘甜，水质极好，每年斗茶之时，镇上的人都争相取大井之水泡茶。

大井原本是属于邹家的，只是当年耿家要开茶行，邹家才把大井所在的那块地卖给了耿家，条件之一，就是这大井必须让镇上人共用。这次耿老板撕破脸抢夺大井，无非是想独霸大井之水，好在斗茶之时，占得一成优势。

邹老板来到大井边，跟耿老板理论。可耿老板拿着地契，强词夺理地说：“这上边白纸黑字，明明写着这地方是我耿家的，大井在这块地上，当然也是我耿家的。”

正当两人争得不可开交之时，镇上一位老秀才打圆场地劝道：“两位兄弟，和为贵！你们这样争，谁都落不下好。我倒是有个好办法，不知道你俩同不同意？”

“什么办法？你说出来听听！”

老秀才指着大井，说：“这‘大井’之名太俗，今天大家伙都在场，你们谁要是能给这井起个好名字，这井就属于谁。当然井名不能随便起，须在‘大井’二字范围内构思，添减笔画不得超过两笔，时间以一炷香为限。你们觉得怎么样？”

听到这个办法，大伙儿齐声叫好。可大家哪里知道，今天这出戏就是耿老板一手策划的，这老秀才早被耿老板给买通了。

老秀才让人搬来两张桌子，笔墨纸砚伺候，桌上各放了一张写着“大井”二字的白纸，点上一炷香，郑重地宣布比赛开始。

香点燃没多久，耿老板就走到桌前，抓起笔，歪歪扭扭地写下“太乙井”三个字，眉飞色舞地说：“我们武夷山乃道家圣地，而道家最尊太乙真人，那我就叫这井为太乙井吧！”

大伙儿都惊住了，禁不住为邹老板捏把冷汗。

邹老板苦思冥想了半天，仍然没有半点眉目，眼看着香要燃到尽头，心里又急又乱。这时，他在人群中看到了李光地，两人目光相对，李光地突然抬头望向天空，紧接着又用手在胸前画了一横。

邹老板灵机一动，稳持大笔，饱蘸酣墨，在纸上加了两笔。大伙儿惊呼起来：“天一井，雅而不俗！”

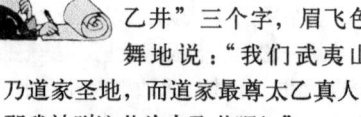

放下毛笔，邹老板解释说：“我们茶行最忌火患，我取‘天一井’之名,正应了《易经》中‘天一生水，地六成之’的理念，因此‘天一井’具有‘水克火’之意。此外，这天一井还有另外一层意思：天下一家。我也希望这口井属于天下人共有。”

这解说更让大伙拍手称绝，老秀才只得宣布邹老板获胜。

事后，邹老板感谢李光地的暗中相助，李光地坚辞不受，说：“邹兄才思敏捷，胸怀兼济天下之心，才能够想出这样好的名字！”

这天下午，李光地辞别邹老板，北上赶考。

3. 铁罗汉

一转眼,到了第二年春天。这天，张县令突然造访满春堂茶行。俗话说无事不登三宝殿，张县令得到消息，听说靖南王要来下梅，就找到邹老板，希望茶王能够出面献茶迎接王爷。

邹老板对于这位祖上曾经卖主求荣的王爷，甚是讨厌，拒绝说：“我一介草民，就不去凑那热闹了，还是在家好好炒自己的茶吧！”

张县令碰了一鼻子灰，怒气冲冲地走出满春堂茶行，刚一上街，就碰到了耿老板。

耿老板忙将张县令请到自己的

茶行，关切地问：“张大人，您今天这是怎么了，脸色怎么不大好？”

“别提了，还不是被邹满春那个不识抬举的东西给气的！”张县令便气呼呼地将刚才的事说了一遍。

耿老板心里窃喜，添油加醋地将邹老板的种种不是说了一通，还煽风点火道：“他不就是仗着自己是茶王，才敢在您面前这么嚣张。”

张县令大怒：“茶王怎么了，我照样收拾他。”

“大人说的是，您收拾他，那还不跟踩死一只蚂蚁一样，可是，您总得有个说得过去的理由吧……”

张县令眉头一皱，低声说道：“你说的是，我得想个法子！”

耿老板忙凑到县太爷耳边，说了一通，末了，他还献计：“大人，您要是能将‘铁罗汉’献给王爷，那王爷还不高兴死，邹家的‘铁罗汉’可是以前的御茶园里的！”

这下，张县令满意地笑了。

春分过后，各家茶行开始到县衙请领“茶引”，就是官府专门发给茶行的出茶票据，一张引票可出茶百斤。

邹老板的茶行顺利地请领了茶引，不料却出事了！贩邹家茶叶的客商，将茶叶外运之时，被官府查出引票是假的。邹老板拿出家里剩余的引票一看，傻眼了，只见引票上的红色大印不知何时全都变成了蓝色。

仔细一想，邹老板明白了，肯定是有人做了手脚，除了掌管大印的张县令，谁还有能力这么干呢？

不久，邹老板就以伪造引票的罪名被捕入狱，满春堂茶行也被查封。

邹老板的老父亲心急如焚，无奈之下，用邹家的宅子和茶园，从张县令手中救回了儿子。

邹老板出狱之时，老父亲却因心力交瘁，病倒在床。老天有眼，临终之前，还让他跟儿子见了一面。老父亲让儿子为自己泡一杯茶，指着茶杯，意味深长地说：“满春啊，

这人啊，就跟这水里的茶叶一样。你看这茶叶，在沉浮之间，总会分出好坏的。咱邹家现在虽遭此变故，但正气犹存。你要好好活着，只要咱邹家秉承信义，日后还会发达的！”

说完这话没多久，老父亲便闭上双眼，离开了人世。

张县令得了邹家的茶园、茶行，以低价卖给了耿老板。投之以桃，报之以李，得了好处的耿老板，自然也就当起了表率，亲自出面给靖南王献茶。

4. 供春壶

眼看着自家家业落入他人之手，父亲又亡故，邹老板伤心不已。在下梅已经一无所有的他，只得给别的茶行当伙计，勉强维持生计。

这天，邹老板正忙着，一个老伯找到他，哽咽着说：“恩人，您受苦了！”原来，侯老三从路人口中得知了邹家的遭遇，担心不已，特地赶来看望他。

两人进了附近一家茶馆，坐定之后，侯老三掏出一把紫砂壶，得意地说：“你看这壶怎么样？”

邹老板眼睛顿时一亮，只见这壶造型古朴、精工雅致、透着灵气，壶底竟有篆体的“龚春”二字。龚春乃紫砂壶之祖，世人取其名，将其所造之壶称为“供春壶”。邹老板惊问：“莫非此壶就是传说中的供春壶？”

“邹老板真是好眼力。实不相瞒，此壶正是壶祖龚春所造，乃家传之宝。”侯老三郑重地说，“邹老板，自古宝剑赠英雄。今天我把这茶壶相赠，以谢大恩，愿它能够帮助你夺回茶王，恢复家业！”

可邹老板坚辞不受：“您的心意，我心领了。可是先祖有训：救人不求回报，但求无愧于心。这么贵重的东西，您还是好好保存吧！”没办法，侯老三只好带着供春壶，告辞了。

几天后的一个晚上，邹老板正要休息，白面猴蹿到他面前，拉着他的衣服就使劲往外拽。跟随着白面猴，邹老板来到码头边，只见侯老三奄奄一息地躺在地上，双腿被打得血肉模糊。

邹老板这才知道，那天他没有接受供春壶，这让侯老三心里一直过意不去。最后，侯老三想到了一个法子，找到耿老板，商量说，想用这供春壶换取邹家的茶园。

耿老板见了供春壶，也是惊喜不已。他对侯老三说，你的要求我可以答应，但是你得先把壶放在我这里，我找人鉴定一下真假，第二天再给你答复。报恩心切的侯老三，没多想就答应了。

谁知到了第二天，耿老板就反

悔了，他弄了一把跟供春壶一模一样的紫砂壶，还给了侯老三。

侯老三发现上当了，又百口莫辩。他只好等到晚上，让猴子偷偷地溜到耿家，想拿回供春壶。没料想这耿老板早有防备，猴子见势不妙，溜得不见踪影。只可怜在墙外等候的侯老三，没跑得及，被打得两腿开花。

看着侯老三被打残的双腿，邹老板跪倒在地，说："侯老伯，您被打成这样，都是因我而起，如果您不嫌弃，就把我当成儿子，以后也好有个人照顾您，为您养老送终！"

侯老三感动万分，含泪答应。

而那耿老板自从得了供春壶，专门找了个地方把壶藏了起来，从不轻易示人和使用，生怕再被人偷去。

5. 九龙窠

经此变故，邹老板心灰意冷，他背着侯老三，悄悄地离开了下梅，从此归隐山林。

这天傍晚，邹老板来到了九龙窠后山崖底的水潭，准备停下来歇歇脚。他不经意地看到，在崖壁的半腰，有一团通红似火的东西，仔细瞧了半天，才发现那是一丛茶树。只见这茶树长在石缝中，树冠沿着石壁在半空中展开，溪水从旁边泻下，与之相映成辉。在夕阳和水波的映照下，显得通红似火。

这让邹老板想起了一句话："茶，上者生于烂石，中者生于砾壤，下者生于黄土。"他断定，这株生于悬崖峭壁上的茶树，绝对不同寻常。

可是，他再一看那陡峭的崖壁，发觉人根本没办法上去，只得望"茶"兴叹，怏怏地离开。

回到茅屋里，邹老板将此事告诉了侯老三。侯老三乐呵呵地说："这有何难？人上不去，难道它也上不去？"说着用手指了指白面猴。

侯老三还亲自出马，教猴子在

平地上采茶。

等猴子采茶的本领学得差不多了，邹老板带它来到后山，指着崖壁上那丛茶树，示意它上去采摘。

猴子会意后，灵巧地沿着附在崖壁上的枯藤老蔓，左攀右跃，没多久，便顺利地爬上了那丛茶树。

直到猴子平安落地，邹老板悬着的心才放了下来，他卸下猴子颈上的袋子，打开一看，里边的茶叶真是不俗，叶色光亮，香味弥漫。

借着高兴劲，侯老三建议说："满春啊！有了这么好的茶，你可以出山去争夺茶王，恢复家业了。"

夺回茶王，恢复家业，邹老板何尝不想呢？可如今下梅的世道，早已不像以前了。耿老板自从得了邹家的茶园，独霸了天一井，又有了供春壶，可谓是占尽优势。而自己只有这一种好茶，怎么可能战胜耿老板呢！

想到这些，邹老板只好劝侯老三安心养伤，不要操心这些俗事。

转眼又是几年过去了。这年刚开春，侯老三就老是痛苦地喊胸口疼，这可把邹老板给急坏了。

侯老三告诉邹老板："我这是老毛病，每隔几年就会犯一次，你们下梅有个郎中会治我这病，你带我回镇上，让他给我瞧瞧吧。"

邹老板只好打点行装，背起侯老三，领着白面猴，回到了阔别已久的下梅。

6. 大红袍

消失了很久的邹老板突然又回到了下梅，这引起了很大的轰动。大伙纷纷上门拜见，哭诉耿老板的恶行。

耿老板当上茶王后，跟张县令狼狈为奸，又有靖南王撑腰，挤垮了下梅很多茶行，从中牟取暴利。再过几天又是斗茶大会了，大伙都希望邹老板能够夺回茶王，为他们主持公道。

从大伙口中，邹老板还得知：起兵叛乱的靖南王，已经战败投降，与之有染的张县令受牵连，也被革职查办，这让他略感欣慰。

邹老板听完大伙一番哭诉，淡然一笑，说："我回来不是为了参加什么斗茶大会的，只是想给侯老伯看病。"

侯老三哈哈一笑，说："我根本就没病，我骗你回下梅，就是希望你来参加斗茶大会。"可任凭大家好说歹说，邹老板就是不肯答应。

此事未平，一事又起。眼看就要到清明了，邹老板所住的客栈，突然着了火。邹老板当时并没有在房中，幸免于难，可怜的侯老三却葬身火海，白面猴也消失了。

第二天早上，邹老板在灰烬中

找到侯老伯的尸体，在他老人家身子下边，还压着从九龙窠带来的茶叶和茶壶，茶叶早已被大火给烧焦了，只有那把紫砂壶还完好无损。看到这些，邹老板痛哭流涕，他明白，侯老伯临死之时，还想着替他保护茶叶和茶壶，就是希望他能够夺回茶王。

安葬了侯老伯，邹老板拿起那把紫砂壶，木然地把玩起来，这壶就是当年耿老板还给侯老三的那把。

谁知邹老板无意地揭开壶盖，却意外地发现，壶的内壁上贴了厚厚一层茶锈，他猛然想到：这茶锈是他这些年喝岩茶形成的，那么，这茶锈会不会有岩茶的味道？

想到这里，邹老板马上给空壶里添上水。他惊喜地发现，杯里的水色竟然跟茶水一样，小啜一口，味道简直跟岩茶没两样。这个发现着实让邹老板欣喜，虽然没了茶叶，但有了这把紫砂壶，他照样可以参加斗茶大会。

转眼斗茶大会就到了，这天，耿老板带着铁罗汉的茶叶，提着天一井的好水，捧着供春壶，意气风发地来到斗茶会场，一进场，就看到了被众人包围的邹老板。他轻蔑地瞥了一眼，暗暗得意：老子今天就让你输得心服口服！

这时，突然有一大队官兵过来，为首的喊道：“钦差大臣——李大人到！”

李大人？邹老板一听，循声望去，发现眼前这位钦差大臣十分眼熟，定睛一看，这李大人正是故人李光地，他不由得一阵激动。

随着李大人的一声令下，斗茶大会开始了。各家茶行逐个把已经沏好的茶倒给台上的钦差大臣和各地客商，让他们一一品尝。

轮到耿老板上场，他亲自捧着供春壶，先机灵地给李大人倒了一杯。李大人品了之后，随口就问：“这茶不会就是下梅有名的‘铁罗汉’吧？”

耿老板忙奉承说：“李大人真是

见多识广，小人这茶，正是铁罗汉。”

没想到，李大人眉头一皱，用异样的眼神盯着他。耿老板一看不妙，赶紧灰溜溜地端着茶壶走开了。

为了避嫌，邹老板并没有上台，而是让别人端着自己的茶壶，替自己上了场。

这茶一上场，便是赞声如潮。李大人惊问：“这茶叫什么名字？”端茶之人一时语塞，不知如何回答。

邹老板只得上台解围，想起第一次见到这岩茶的样子，他应声答道：“回禀大人，此茶名叫‘大红袍’。”李大人发现是邹老板，一脸惊喜。

品茶完毕，优劣已分，李大人和客商们交换意见后，郑重地宣布：“今年的茶王是邹满春！”

听到这个结果，耿老板气急败坏，准备离开会场。就在这时，那只消失了几天的白面猴却蹿到他跟前，抓着他的衣服就是不让走。

这可把耿老板吓得面如死灰，因为，前两天那把火就是他放的。那晚，这猴子亲眼看着耿老板放火烧死了主人。此时，任凭耿老板拳打脚踢，白面猴就是死死地抓住他不放手。

邹老板明白过来了，气愤地说：“原来客栈那把火是你放的，你好歹毒啊！”李大人赶忙问怎么回事。

于是，邹老板将耿老板霸占天一井，骗取供春壶，又杀人放火等恶行悉数说了一遍。李大人听完，立刻叫人将耿老板抓了起来，准备严加审问。

斗茶结束后，李大人向邹老板讨要大红袍，邹老板只得以实相告，说出了自己拿空壶参加斗茶大会的秘密。

李大人听了，不解地问：“耿老板斗茶时，用的可是铁罗汉的茶叶，天一井的好水，还有供春壶这样的宝物，可为何比不过你这把空壶？”

邹老板想了想，坦然地说：“耿老板根本不是败在茶上，而是败在水和壶上了。其一，井水只有越用才能越活，越吃才能越好，他独霸了天一井，日积月累，这等于让井水变成了死水，而用死水泡茶有损茶香；其二，茶壶是需要养的，只有经常泡茶养它，才是件宝贝。而耿老板虽骗得了供春壶，平日都把壶藏起来不敢用，长此以往，这就让宝壶变得连普通茶壶都不如。而我这把空壶，虽说普通至极，可是我这几年每天都用它泡茶，壶内堆积了厚厚的茶锈，即使现在没了茶叶，它照样可以泡出好茶来，因此才变得这么神奇！”

听完这一番话，李大人不由得感叹道：“看来他耿友德真是败在德上了！”

（题图、插图：杨宏富）

12月优秀作品选登　　主题：意外事件

故事会■新浪 微故事大赛

@Blue-K-Land 微电影只剩最后一幕：男主角望着手机内女友遗照作最后表白。男主角看着手机屏幕，瞬间泪流满面：“我为你付出了这么多，你为什么这么狠心抛下我？”“停！”一次完成，导演大感意外：这个菜鸟，别的镜头至少拍十次。导演拿过手机一看，也哭了：股票又跌停了！

@喜乐真人 局长要和夫人赴一个重要宴会，司机小王不在，主任就把接局长夫人的任务交给我：“你认识局长家吧？”“认识！我还帮小王去送过东西呢！”到了局长家，我说明来由，夫人显得很亢奋。我把她送到酒店后，正想离开，主任从里面奔出来，朝我吼道：“怎么把她接来了，我让你接的是局长的正牌夫人！”

@吃素的沙漠狼 年底，县长到石村慰问结对子贫困户大牛，得知他家麦子因未及时收割被大雪掩埋，很痛心。他批评村长：“责任心哪去了？”乡长解释：“这是意外……”县长打断：“别袒护他！”又黑着脸对村长说：“不说清楚就撤你的职！”村长嗫嚅说：“麦收时，您捎信说要亲自帮大牛割麦，所以地一直留着……”

@杨信社 大刘想向暗恋的女孩表白，这晚在女孩宿舍楼下点了999支蜡烛，摆成一个大大的心形。一切办妥后，大刘先拨通了女孩室友的电话，想让她帮忙看一下俯视的效果再转告女孩，不料还没开口，那室友就趴在阳台上喊道：“我也爱你——”

@正版无字仓颉 社会各界捐赠的新桥开通仪式上，电视台记者追问一位老师：“过去这么多年里，你每天背学生们过河，就没发生过一次意外？”女老师摇摇头：“没有。”三个月后，同样的地点，记者面对镜头报道一则新闻：刚落成不久的爱心桥发生坍塌，一名女教师和数名学生不幸落水，遭遇意外。

@勤奋悟语 赵局年前刚退下来，过年时家里异常冷清，正倍感失落，突然有个青年带着礼物登门拜访。赵局略感意外，看他面熟，就问：“你不是中层以上干部吧！是不是还不知道我已经退了？”青年一听有点尴尬，说：“表叔，我是您老家的表侄呀！每年都来给您拜年，怎么会不记得呢？”赵局脸腾地红了。

@杨信社 王秘书经常把看到的笑话段子讲给局长听，局长听完哈哈大笑，夸他风趣幽默。后来，局长外出时，王秘书就把好听的笑话用短信发给他，局长归来总是拍着王秘书的肩膀说：“你发的笑话实在太逗了！”可这天局长回来，却火冒三丈地训斥王秘书：“谁让你发笑话的？我当时正在视察灾区！”

止不住的嗝

□曾凡洪

一次酒宴上，钱总正喝着酒，被别人讲的笑话逗得大笑，呛了一口酒，弄成了打嗝的毛病，去医院都治不好。

有人说，据说这种病能吓好，在病人不知情时，猛地刺激他一下，就好了。可是钱总在商场上打拼多年，啥场面没见过？想吓到他还真不容易。

为了治愈这个病，钱总在公司里下了悬赏令，无论是谁采用什么方法，只要能治好他，加薪一千元。

第二天，钱总一路打着嗝来到公司，一进门，只见办公室里凌乱不堪，急忙问："出……呃……出了什么……呃……事？"

财务小马哭丧着脸说："税务稽查来了一帮人，把账本拿走了，说是要查偷税漏税的事。"钱总脸都绿了，焦急地问："拿走的……呃……是……呃……哪套账？"

钱总做了两套账，平时应付检查都是拿假账出来，如果真账被拿走，不坐牢也得被罚得倾家荡产。

小马拖着哭腔说："两套账都被拿走了，我正开着保险柜，他们突然闯进来，我根本没有办法藏。"

钱总一听就晕了过去。大家急忙掐人中的掐人中，喂水的喂水，不一会，钱总悠悠醒转，痛哭流涕。

小马大笑着说："钱总，骗你的，看看打嗝好了没有？"钱总一愣，回过神来，说话也利落了："你们真是好大的胆子。"小马很是得意："你可要兑现加工资的承诺啊！"

钱总长长地舒了口气，伸手去拿桌子上的茶杯，往嘴里送，手一抖，洒了自己一身水。他的两只手，不听使唤，抖个不停。原来惊吓过度，他落下了抖手的毛病！

这下钱总又怒了，狠狠地说："你还想加工资？如果治不好抖手的毛病，我和你没完！"

边干边吃

□高国俊

这一天，早点摊前买点心的顾客排起了长队，排在最前面的老太太对店员说："小伙子，给我来半斤葱油饼。"

店员一听，操刀剁下一大块饼，往台秤上一放，嗨，多了。于是，店员把饼夹回案板，剁下一小块，顺手把小的那一块塞进自己嘴里，吃了起来。

老太太指着案板上的饼，说："小伙子，这是我要的……"

"放心，这块是给你的。"店员一边嚼着满嘴的饼，一边打断老太太的话，又将那大块的饼放回秤上，一称，还多，于是又手脚利索地剁下一块，放进嘴里……反复五六次，才将老太太要的半斤饼称好，一旁排队等候的人全都看得目瞪口呆。

这时，人堆中一位文质彬彬的中年人对店员的行为十分不满，责怪说："小伙子，称点心，心里要有点数，这样多麻烦；再说，你这样一边卖东西，一边吃东西，不觉得……"

店员打断他说："没办法呀，我们老板有规定的，为了提高工作效率，早饭必须边干活边吃！废话少说，你要点什么？"中年人无奈地摇着头答道："我要一斤葱油饼。"

店员说："行，你在边上等着。"说完，他扯着嗓门朝队伍后边喊道："哎，谁要小麻花的，请到前边来。"

话音刚落，后边窜上两个小伙子，一个劲地嚷着"我要小麻花"，把那个中年人挤在一边。中年人急了，对着店员叫道："小伙子，总得讲个先来后到吧，我是先来的……"

店员一边抓麻花，一边说："知道，知道，可你是要葱油饼的，总不能让我这顿早饭光吃葱油饼吧？"

爸爸是个大害虫

□姜　新

这一天，王老板收到了这么一条短信——蝙蝠向麻雀求婚，被麻雀拒绝了，蝙蝠就问麻雀这是为什么呢？麻雀说：“咱俩的作息时间不一样，你总爱晚上活动，我妈妈说了，总爱晚上活动的男人大都不是什么好鸟！”

王老板觉得挺可乐的，心想，

我也是总爱晚上活动，想想确实也不是什么好鸟。晚上应酬完了，王老板带着七分醉意，来到一家按摩店，找了一个小姐，正在寻欢作乐，手机响了。打开一听，是老婆的声音：“蝙蝠蝙蝠，我是麻雀，你在哪呢？”

王老板一听，先是乐，嗨，老婆也收到同一条短信，紧接着脸即刻拉长了，老婆来查岗了。电话里，老婆的口气很严厉：“都12点了，你还不回家？我妈早就提醒我，总爱晚上活动的男人大都不是什么好鸟！”

王老板一紧张，脱口而出：“我……我没做啥坏事，我在按摩……”

“这么晚了，还在按摩，没让小姐迷昏了头吧？”

“老婆，我不是蝙蝠，我是好鸟，我做的可是正规……”没等王老板说完谎话，那边就挂了，王老板心中一惊，也没心思让小姐按摩了，赶紧草草收场。

王老板走出按摩店，来到街上，见街旁有一家正规的推拿店，赶紧走了进去，说是要“拔火罐”。

没多久，王老板离开了店，一路上乐陶陶的，为啥？有了背上七个红红的罐印，就像签字盖章一样，能证明刚才电话里对老婆说的“正规”，他可清白着呢！

踏进家门时，王老板故意光着

怎样鉴别狼和狗

□郑小亮

张大娘家养了一只老母鸡，被畜生给拖走了。张大娘提着棒子，吼着追出去，追了没几步，那畜生居然掉过头来，咬了张大娘一口后，便钻进山里没影儿了。

张大娘心伤肉痛，坐在地上号啕大哭，乡亲们劝都劝不住。有乡亲问道："拖走鸡的到底是什么动物，你看清楚没有？"张大娘说道："看清楚了，应该是一头狼。"

膀子进屋，老婆一看他背上的罐印，别提多心疼了，第二天，一大早就起来给王老板煮海参，心疼他上火了。老婆是对付过去了，可儿子那边又出事了。

原来呀，王老板有一个上幼儿园的儿子，那天早上，儿子趴在爸爸后背上玩，一下看到爸爸后背上的罐印，就开始数起来："1、2、3、4、5、6、7、8——"数到8时，儿子气呼呼地嚷道："爸爸，你是个大害虫！"

王老板一听就来气了："儿子，你咋说我是大害虫？"

儿子嘟着嘴说："幼儿园老师说了，七星瓢虫后背只有七颗星，超过七颗就是大害虫！"

王老板一想，昨天自己拔了七个火罐啊，就说："儿子真笨，我只有七颗星，你数错了。"

儿子找妈妈评理："妈妈，你来看，明明是八颗星，爸爸非说是七颗。爸爸就是个大害虫！"

老婆走过来，仔细一看，脸立刻拉下来了，指着王老板就吼："你昨天到底干啥去了？你看你背上！"

王老板懵了，到镜子前一看，背上是七个火罐印没错，可是，还有一个唇印！

乡亲们都惊叫起来："我的妈呀，这山里竟然有狼啊！"

大家正想着怎么对付，张大娘突然吼了一声："嘿，就是它，乡亲们快拿棒子打啊！"

乡亲们顺着张大娘手指的地方望去，果然有只畜生贼头贼脑地躲在山脚下，确实像狼。大家舞棍弄棒的，还找来一张大渔网，兵分几路，摆下了天罗地网阵，没费多少力气，就把那头狼给网住了。

这事儿迅速传了出去，很多人都赶过来看稀奇，连县林业局的领导、县电视台的记者都坐着小车赶过来了。

乡亲们正嚷嚷着要打死狼后剥皮炖肉，被林业局的领导严厉制止了："警告你们啊，这狼可是国家保护动物，谁打死谁倒霉！"

这打也不行，放了又成祸害，怎么办？正僵持着，突然有人说道："咦，大家别忙，我怎么瞅着这像是隔壁村胡大爷家的大狼狗啊？"

胡大爷是位孤老头子，行动有些不便，没法喊他来验证。听这么一说，大家都忍不住围着这动物研究起来，这到底是狼还是狗啊？狼和狗原本就是一个祖宗，不大好辨认，要命的是这畜生的皮毛，竟然是狼和狗的通用色——灰的！

大家七嘴八舌地议论开了，有人说，狗的尾巴是翘着的，狼的尾巴是垂着的，可也有人说，以前亲眼看到有人逮的狼，尾巴也是翘着的，这么一说，大家全都愣了。

林业局的领导立刻打电话咨询了局里的专家，专家罗列了一大堆狼与狗的区别，从体型到习性再到DNA，让大家云里雾里，总之一句话，道理是明白的，但就是区分不了。

正当大家伤脑筋的时候，人群中钻进来一个小孩，说："这狗我认识啊，我喂过火腿肠给它。"话音未落，那小家伙的头上就挨了几下毛栗子，这孩子，万一说错了话，这是头狼怎么办？

小家伙捂着脑壳，痛得直叫唤："我有办法证明。"说罢，他捡起一块石头，向网砸去，那畜生"嗷"的一声惨嚎，随后"汪汪汪"一通乱叫。

小家伙得意地笑道："瞧，我说的没错吧，我们老师教过，狗会学狼嚎，但狼不会学狗叫，你们真够笨的，这么简单的方法，怎么想不到呢！"

（本栏题图、插图： 包丰一 顾子易）

www.ingramcontent.com/pod-product-compliance
Lightning Source LLC
Chambersburg PA
CBHW050740230626
47052CB00004BA/747
9787545209099